Hans Kruppa

Der Kuss des Schmetterlings

Hans Kruppa

Der Kuss des Schmetterlings

Roman

Knaur

Herausgegeben von Hans Christian Meiser.

Von Hans Kruppa sind bereits erschienen:
Umarme die Liebe
Nur du

Besuchen Sie uns im Internet:
www.droemer-knaur.de

Knaur Verlag

Ein Unternehmen der Droemerschen Verlagsanstalt
Th. Knaur Nachf. GmbH & Co. KG, München
Umschlaggestaltung: ZERO Werbeagentur, München
Umschlagillustration: Catherine
Satz: Ventura Publisher im Verlag
Druck und Bindung: Clausen & Bosse, Leck
Printed in Germany
ISBN 3-426-66135-7

2 4 5 3 1

Nicht weil die Dinge schwierig sind,
wagen wir sie nicht,
sondern weil wir sie nicht wagen,
sind die Dinge schwierig.

Seneca

I

Den wirklich Freien
erkennt man daran,
daß er keine Angst hat,
seine Freiheit zu verlieren.

Der Unfreie
hat sogar Angst davor,
seine Unfreiheit aufzugeben.

»Und was soll jetzt aus Ihnen werden?« fragte eine Kollegin, als ich mich von ihr verabschiedete.

»Ich selbst«, sagte ich.

Sie sah mich an, wie man eben angesehen wird, wenn man so etwas sagt. Als sei man nicht ganz richtig im Kopf.

»Ich habe den Betrieb hier endgültig satt«, wechselte ich die rhetorische Ebene, und jetzt verstand sie. Zumindest nickte sie versonnen.

»Jeder zweite Berufstätige würde am liebsten aus seinem Beruf aussteigen«, zitierte ich das Ergebnis einer Umfrage, »und ich tue es. So einfach ist das. Warum tun Sie es nicht?«

»Ich brauche Geld.«

»Ich brauche Freiheit«, sagte ich, und das verstand sie nicht. Sie öffnete ein bißchen ratlos den Mund und zeigte mir ihre untadeligen Zähne. Fast hätte ich ihr in der Euphorie meines Abschieds spontan einen Kuß gegeben.

Leichtfüßig und lächelnd verließ ich das Gebäude, in

dem ich viele Jahre viel von meinem Leben verloren hatte, ohne mehr gewonnen zu haben als ein gesichertes Einkommen. Zum ersten Mal seit langer Zeit fühlte ich mich wieder frei, und das war ein so gutes Gefühl, daß ich mich fest entschloß, es nie wieder aufzugeben, um keinen Preis der Welt. Ich hatte den einzigen Beruf an den Nagel gehängt, für den ich qualifiziert war. Ich war stolz auf mich, daß ich den Mut aufgebracht hatte, etwas so Unvernünftiges zu tun.

Auf dem Weg zur Bushaltestelle begann ich *I feel free* zu singen und lächelte alle Passanten an, die mir entgegenkamen. Die meisten sahen befremdet oder unsicher zur Seite, aber einige erwiderten mein Lächeln. Ein Mann stimmte sogar kurz pfeifend in meinen Freiheitsgesang ein.

Es war eine große Überraschung gewesen, als die Chefsekretärin nach der Mittagspause anrief und mich ins Büro des Firmenleiters beorderte. Gott erwies nur selten einem seiner niederen Geschöpfe die Ehre einer Audienz. Der Chef Dr. Gotthard (alle Mitarbeiter nannten ihn Gott, der Einfachheit halber und wegen seines autoritären Führungsstils) galt als personalscheu. Ich war ihm noch nie begegnet.

»Worum geht es denn?« fragte ich.

»Ich weiß es nicht. Dr. Gotthard erwartet Sie umgehend«, sagte sie und legte auf.

Ich verließ mein Büro, stieg in den Fahrstuhl und fuhr

in den *Siebten Himmel*, wie die Chefetage firmenintern genannt wurde, weil sie sich im siebten Stock befand.

Was mochte Gott von mir wollen?

Dem professionellen Lächeln seiner Vorzimmerdame konnte ich es nicht entnehmen. »Sie können gleich zu ihm hineingehen!« sagte sie und betätigte den elektrischen Türöffner.

Und so betrat ich zum ersten Mal in meinem Leben Gottes Büro.

Er thronte hinter einem wuchtigen antiken Schreibtisch und las in einer Akte, die er zögernd beiseite legte, als er mein Kommen gewahrte. »Treten Sie näher«, forderte er mich auf.

Während unseres kurzen Gesprächs, dessen Belanglosigkeit mich verwunderte, fiel mein Blick immer wieder auf die Wand hinter seinem Rücken, die von vier großen Glaskästen mit präparierten Schmetterlingen geschmückt war – sofern man in diesem Fall von Wandschmuck sprechen konnte.

Meine Blicke entgingen ihm nicht, und schließlich sagte er: »Meine kleine Sammlung gefällt Ihnen wohl!«

Was sollte ich darauf sagen? Natürlich gefiel sie mir nicht. Schmetterlinge gefallen mir nur, wenn sie leben.

»Ja«, hörte ich mich sagen und ärgerte mich sofort über meine Heuchelei.

»Schauen Sie sich meine Schönheiten ruhig genauer an«, forderte er mich in einem Anfall von Jovialität auf, und mir blieb nichts anderes übrig, als näher an den

Schreibtisch heranzutreten und mein simuliertes Gefallen unter Beweis zu stellen.

Während ich die etwa hundert unter Glas verewigten Schmetterlinge studierte, veränderte sich meine Wahrnehmung auf merkwürdige Weise. Eine innere Stimme sagte mir, daß diese zur Erbauung des Betrachters aus dem Leben gerissenen Geschöpfe hinter dem Rücken Gottes Sinnbilder für die Angestellten seiner Firma waren – konserviert, ihres Lebens beraubt und hinter dem Glas des Berufsalltags an ihren Arbeitsplatz festgenagelt.

Und nun geschah etwas Seltsames. In einem der toten Falter erkannte ich plötzlich den Personalchef wieder – vielleicht weil das dunkle Grau der Flügel mit der bevorzugten Farbe seiner Anzüge übereinstimmte. In einem anderen sah ich die Chefbuchhalterin. Ein farbenfroher Schmetterling erinnerte mich an eine junge Kollegin, die sich dem eintönigen Arbeitsalltag mit auffälliger, bunter Kleidung entgegenzustemmen versuchte. Nach und nach erkannte ich, daß es für jeden Angestellten dieser Firma, für deren Wohl ich lange mit wachsendem Unbehagen gearbeitet hatte, eine Entsprechung in den vier symmetrisch angeordneten Glaskästen gab.

Und plötzlich sah ich einen exotischen Schmetterling, *dessen Flügel sich zu bewegen schienen* – und erkannte mich selbst in ihm. In diesem Augenblick wußte ich, daß ich keinen Tag länger in der Firma bleiben würde, was ein warmes Gefühl der Erleichterung in mir hervorrief.

Ich sah Gott in die Augen und sagte ohne den geringsten Zweifel an der Richtigkeit meiner Entscheidung: »Ich kündige!«

Und so verließ ich Gottes Büro, ohne erfahren zu haben, was er eigentlich von mir gewollt hatte.

Schon als Jugendlicher hatte ich das Gefühl gehabt, in einer Welt aufzuwachsen, die das Leben auf eine oberflächliche, armselige Weise verstand und sich ängstlich um Begriffe wie Ausbildung, Beruf, Heirat, Familie und Altersvorsorge rankte, als sei das Leben eine vernünftig zu planende Abfolge von allgemeingültigen Notwendigkeiten.

Mitschüler, die schon im Alter von fünfzehn Jahren wußten, daß sie Arzt, Rechtsanwältin, Biochemiker oder Mikrobiologin werden würden und sogar schon die Zahl der Kinder parat hatten, die sie haben wollten, machten mich sprachlos. *Lebensplanung* war für mich ein Unwort, weil das Leben, wie ich es empfand, sich nicht planen ließ.

Spätestens seit der Beerdigung der zweijährigen Tochter meines Onkels, die starb, weil ihre Mutter nicht rechtzeitig den Arzt gerufen hatte, machte ich mir keine Sorgen mehr um meine Zukunft. Und seit ich miterlebt hatte, wie ein fünfundsechzigjähriger Nachbar meiner Eltern zwei Wochen nach seiner Pensionierung das Zeitliche segnete, machte ich mir keine Gedanken mehr um meine Altersabsicherung. Das Leben erschien mir viel zu unberechenbar, um es wie auch immer zu planen.

Was ich als Jugendlicher in der Welt vermißte, fand ich in Büchern und in der Musik. Schriftsteller und Musiker erschienen mir wie Leuchttürme in der Finsternis der allgemeinen Berufswelt. Gern wäre ich einer von ihnen geworden, doch die Noten meiner Deutschaufsätze und die Reaktionen meiner Umgebung auf meine ersten Versuche als Gitarrist und Sänger gaben mir nicht gerade das Gefühl, für meine beiden Traumberufe begabt genug zu sein.

Obwohl mich die Schule oft genug mit ihrer Phantasielosigkeit, Lebensferne und ihrer penetranten Lehrplanhörigkeit anödete, zog ich sie tapfer bis zum Abitur durch. Meinen Zivildienst leistete ich als Schülerbetreuer an einem privaten Internat, in das gutbetuchte Eltern, die mehr Interesse an ihrer Karriere als an der Erziehung ihrer Kinder hatten, ihren lästigen Nachwuchs abschoben. Nach dieser lehrreichen Zeit machte ich eine Berufsausbildung, bekam bald nach meinem Abschluß eine Stelle und ging einige Jahre einer geregelten Arbeit nach, die mich mehr und mehr mit der Frage konfrontierte, ob das Leben, das ich im Schwitzkasten meiner beruflichen Zwänge führte, überhaupt noch *meines* war.

Schließlich mußte ich mir eingestehen, daß die Tretmühle, in der ich gefangen war, mir die Seele aus dem Leib saugte, meine Lebensfreude zersetzte und mir alles stahl, was mir wichtig war. Ich empfand eine wachsende Distanz zu mir selbst, was mir angst machte. Ich drohte mir selbst abhanden zu kommen.

Also tat ich schließlich das, was mir als einzig mögliche Konsequenz erschien – ich kündigte. Ich nahm mir die Freiheit heraus, frei zu sein. Ich will nicht behaupten, daß mir diese Entscheidung leichtfiel, aber ihre zweifellose Notwendigkeit machte sie auch nicht gerade schwierig.

Mir war durch meine Erfahrungen, Beobachtungen und Reflexionen über die Vorgänge an meinem Arbeitsplatz im besonderen und das normale Berufsleben im allgemeinen unwiderruflich klar geworden, daß ich weder fähig noch willens war, in der modernen Sklaverei zu leben, die man landläufig Pflicht, Beruf oder Karriere nennt.

Mit der tagtäglichen Erfüllung dieser Pflicht erkauft man sich Freizeit, nicht Freiheit. Freiheit ist nicht käuflich, sie ist der natürliche Zustand der Seele. Allerdings will die Gesellschaft nichts davon wissen oder weiß wirklich nichts davon. Deine Freiheit existiert für sie nicht. Deine Gefühle, deine Seele, dein Leben sind ihr schnurzpiepegal. Sie will, daß du ihr Spiel mitspielst und dich als gut funktionierendes Rädchen in ihrem Getriebe erweist. Wenn du das über dich bringst, schenkt man dir großzügigerweise die Wochenenden und ein paar Wochen Urlaub im Jahr, in denen du leben könntest, wenn du dich nicht von deiner Arbeit, deinem Beruf, deiner Pflicht erholen müßtest.

Falls du die phantastische Musik der Freiheit nicht gegen das nervtötende Gedudel der Freizeit eintauschen willst, mußt du etwas riskieren, dich auf die unsichere

Seite stellen, denn wer auf seiner Freiheit besteht, hat einen schweren Stand in dieser angeblich so freien Welt.

Das merkte ich an den verständnislosen Reaktionen auf meine Kündigung, die von Entsetzen bis Mitleid reichten. Einige Kolleginnen und Kollegen fragten mich bei meinem Abschiedsrundgang besorgt, was ich denn jetzt tun wolle. Niemand freute sich mit mir, daß ich erkannt hatte, was ich *nicht* tun wollte. Ich sagte ihnen, daß sie sich keine Sorgen um meine Zukunft machen sollten, weil meine Gegenwart gerettet sei, was ein paar üppige Fragezeichen über ihren Köpfen produzierte.

Manche Kollegen warfen mir aber auch neidische Blicke zu, weil sie auf ihre Weise unter den Zwängen ihres Berufes litten und liebend gern meinem Beispiel gefolgt wären. Aber sie hatten eine Familie, ein Haus und abzutragende Kredite. Sie waren verantwortungsbewußt.

Ich hatte keine Familie, kein Haus und auch keine Kredite am Hals. Verantwortungsbewußt war ich allerdings schon, wenngleich auf meine Art. Vor die Wahl zwischen psychischer Schadensbegrenzung und finanzieller Sicherheit gestellt, entschied ich mich für meine Seele.

Meine neidischen Ex-Kollegen wußten keine Alternative zu ihrem ungeliebten Job. Ich hatte eine im Sinn, auch wenn es vielleicht nur eine Übergangslösung sein würde – aber da das ganze Leben in gewisser Weise eine Übergangslösung ist, hatte ich kein wirkliches Problem damit.

2

Auch wenn dein Glück vergehen wird –
genieße es in vollen Zügen,
ohne es mit deiner Angst
vor seinem Ende zu schwächen.
Verlustangst sabotiert deine Freude
und überschattet deinen Genuß.

Seit knapp drei Jahren halte ich mich nun als Straßenmusiker über Wasser, reise von Stadt zu Stadt, spiele meine Western-Gitarre und singe in den Fußgängerzonen und Einkaufspassagen bekannte englischsprachige Songs. So bin ich doch noch Musiker geworden. Einer, dem du zuhören kannst, ohne einen Taler zahlen zu müssen. Was nichts kostet, hat keinen Wert, glauben viele Leute. Ich denke, nur das, was nichts kostet, hat wirklichen Wert.

Ich kann mitten in einem Song aufhören und die Gitarre einpacken, wenn ich keine Lust mehr zu spielen habe, und niemand darf mich auspfeifen, denn niemand hat Eintritt gezahlt. Meine Einkünfte sind bescheiden, aber ich kann mich damit über Wasser halten.

Gelegentlich werde ich nach meinen Straßenauftritten angesprochen und für eine Geburtstagsfete, Verlobungsparty, Wohnungseinweihungsfeier oder ähnliche Anlässe engagiert. Ich bin auch schon in Musikkneipen und

Folk-Clubs aufgetreten, aber am liebsten spiele ich an der frischen Luft, auch wenn ich meistens eine gewisse Scheu überwinden muß, bevor ich die Gitarre auspacke und meinen ersten Song singe. Schließlich hat mich niemand darum gebeten, und in gewisser Weise dränge ich meine Musik den Leuten auf; aber sobald die ersten Passanten stehenbleiben, um mir zuzuhören, verfliegt mein Unbehagen.

Am Anfang hatte ich gedacht, daß der Reiz der Straßenmusik mit der Zeit nachlassen würde, aber er ist immer noch so groß wie am Anfang. Es macht mir nach wie vor Spaß, die Leute mit meinen Pflasterauftritten aus ihrem Alltagstrott zu bringen. Das kann ich nur, weil ich spontan lebe. Spontaneität ist für mich ein anderes Wort für Freiheit. Wer es sich nicht leisten kann, spontan zu sein, kann es sich nicht leisten, frei zu sein. Und wer es sich nicht leisten kann, frei zu sein, kann es sich nicht leisten zu leben. Er macht seinen Job, zahlt seine Steuern, ist ein nützliches Mitglied der Gesellschaft, aber er lebt kaum noch. Und je weniger er lebt, desto nützlicher ist er.

Das mag traurig klingen, aber so traurig, wie es wirklich ist, kann man es wahrscheinlich gar nicht ausdrücken. Die Sprache hat immer etwas Beschönigendes, vielleicht reden die Leute deshalb so fleißig, als würden sie dafür gut bezahlt. Sich gegenseitig mit Worten zu überhäufen ist die beliebteste Art, sich vor bitteren Wahrheiten zu drükken. Und die meisten Menschen sind leider Drückeberger, konformistisch und anpassungswillig. Sie machen mit, laufen mit – und gehen sich dabei selbst verloren. Deshalb sind sie auch so leblos.

Zum Leben gehört der unbeugsame Wille, seinen eigenen Weg zu gehen, in seinem lebenslangen Geburtsprozeß nicht zu stagnieren – und der dazu nötige Mut. *Die Geburt ist nicht ein augenblickliches Ereignis, sondern ein dauernder Vorgang. Das Ziel des Lebens ist es, ganz geboren zu werden, und seine Tragödie, daß die meisten von uns sterben, bevor sie ganz geboren sind*, sagt Erich Fromm. Und warum sterben die meisten von uns, bevor sie ganz geboren sind? Weil sie zu ängstlich oder bequem sind, um ihren inneren Geburtsprozeß zu vollenden. Genau wie ich es war, bis mir bewußt wurde, daß Feigheit und Selbstverwirklichung zwei Begriffe sind, die sich gegenseitig ausschließen.

Vorgestern kam Frauke in mein Leben, als ich in der Fußgängerzone der Innenstadt spielte. Eigentlich hatte sie gar keine Zeit, mir zuzuhören, aber sie mußte einfach stehenbleiben, hat sie mir später gesagt, weil sie ein warmes Kribbeln im Bauch spürte und eine Gänsehaut bekam.

Nach meinem letzten Song ging sie lächelnd auf mich zu und lud mich zu einem Eisbecher ein. Wir hatten von Anfang an einen intensiven Augenkontakt. Und schon nach zehn Minuten entstand eine sanfte und zugleich starke Harmonie zwischen uns. Irgendwann legte sich ein magischer Schirm um uns, und wir waren allein in dem Straßencafé, allein in der Stadt, allein auf der Welt. Zu zweit in einer anderen Welt. Ich spürte es, Frauke spürte es, und wir wußten voneinander, daß wir es spürten. In diesem Augenblick hat es zwischen uns gefunkt. Es war ein gutes und klares Gefühl, das mir in warmen Wellen durch den ganzen Körper strömte.

Als wir das Café verließen, nahm Frauke meine Hand. Wir gingen eine Weile schweigend durch die Straßen. Irgendwann fragte sie mich, wo ich wohne.

»In einem Gästehaus.«

»Und wie ist es da?«

»An sich okay, aber ich muß das Zimmer mit jemandem teilen, der nicht mein Typ ist. Außerdem schnarcht er wie ein verschnupfter Bernhardiner. Deshalb wollte ich eigentlich morgen weiterreisen.«

»Und wohin?«

Ich zuckte mit den Schultern. »Was sich so ergibt. Aber irgendwie habe ich das Gefühl, ich sollte vielleicht noch ein bißchen hierbleiben.«

»Du kannst eine Weile bei mir wohnen, wenn du magst«, sagte sie leise.

Eine unwiderstehliche Einladung, fand ich.

Nun bin ich Fraukes Gast und genieße den Komfort ihrer kuscheligen kleinen Mansardenwohnung.

Irgendwann wird sie mich vor die Tür setzen, oder ich werde sie hinter der Tür sitzenlassen, aber das ist jetzt kein Thema. Ich denke selten über die Zukunft nach und versuche, das Beste aus der Gegenwart zu machen. Die Zukunft macht ohnehin, was sie will.

Frauke ist hübsch, vor allem, wenn ihr Blick zu funkeln beginnt. Wenn sie mich so ansieht, gibt es nichts Schöneres auf der Welt als ihre Augen. Sie kann mich beschenken mit ihrer bloßen Nähe. Mit so vielem, was sie tut und wie sie es tut. Mit ihrem blonden Lockenkopf und ihren großen blauen Augen, die manchmal so unschuldig wie die eines Kindes sind, wirkt sie ein bißchen wie ein Engel. Ich habe mir noch nie vorgestellt, wie ein Engelsgesicht aussieht. Seit ich Frauke kenne, weiß ich es.

In ihrer Nähe vergesse ich öfter, was ich ihr sagen wollte. Wir haben einfach Besseres zu tun, als Worte auszutauschen. Das Wundervollste im Leben fängt dort an, wo die Sprache aufhört. Und Frauke macht mich immer wieder sprachlos.

Gelegentlich klopft meine innere Freiheit bei mir an und sagt, sie fühle sich bedroht – denn wenn ich mich in eine Frau verliebe, mache ich mich in gewisser Weise von ihr abhängig. Deshalb verliebe ich mich eigentlich nicht so gern, obwohl es wiederum für mich nichts Tolleres gibt, als verliebt zu sein. Das klingt widersprüchlich? Ist es auch. Ich habe mich aus diesem Dilemma in einen Kompromiß gerettet, der sich sogar reimt: Ich verliebe mich nur dann, wenn ich es nicht verhindern kann. Aber dann auch ganz und gar, ohne Hinterausgang, ohne Feuerleiter, ohne Fallnetz. Nicht zuletzt, weil Verliebtheit naturgemäß ein kurzes Leben hat. Wenn du sie nicht genießt, solange sie lebt, lebst du selbst nicht.

Manche Leute reden immer von ihrer Freiheit und

meinen nur ihre Angst vor einer Liebe, die größer werden könnte als ihr Egoismus. Ich genieße sie ohne Angst, die traumhaften Gefühle spannender und entspannender Nähe zu Frauke, die Harmonie zwischen uns, das Ineinanderströmen unserer Blicke, das uns Zeit und Raum vergessen läßt.

Als ich mit ihr in dieses Freiluft-Café ging, war mir nicht unbedingt nach einer Romanze zumute. Ich fühlte mich ganz gut mit mir allein. Aber es ist schwierig, sich in Frauke nicht zu verlieben, eigentlich fast unmöglich, jedenfalls für mich. Es ließ sich einfach nicht vermeiden.

Nach der ersten Nacht mit ihr dachte ich einmal kurz an Flucht. Frauke schlief noch. Ich sah mich im Geist auf leisen Sohlen zur Wohnungstür schleichen, lautlos in meine Klamotten schlüpfen, Rucksack und Gitarre nehmen und verschwinden, bevor es zu spät sein würde. Mein Blick fiel im Dämmerlicht auf Fraukes Gesicht. Es war entspannt und schön, wie nicht von dieser Welt. Und ich wußte, daß es zu spät war. Ich konnte nicht mehr gehen und ich wollte es auch nicht mehr. Ich wäre ein Idiot gewesen, wenn ich es getan hätte. Irgendwann werde ich vielleicht ein Idiot sein, wenn ich es nicht tue, sagte ich mir, aber jetzt ist jetzt, und jetzt genieße ich das Zusammensein mit Frauke, als gäbe es kein Irgendwann.

Ich schlief wieder ein und hatte seltsamerweise einen Traum von meiner ersten Liebe Anneke, einer siebzehnjährigen Holländerin, die ich mit gerade fünfzehn Jahren in den Sommerferien kennenlernte.

In diesem Traum erlebte ich alles noch einmal, mit allen Gefühlen, die ich damals vor so vielen Jahren empfunden hatte. Wie im Zeitraffer, aber mit unverminderter Intensität, genoß ich die beschwingten sonnigen Tage, die Anneke und ich mit soviel Zärtlichkeit und Freude gefüllt hatten. Als hätte die Magie des Träumens die Gesetze der Zeit gebrochen, schwamm ich wieder im Meer auf Anneke zu, umarmte sie und tauchte mit ihr ins Wasser, ohne mich aus der Umarmung zu lösen, küßte sie zärtlich am Strand und sah voller Entzücken, wie das Strahlen ihrer Augen das Sonnenlicht in den Schatten stellte.

Doch dann veränderte sich alles, wie damals, als ich erfahren mußte, daß ich zu jung für Anneke war, die sich nicht nur nach der Erfüllung des Herzens sehnte und sich einem Mann zuwandte, der zwei Jahre älter war als sie. Und ich erlitt ein weiteres Mal den Schrecken, der mein Herz zusammenschnürte und meine Seele erschütterte, als ich die beiden zufällig in einer Sandmulde in den Dünen entdeckte – in einer leidenschaftlichen Umarmung versunken.

Ich sah Annekes aufgelöstes Gesicht, hörte sie vor Lust stöhnen und hatte das Gefühl, im nächsten Moment ohnmächtig zu werden. Ich wollte weglaufen, aber konnte meinen Blick nicht von dem nackten Liebespaar abwenden. Die Bewegungen der ineinander verschlungenen

Körper wurden schneller und wilder, Annekes Stöhnen wurde immer lauter und gipfelte in einem Schrei, der mir durch Mark und Bein ging – und ich erwachte schweißgebadet, allein in Fraukes Bett, die schon die Wohnung verlassen hatte.

Während ich mir den Schweiß von der Haut duschte, fragte ich mich, warum ich ausgerechnet nach der wunderschönen ersten Nacht mit Frauke von diesem verletzenden Erlebnis geträumt hatte, fand aber keine Antwort.

Frauke war ein sonniges Kind, sagte sie mir. *Sunshine* hat ihre Mutter sie oft genannt. Ein Sonnenschein ist sie immer noch. Ich habe das Glück, in ihrem Licht zu wandeln und ihre Wärme zu spüren, und manchmal auch ihre Hitze.

Wenn ich an sie denke, muß ich unwillkürlich lächeln. Ich fühle ihre Nähe, auch wenn sie nicht da ist. Seit diesem magischen Moment in dem Straßencafé gab es kein Zögern zwischen uns. Alles stimmte irgendwie, alles geschah am richtigen Ort zur richtigen Zeit – im Grunde wie von selbst, als würde es uns geschenkt.

Das Beste im Leben wird dir geschenkt. Was du dir erkaufst und erarbeitest, ist immer nur zweite Wahl. Deshalb sind die Arbeitstiere auch nie glücklich. Sie können noch soviel ackern und Kohle scheffeln, all das ist keine befriedigende Entschädigung für das Glück, das sie nicht geschenkt bekommen.

Das Glück liebt es, dich zu überraschen. Plötzlich steht

es unverhofft vor dir, lächelt dich an, und du kannst es nicht fassen. Du fragst dich vielleicht, womit du es verdient hast. Wenn es wirkliches Glück ist, fragst du dich das bald nicht mehr, du genießt es einfach. Deine Seele wird sich ihrer Flügel bewußt und hebt lächelnd ab. Du siehst das Leben aus der Vogelperspektive. Du kannst fliegen, du bist frei! Was willst du mehr? Die Welt ist ein Jammertal – aber nur, wenn du deine seelischen Flügel nicht benutzt, um über die Berge zu fliegen, die das Jammertal umschließen.

Die Welt ist eine straff durchorganisierte, tragikomische Dauerkatastrophe, die ich nicht wirklich ernst nehmen kann. Ich lasse ihren bodenlosen Wahnsinn, ihre lächerliche Ernsthaftigkeit, ihre routinierte Verlogenheit und hohle Wichtigtuerei nicht in meine Seele. Ich entziehe mich ihren plumpen Erpressungen und Nötigungen und verweigere ihren drei Götzen Geld, Macht und Gewalt die Anerkennung.

Meine drei Göttinnen heißen Freiheit, Liebe und Ehrlichkeit. Solange ich ihnen treu bleibe, brauche ich mir um meinen inneren Geburtsprozeß keine Sorgen zu machen.

Seit ich Wandermusikant bin, lebe ich offener und intensiver als je zuvor in meinem Leben. Offenheit ist eine magnetische Kraft, die das Glück anzieht, während Angst vor schlechten Erlebnissen meist gerade die Enttäuschungen herbeiführt, vor denen sie dich angeblich schützen will. Ich glaube, daß Mut oft belohnt und Angst oft bestraft wird. Und daß es nichts bringt, dem Leben nur die Hand zu geben. Du mußt es umarmen, um seinen Sinn zu verstehen, auch wenn manche Umarmung anders ausfällt, als du sie dir vorgestellt hast.

Für manche Leute, die an mir vorbeigehen, wenn ich meine Songs singe, bin ich ein Versager, ein *loser*. Einer, der auf der Straße gelandet ist. Ich erkenne eine Mischung aus Mitleid und Verachtung in ihren Augen, wenn sie mich im Vorbeigehen kurz fixieren. Sie sehen in mir so etwas wie einen musizierenden Bettler und würden sich nie dazu herablassen, auch nur ein Wort mit mir zu wechseln. Ich wiederum möchte nicht mit ihnen tauschen, nicht für fünf Minuten, ich bekäme Klaustrophobie in ihrem Bewußtsein.

Es ging mir noch nie so gut, ich war mir selbst noch nie so nah wie seit dem Beginn meines Straßenmusikerdaseins. Ich erwarte dafür kein Verständnis, ich habe schon früh gelernt, ohne das Verständnis meiner Umgebung zu leben. Mir reicht es, daß ich mich selbst verstehe.

Für viele bin ich ein Exot, irgendwie anders, schwer einzuschätzen. Trotzdem machen sich nicht wenige, denen ich begegne, ein Bild von mir, das sich in der Regel durch seine Beschränktheit auszeichnet, weil manche Zeitgenossen einen Mitmenschen lieber durch die Brille ihrer Oberflächlichkeit, ihrer Vorurteile und Bequemlichkeit sehen wollen, als ihn wirklich wahrzunehmen.

Jemand hat mir einmal mit leicht vorwurfsvollem Unterton gesagt, ich sei ein Hedonist. Die Leute können es ja nicht lassen, dir ihre Etiketten aufzukleben, vor allem, wenn du sie irgendwie irritierst. Aber wenn Hedonisten Menschen sind, die so glücklich wie möglich leben wollen, dann bin ich gern einer.

Allerdings reicht das Wollen allein nicht aus. Wer will nicht glücklich sein? Du mußt es auch können. Du mußt begabt sein für das Glück und diese Begabung entfalten. Glücklichsein ist eine Kunst, wie Klavierspielen, wie Malen, wie Lieben. Du mußt üben und lernen, aber alles Üben und Lernen bringt nicht genug, wenn die Begabung fehlt. Die kriegst du in die Wiege gelegt oder eben nicht.

Ich habe in den letzten Jahren auch einige Male gehört, daß es mir an Zukunftsbewußtsein mangele. Das mag durchaus stimmen, aber dafür habe ich ein ausgeprägtes Gegenwartsbewußtsein, und das ist mir wichtiger.

Einmal wurde ich sogar als narzißtisch bezeichnet. Ich empfand diese als Kritik gemeinte Einschätzung eher als unfreiwilliges Kompliment, weil ein Narziß bekanntlich ein Mensch ist, der sich selbst liebt – und die Liebe zu sich selbst ist eine unabdingbare Voraussetzung der Liebe zu anderen Menschen. Wer lieblos mit sich selbst umgeht, tut dies auch mit anderen. Wenn man einen Narzißten allerdings als einen Menschen betrachtet, der *nur* sich selbst lieben kann, hat er durchaus massive Kritik verdient, aber so war ich nie. Seit ich lieben kann, habe ich die Liebe mehr geliebt als mich selbst.

Mit zweiundzwanzig lernte ich einmal eine reinrassige

Narzißtin kennen, eine hübsche Germanistik-Studentin mit dem unvergeßlichen Namen Maximiliane. Sie lud mich auf einen Tee zu sich nach Hause ein, und mir fielen fast die Augen aus dem Kopf, als ich sah, daß an den Wänden ihres Apartments etwa ein Dutzend gerahmte Photos von ihr selbst hingen. Ich suchte verzweifelt nach Photos anderer Personen, aber entdeckte überall immer nur sie, die schöne Maximiliane, sogar in der Küche und im Bad. Sie redete immer nur über sich selbst. Welches Thema ich auch ansprach, sie fand mit verblüffendem Geschick eine sofortige, direkte Umleitung unseres Gesprächsflusses zu den Belangen ihrer Person.

Ich blieb nicht lange und habe sie nie wieder besucht. Menschen, die nur sich selbst lieben, wissen nicht, was Liebe ist. Im Grunde sind sie deprimierend, und ich fühlte mich damals auch ein wenig niedergeschlagen, von Maximilianes Selbstverherrlichung erschlagen, als ich ihre Wohnung verließ.

Es gibt so viele deprimierende Dinge, daß man den ganzen Tag lang bedrückt durch die Gegend laufen könnte, aber welchen Sinn hätte das?

Schon als Schuljunge mochte ich keine Menschen, die ihre Köpfe hängen ließen. Das ist heute noch genauso, obwohl ich sie inzwischen besser verstehen kann, denn das Leben hat mehr als genügend traurige Aspekte. Aber was bringt es, sich von ihnen unterkriegen zu lassen? Alles ist vergänglich. Ein Grund mehr, das Gute in vollen Zügen zu genießen. Vieles scheitert. Ein Chance mehr, aus

Fehlern zu lernen und es in Zukunft besser zu machen. Überall lauern Gefahren, Schmerzen, Krankheiten, Verletzungen, Enttäuschungen. Bloß keine Angst vor ihnen haben! Die Hunde des Schicksals beißen am liebsten die Angsthasen.

Eine gute Vorsorge gegen Traurigkeit, Frust und Sorgen ist die Lebensfreude. Wenn du Freude an deinem Leben hast, stehst du irgendwie unter höherem Schutz. Die Hunde des Schicksals mögen knurren und dich anbellen, aber sie haben Hemmungen, dich zu beißen.

Nur einmal in meinen bislang drei Jahren als Straßenmusiker habe ich einen normalen Job angenommen, um Geld für die Anschaffung einer neuen Gitarre zu verdienen. Ich las zufällig in der Zeitung, daß eine Chemische Reinigung einen Fahrer suchte, und rief spontan dort an.

Es meldete sich ein bemerkenswert schlechtgelaunter Mann, ironischerweise mit dem Namen Fröhlich. Er erklärte mir, daß sein bisheriger Fahrer ihn von heute auf morgen im Stich gelassen habe und ich sofort mit meiner Arbeit anfangen könne.

»Was muß ich tun?«

»Ich habe fünf Annahmestellen in der Stadt. Sie fahren die gereinigte Wäsche dreimal die Woche vom Geschäft in die Filialen und bringen gleich die schmutzige Wäsche zurück ins Hauptgeschäft. Sie kennen sich doch einigermaßen in der Stadt aus?«

»Ja.«

»Dann kommen Sie am besten gleich und fangen an.«

Er gab mir seine Adresse, und ich setzte mich in die Straßenbahn, voller Neugier auf meine Karriere als Wäschetransporteur.

Der Geschäftsinhaber Herr Fröhlich sah noch schlimmer aus, als ich ihn mir vorgestellt hatte. Sein Name war mehr als bloße Ironie des Schicksals, er war eine derbe Verspottung dieses kleinen Mannes um die Sechzig, der so griesgrämig und bärbeißig auf mich wirkte, als sei er in seinem ganzen Leben nicht eine Sekunde lang fröhlich gewesen. Er tat mir leid, aber ich verbot mir mein Mitgefühl, als ich mitbekam, wie verächtlich und gemein er seine Büglerin behandelte, eine junge Türkin mit schönen dunklen Augen.

Herr Fröhlich wollte meinen Führerschein sehen, und dann führte er mich zu seinem Lieferwagen, einem klapprigen alten Ford-Kombi, bei dessen Anblick ich mich fragte, wie diese Rostlaube durch den TÜV gekommen war.

»Da hängen Sie die Wäsche dran«, sagte er und wies auf eine im Heck des Wagens angebrachte Kleiderstange. »Und hier sind die Adressen der Annahmestellen«, fuhr er fort und drückte mir einen speckigen Zettel und einen halbzerrissenen Stadtplan in die Hand. »Sie beladen jetzt den Wagen und fahren los. Sie brauchen etwa zwei Stunden für die Tour. Dafür gibt es hinterher fünfzehn Mäuse auf die Hand. Noch Fragen?«

Ich hatte keine und räumte die gereinigte Wäsche aus

dem Geschäft in die alte Klapperkiste, während Herr Fröhlich in seinem stickigen Laden umherlief und weiter auf seiner armen Büglerin herumhackte, die in seinen Augen offensichtlich alles falsch machte. Sie wehrte sich in keiner Weise gegen seine Schikanen und nickte nur jedesmal demütig, wenn er sie beschimpfte.

Meine erste Tour verlief ohne nennenswerte Zwischenfälle. Der Motor des alten Kombis knatterte und rasselte verdächtig, aber die Bremse funktionierte. Die Zweigstellenleiter waren allesamt nett zu mir. Nach knapp zwei Stunden kam ich mit der zu reinigenden Wäsche aus den Annahmestellen zurück, brachte sie ins Geschäft und kassierte meinen Lohn.

Zwei Tage später absolvierte ich meine zweite Tour, und auch dabei ereignete sich nichts Erwähnenswertes. Abgesehen davon, daß mein Arbeitgeber widerlich war, fand ich den Job akzeptabel und nahm mir vor, ihn einen Monat lang zu machen.

Doch die dritte Tour warf meine Pläne über den Haufen. Ich hatte die saubere Wäsche ins Auto gebracht und wollte mich gerade ans Steuer setzen, als Herr Fröhlich plötzlich aus dem Geschäft zu mir eilte und mir eröffnete, daß er diesmal mitfahren würde, um in den Annahmestellen *nach dem Rechten zu sehen.*

Es war ein wunderschöner wolkenloser Sommertag, die Sonne strahlte heiter auf die Stadt hinunter, und mein durch das Wetter gefördertes gutes Lebensgefühl wurde durch die Absicht Herrn Fröhlichs, mir auf dem Beifahrersitz Gesellschaft zu leisten, nur unwesentlich gemindert. Das alte Ekelpaket war übellaunig wie immer, sein Mißmut hatte sich offensichtlich so tief in ihn hineingefressen, daß er völlig klimaresistent geworden war. Leider hatte der alte Ford kein Radio, sonst hätte ich es angestellt. So mußte ich mir Fröhlichs Frusttirade über den Fahrer (meinen Vorgänger) anhören, der ihn so schmählich im Stich gelassen hatte.

Als er endlich seinen Mund hielt, um sich eine Zigarette anzuzünden, begann ich einen Song zu pfeifen – nicht irgendeinen, sondern einen, der zu meiner Laune und der Jahreszeit paßte: *Summertime* von Gershwin. Das ging eine halbe Minute gut, dann hörte ich plötzlich von rechts die im Befehlston gesprochenen Worte: »Hören Sie auf zu pfeifen!«

Vor Überraschung über die Ungeheuerlichkeit dieser Aufforderung brach ich den Song tatsächlich ein paar Sekunden lang ab, um ihn dann um so fröhlicher weiterzupfeifen. Wer war ich, um mir das Pfeifen beim Autofahren untersagen zu lassen? Und wer war dieser alte Miesepeter, um es mir zu verbieten?

Ich spürte, daß es gar nicht um das Pfeifen als solches ging, sondern darum, daß es Herrn Fröhlich demonstrierte, daß ich richtig gut drauf war, was er als einen mutwilligen Angriff auf seine chronische Verdrossenheit empfand, denn er wiederholte seinen grotesken Befehl mit noch mehr Nachdruck: »Hören Sie *sofort* mit dem Pfeifen auf!«

Ich hörte nicht damit auf.

Das ging wieder eine halbe Minute gut, in der es in Herrn Fröhlichs Gehirn arbeitete, sofern sein Gehirn noch arbeitsfähig war, was ich bezweifelte, als ich seinen nächsten Spruch vernahm: »Wenn Sie nicht *sofort* aufhören zu pfeifen, sind Sie *gefeuert!*«

Obwohl ich nicht fassen konnte, was ich soeben gehört hatte, gelang es mir, ohne Unterbrechung oder falsche Töne *Summertime* weiterzupfeifen, das war ich Gershwin und mir schuldig. Die neue Gitarre konnte warten, hier ging es um Wichtigeres.

»Fahren Sie *auf der Stelle* zum Geschäft zurück!« schnaubte Fröhlich wütend, und diesmal gehorchte ich augenblicklich, denn für einen Mann, der offensichtlich am Rande des Wahnsinns stand (wenn nicht schon mittendrin), wollte ich nicht länger arbeiten.

Auf dem Rückweg pfiff ich noch einen anderen Song, denn ich erfreute mich nach wie vor an diesem herrlichen Sommertag. Fröhlich hielt den Mund (schließlich war unser Arbeitsverhältnis beendet) und begnügte sich damit, mir dann und wann einen giftigen Seitenblick zuzuwerfen.

Als wir aus dem Auto stiegen, sagte ich: »Ich bin eine halbe Stunde für Sie gefahren. Sie schulden mir noch drei fünfundsiebzig.«

Zu meiner Überraschung (soviel Fairneß hatte ich ihm nicht zugetraut) nickte er, und ich folgte ihm in sein durch ihn selbst permanent verschmutztes Reinigungsgeschäft. Während er düster vor sich hin brummelnd zur

Kasse ging, um mich auszuzahlen, ging ich zu der Büglerin und fragte sie, warum sie sich die Schikanen des alten Verhaltensmonsters gefallen ließ.

Sie schaute sich ängstlich nach ihrem Chef um, zog eine resignierte Miene und sagte leise: »Kann nicht gehen. Muß Geld verdienen.«

Fröhlich rief mich zu sich an die Kasse und gab mir den geforderten Lohn, den ich entgegennahm und der Türkin so auf ihr Bügelbrett legte, daß Fröhlich es nicht sehen konnte. Das Mädchen schaute erst das Geld, dann mich an, als würde sie die Welt nicht mehr verstehen.

Ich verließ den düsteren Laden und trat aufatmend ins heitere Sonnenlicht, womit meine denkwürdige Laufbahn als Wäschefahrer beendet war.

Unwillkürlich drehte ich mich nach ein paar Schritten um und sah, daß die junge Türkin am Fenster des Bügelraumes stand und mir nachblickte.

Sie tat mir leid.

Ich warf ihr eine Kußhand zu.

Sie lächelte.

3

Der Dämon der Alltäglichkeit
arbeitet geschickt, leise
und immer hinter deinem Rücken.

Wenn du ihm nicht
auf den Leim gehen willst,
achte stets gut darauf,
wie deine Gefühle sich entwickeln –
und reagiere rechtzeitig.

In zwei Stunden kommt Frauke aus der Unibibliothek zurück, wo sie für eine Klausur büffelt. Ich sitze schon seit einer Weile auf ihrem Balkon und genieße die Vorfreude auf sie. Es ist schön, sich auf seine Geliebte zu freuen. Es ist wunderbar, verliebt zu sein.

Simone de Beauvoir hat geschrieben, daß der Mensch immer so sein sollte, wie er ist, wenn er verliebt ist. Eine tolle Einsicht – aber unmöglich umzusetzen, denn die meisten Menschen wären wohl gern verliebt, aber die wenigsten sind es. Das Wollen reicht eben nicht, es muß schon funken. Aber es funkt nur dann, wenn es funken will, nicht wenn wir es wollen. Deshalb laufen so viele Leute mit frustrierten Gesichtern durch die Gegend – weil es bei ihnen einfach nicht funken will. Verliebtheit wischt dir mit einem magischen Schwamm den Frust aus dem Gesicht.

Frauke hat in ihrer Besenkammer, aus welchen Gründen auch immer, einen Stapel von herausgerissenen Zeitungsseiten gehortet, den ich mir mit auf den Balkon genommen habe, um herauszufinden, warum Frauke sie aufbewahrt. Sage mir, was du liest, und ich sage dir, wer du bist.

Auf der ersten Seite stoße ich auf einen mit Rotstift markierten Bericht über einen Australier, der seit Tagen verzweifelt auf einer Müllkippe umherirrt und in dem Abfall der Stadt Kalgoorlie nach seinem Lottoschein wühlt, der ihm einen Millionengewinn eingebracht hätte.

Erneut ein rot markierter Artikel. *Ein Amerikaner lebte vier Jahre lang in dem Glauben, er sei HIV-positiv, weil das Gesundheitsamt versehentlich die Ergebnisse seines Aidstests vertauscht hatte.* Also kann nicht nur Aids, sondern auch ein Aidstest katastrophale Folgen haben. Der Geschädigte verklagte das Gesundheitsamt und bekam von einem Gericht 1,4 Millionen Dollar Schmerzensgeld zugesprochen. *Zwei Monate nachdem der Irrtum aufgedeckt worden war, wurde bei dem Mann tatsächlich eine HIV-Infektion nachgewiesen.* Die Zeitung wertet dies als Ironie des Schicksals. Man könnte es auch Brutalität des Schicksals nennen.

Was lese ich hier? In Israel hat die Polizei einen Autofahrer aus dem Verkehr gezogen, der in jeder Hand ein Handy hielt, mit beiden Handys gleichzeitig telephonierte und sein Fahrzeug mit den Ellbogen lenkte.

In gewisser Weise zu Unrecht, denke ich, denn der Mann hat seine Fahrtüchtigkeit unter schwierigsten Bedingungen demonstriert.

Auf der nächsten Seite finde ich einen nachdenklich stimmenden Bericht über den neuseeländischen Bankräuber Dion Lawrence, der einen Teil seiner Beute an Bettler aus seiner Nachbarschaft verteilt hatte, bevor die Polizei ihn festnahm. Ein Richter, in dessen Augen Mitgefühl offensichtlich ein Zeichen geistiger Gestörtheit ist, ordnete daraufhin eine psychiatrische Untersuchung des großzügigen Kriminellen an. (Die Welt, in der wir leben, ist sicherlich nicht die beste, aber vielleicht die wahnsinnigste aller möglichen Welten.)

Die nächsten beiden angekreuzten Meldungen sind weniger interessant, aber dann stoße ich auf einen Artikel über eine wahrhaft tierische Erbschaft. *Sechs Schimpansen aus dem Kopenhagener Zoo haben umgerechnet 65 000 Euro geerbt.* Eine dreiundachtzigjährige Witwe ohne Angehörige habe die Schimpansen Jimmy, Trunte, Fifi, Trine, Grinni und Gigi als Alleinerben eingesetzt. Ein Richter verlas das Testament vor dem Schimpansenkäfig. Die Erben hätten sich besser benommen als viele Menschen, die er bei der Verlesung von Testamenten vor Gericht erlebt habe, sagte der Richter. Ein Sprecher des Zoos erklärte, das Geld sollte für die Verbesserung des Schimpansengeheges verwendet werden.

Was gibt es noch? Ein britischer Schiedsrichter hat nach dreißig Minuten Spielzeit den Platz verlassen. *Steward Weighill verließ das Spielfeld, als eine Ecke getreten werden sollte. Ohne ein Wort zu sagen, verschwand er und ließ die Teams der Amateurliga beim Stand von 1:0 ratlos auf dem Platz zurück. Später sagte Weighill: »Ich hatte plötzlich genug und bin gegangen. Ich kann Fußball nicht leiden.«*

Ich nehme mir die nächste Seite vor. Wofür hat sich Frauke diesmal interessiert? Eine Meldung über den britischen Klerus, der sich etwas ausgedacht hat, um die Kirchen wieder zu füllen: Ein Werbeplakat der kirchlichen Agentur Church's Advertising Network (CAN) zeigt Jesus auf schwarz-roten Plakaten mit dem für den kubanisch-argentinischen Revolutionär Ernesto »Che« Guevara typischen entrückten Blick. Che Guevaras legendäre Baskenmütze wurde durch eine Dornenkrone ersetzt. Die Werbekampagne, sagt Reverend Tom Ambrose von CAN, soll die Menschen dazu animieren, sich Fragen über das Christentum zu stellen und ihr Jesusbild zu überdenken. Wir wollen, zitiert die Zeitung Tom Ambrose weiter, *daß die Leute erkennen, daß Jesus nicht ein gutmütiger Weichling im weißen Nachthemd war, sondern ein leidenschaftlicher und besorgter Mensch. Jesus war eine revolutionäre Figur, und zwar revolutionärer als irgendwer im 20. Jahrhundert.*

Gut möglich, daß Tom Ambrose mit seiner Behauptung recht hat. Wahrscheinlich war Jesus eine der revolutionärsten Figuren der Menschheitsgeschichte, mehr noch als Mahatma Gandhi oder Martin Luther King. Interessant sind die Gemeinsamkeiten zwischen diesen drei Persönlichkeiten. Alle waren sie religiöse Pazifisten, friedliebende Männer, die ihre Berufung darin sahen, ihre Zeitgenossen aufzuklären, für Gerechtigkeit und gegen

Unterdrückung zu kämpfen. Alle drei haben auf ihre Weise versucht, die Menschen aus ihrem seelischen Schlaf zu erwecken, die Augen ihrer Herzen zu öffnen und ihnen zu zeigen, wofür es sich zu leben lohnt. Und alle drei ereilte das gleiche Schicksal: Sie wurden umgebracht und nach ihrem Tod verherrlicht.

Man könnte daraus schließen, daß die Menschheit es haßt, in ihrem seelischen Schlaf gestört zu werden, und mit den lästigen Störenfrieden kurzen Prozeß macht, sie unter die Erde bringt, um sie dann in den Himmel zu heben. Vielleicht aus schlechtem Gewissen, vielleicht auch, weil von toten Revolutionären nicht mehr zu befürchten ist, daß sie den Wahnsinn, der sich Normalität nennt, in irgendeiner Weise gefährden könnten.

Dabei scheint es ihr völlig egal zu sein, ob es sich um friedfertige Aufrührer wie Jesus, Gandhi oder King handelt oder um militante Revolutionäre wie etwa Che Guevara. Nicht die Wahl ihrer Mittel macht sie so verhaßt, sondern ihr bloßer Wille, die Welt zu verbessern, sie menschlicher, gerechter und freier zu machen. Alles soll so bleiben, wie es ist. Die Welt scheint unverbesserlich zu sein, und wer sie zu verbessern versucht, lebt gefährlich und muß bereit sein, die Ansprüche an seine Lebenserwartung zu reduzieren.

Ich werde von den Stimmen einer Frau und eines Mannes aus meinen Gedanken gerissen. Sie sitzen auf dem Balkon unter mir und haben offenkundig ein Problem. Ihr vorher gedämpftes Gespräch ist plötzlich lauter geworden, so daß ich jedes Wort verstehen kann.

»Wir drehen uns im Kreis«, höre ich den Mann klagen, »so kommen wir nicht weiter.«

»Jan, rede nicht so laut! Die Nachbarn ...«

»Ach, vergiß die Nachbarn. Der Bartels hockt in seinem Büro, und Frauke ist auch nicht zu Hause.«

»Kannst du keinen einzigen Tag rumkriegen, ohne von dieser Frauke zu reden? Es genügt wirklich, daß du sie mit deinen Blicken verschlingst.«

»Sie sieht auch sehr appetitlich aus.«

»Du würdest wohl am liebsten mit ihr ins Bett gehen!«

»Na ja ...«

»Vergiß es! Sie steht eher auf jüngere Typen. Sie hat Besuch, von einem jungen Mann. Hast du ihn noch nicht gesehen?«

»Nein. Vielleicht ist er ihr Bruder.«

»Sie haben sich gestern vor dem Haus umarmt, aber weiß Gott nicht wie Geschwister.«

»Willst du mich jetzt eifersüchtig machen, Linda?«

»Warum sollte ich?«

»Um mich dafür zu bestrafen, daß ich eine aparte Frau anziehend finde. Dir wäre es wohl am liebsten, wenn alle Frauen unattraktiv wären! Dann würdest du dich sicher fühlen.«

»Warum redest du so laut?«

»Ich rede nicht laut.«

Das stimmt eindeutig nicht. Dieser Jan redet laut, aber

er will es nicht wahrhaben. Solche Leute gibt es eben. Sie wissen nicht, was sie tun, und wollen es auf keinen Fall wissen.

»Weißt du eigentlich, wer ich wirklich bin?« fragt er.

Oha, jetzt wird es philosophisch!

»Ich glaube schon«, antwortet sie.

»Ich habe manchmal meine Zweifel. Seit zehn Jahren leben wir zusammen, aber manchmal bekomme ich das Gefühl, du weißt gar nicht, wer ich eigentlich bin. Und ich weiß es bald auch nicht mehr.«

»Du bist wie alle Männer. Sie suchen Abenteuer mit anderen Frauen, wollen aber nicht, daß ihre Frauen Abenteuer mit anderen Männern haben.«

»So? Und wie sind die Frauen?« fragt er gereizt.

»Ich glaube, sie sehnen sich genauso wie die Männer nach erotischen Abenteuern«, antwortet Linda, »aber sie unterdrücken ihre Sehnsucht nur besser, weil die Männer sie jahrhundertelang entsprechend konditioniert haben. Ich hätte auch nichts gegen etwas Abwechslung.«

»Dann such dir doch deine erotischen Abenteuer! Ich such mir meine, und keiner kann dem anderen etwas vorwerfen. Es ist doch absoluter Blödsinn, sich etwas zu verkneifen, nur damit man moralischen Druck auf den anderen ausüben kann, wenn er nicht darauf verzichten will.«

Linda schweigt. Anscheinend hat Jans Vorschlag sie überrascht. Hat er ihn ernst gemeint, oder will er sie nur provozieren?

»Ich frage mich«, sagt sie schließlich, »wie lange wir

noch zusammenleben, wenn sich jeder seine Abenteuer sucht.«

»Tja, wer weiß«, brummt er.

»Ich möchte dich nicht verlieren«, sagt sie so leise, daß ich es kaum verstehe. Leise und irgendwie zärtlich.

»Ich möchte dich auch nicht verlieren, Linda. Aber ich habe manchmal das Gefühl, daß ich mich selbst dabei verliere. Wir sperren uns gegenseitig in das Gefängnis unserer Verlustängste. Wir sollten uns mehr Freiheit lassen. Wir sollten uns so sein lassen, wie wir sind.«

»Ja, sicherlich hast du recht. Aber es quält mich, daß du gern mit dieser Frauke ins Bett gehen würdest. Und wahrscheinlich mit jeder anderen auch, wenn sie nur hübsch und jung genug ist. Vielleicht hast du es ja schon getan.«

»Moment! War das eine Frage oder eine Behauptung?« Jan klingt jetzt ziemlich sauer.

Ich denke, daß die beiden ein solches Gespräch nicht auf dem Balkon führen sollten. Und ich denke auch, daß ich ihnen nicht dabei zuhören sollte. Aber dann hält die Neugier mich doch auf dem Gartenstuhl fest, auf dem ich wie versteinert sitze, damit ein eventuelles Quietschen der Stuhlfedern nicht meine Anwesenheit verrät. Es fasziniert und deprimiert mich gleichzeitig, einen Blick in die Welt eines Paares zu werfen, das sich unbeobachtet glaubt.

»Wir gehen im Kreis«, jammert Jan schon wieder, als würde Jammern helfen. »Diese Gespräche, diese Situation, dieser verdammte Alltagstrott. Immer wieder dasselbe, alles schon hundertmal gehabt. Manchmal frage ich mich, ob wir uns wirklich noch lieben oder nur noch aus lieber Gewohnheit zusammenleben.«

»Ich weiß, daß ich dich noch liebe«, sagt Linda.

Ein Stuhl wird gerückt. Jemand steht auf und verläßt den Balkon. Eine Minute lang ist Stille.

Dann sagt Jan etwas, sagt es zu sich selbst und damit auch zu mir. Nur ein Wort, ein sehr häufig gebrauchtes Wort. Aber er sagt es so, daß es mehr als nur ein Wort ist. Es ist ein emotionaler Offenbarungseid, der traurige Fluch eines Mannes, der mit dem Rücken zur Wand steht und nicht weiterweiß.

»Scheiße«, sagt er.

Nicht wütend oder trotzig, sondern müde, resigniert. Wie man es eigentlich nicht sagen sollte. Ohne Saft und Kraft. Wie es jemand sagt, der erkennt, daß er etwas tun muß, aber gleichzeitig befürchtet, daß er es nicht schaffen wird.

Schließlich steht auch er auf und geht in die Wohnung.

Ich bleibe auf dem Balkon sitzen und lasse die eben miterlebte Szene einer Ehe oder eheähnlichen Gemeinschaft nachwirken. Die beiden tun mir leid, und dann auch wieder nicht, weil jeder im Grunde selbst verantwortlich ist für den Schlamassel, in den er sich reingeritten hat.

Wahrscheinlich leben viele Leute so wie dieses Paar ein Stockwerk tiefer, in einer seltsamen Dreierkiste: sie, er und das Gespenst der gestorbenen Liebe zwischen ihnen. Aber sie reden sich ein, daß ihre Liebe noch lebt. Aus lieber Gewohnheit. Und aus Angst, daß alles noch schlimmer wird, wenn sie sich trennen.

Doch was ist mit der Hoffnung, daß alles besser wird, wenn man sich trennt? Ich kann Paare nicht verstehen, die hartnäckig aneinanderkleben, obwohl sie sich nicht mehr lieben, nicht mehr wirklich, sie lieben nur noch die Erinnerung an ihre verflossenen Gefühle. Sie sind an ihrer Vergangenheit hängengeblieben, haben keine Gegenwart mehr, sind bequem und ängstlich geworden. Sie würden schon irgendwie einen Ausweg finden, wenn sie mutig und optimistisch genug wären. Eine Lösung gibt es immer. Aber sie kultivieren ihre Erstarrung, arrangieren sich mit ihrem hohlen Leben und betäuben ihr Unbehagen mit dem Allzweckargument, daß es anderen noch schlechter geht als ihnen.

Wie kann man zusammenbleiben, wenn die Liebe gegangen ist? Man muß gehen, wenn sie geht. Natürlich tut das weh. Aber ändern läßt es sich nicht.

Lebensmittel lassen sich konservieren, Liebe nicht. Sieht man die Liebe als ein seelisches Lebensmittel, ernähren sich viele Menschen von vertrockneten, verdorbenen Gefühlen. Kein Wunder, daß es ihnen chronisch schlechtgeht. Man ist, was man ißt.

Die beiden da unten auf dem Balkon haben mich ein bißchen runtergezogen. Ich erhoffe mir eine kleine Stimmungsaufhellung von den restlichen Zeitungsseiten auf meinem Schoß und finde eine unglaubliche, aber sicherlich wahre Meldung, die mehr über den Zustand dieser Welt aussagt als so manches dicke Sachbuch: ein siebenzeiliger Bericht über eine mir sehr sympathische dreiundsechzigjährige Frau namens Sylvia Stayton aus dem US-Bundesstaat Cincinnati. *Aus purer Gutmütigkeit hat die alte Dame immer wieder abgelaufene Parkuhren gefüttert, um ihr völlig fremden Autobesitzern ein Knöllchen zu ersparen. Dafür wurde sie vor Gericht gestellt wegen Behinderung der Behörden in ihrer Aufgabe, Autofahrer für zu langes Parken zur Kasse zu bitten. Nun drohen der zehnfachen Großmutter bis zu 90 Tage Haft sowie eine Geldstrafe von 750 Dollar.*

Das Recht hat kein Herz.

Auf der nächsten Seite erfahre ich, daß ein belgisches Gericht einem seit kurzem geschiedenen Mann verweigert hat, seinen geliebten Hund zu besuchen. Der Yorkshireterrier war seiner Ex-Frau zugesprochen worden, weil sie den Hund gekauft hatte. Der verzweifelte Mann hatte versucht, vor Gericht das Recht zu erstreiten, das Tier zu besuchen. Der Richter wies die Klage mit der Begründung ab, *daß Hunde nach belgischem Recht dem Mobiliar zugerechnet werden und damit der Antrag auf ein Besuchsrecht unsinnig ist.*

Ich beginne, das belgische Recht zu fürchten. Eine Justiz, die einen Hund zum Mobiliar rechnet, ist zu allem fähig. Wenn also in belgischen Häusern etwas bellt, ist es – juristisch gesehen – ein Teil des Mobiliars.

Was haben wir noch? Einen Bericht über eine Engländerin, deren Mann gestorben ist. Sein Körper wurde auf seinen Wunsch hin verbrannt, und seine Asche dient seiner Witwe nun als Küchenhilfe, und zwar in einer gläsernen Eieruhr – die Sonderanfertigung eines Londoner Glasbläsers. *Der Verstorbene wußte aus langjähriger Erfahrung, daß seine Frau keine weichen Eier kochen konnte. Daher hat er ihr vorgeschlagen, nach seinem Ableben einen Teil seiner Asche in eine Eieruhr zu streuen. Dann könne er ihr beim Eierkochen helfen. Zudem sei das eine nette Art der Erinnerung an ihn.* Das ist schon skurril – und irgendwie rührend.

Auf dem vorletzten Zeitungsblatt finde ich eine weitere Meldung über Hunde, mit dem Titel *Hund wollte nicht – da biß Herrchen zu.* Ein namentlich nicht genannter Mann hat in Neapel einem Polizisten in den Hals gebissen, *nachdem er vergeblich seinem Hund befohlen hatte, es zu tun.*

Die Potenzpille *Viagra*, erfahre ich auf der letzten Seite, hat bei einem gewissen Sonny Bernardo (70) offenbar so gut angeschlagen, daß er, um seine Triebe auszuleben, nach zehn Jahren seiner Partnerin Roberta (61) den Laufpaß gab, mit der Begründung: *Es wird Zeit, daß ich wieder ein Hengst werde.*

Die Geschichten, die das Leben schreibt, überbieten mühelos jede noch so groteske Fiktion. Zwischen den markierten Zeitungsmeldungen ist kein innerer Zusammenhang erkennbar. Frauke scheint sie nach undurchschaubaren Kriterien ausgewählt zu haben.

Ich gehe wieder in die Wohnung und bringe die Zeitungsseiten in die Besenkammer zurück.

Mein Blick fällt auf Fraukes Bücherregal. Mal sehen, was sie so liest! Psychologische Fachbücher mit abschreckenden Titeln, darunter die gesammelten Werke von Sigmund Freud, aber auch Frauenromane, Krimis von Simenon, Harry-Potter-Bände …

Oh, was ist das? Der größte Bestseller aller Zeiten, mit den goldenen Lettern auf dem Buchrücken: DIE GUTE NACHRICHT – DIE BIBEL – IN HEUTIGEM DEUTSCH. Ich wuchte nach kurzem Zögern das Buch, das bestimmt zwei Kilo auf die Waage bringt, aus dem Regal und lege es auf den Tisch. Mit geschlossenen Augen schlage ich es auf und lande auf Seite 598 des Alten Testaments bei DAS BUCH KOHELET.

Kohelet ist ein philosophierender König, der eine hohe Meinung von sich hat, denn er behauptet, mehr zu wissen als alle anderen Könige, die vor ihm in Jerusalem geherrscht haben, und daß er durch Lernen und Erfahrung ein *ungeheueres* Wissen erworben habe. Wie kann man auch von einem König Bescheidenheit erwarten? Aber er erkennt immerhin, daß Wissen im Grunde nicht viel wert ist. *Wer viel weiß, hat viel Ärger*, stellt er fest und fügt hinzu: *Je mehr Erfahrung, desto mehr Enttäuschung*. Ich bin gespannt, was er noch erkannt hat.

Alles ist sinnlos, sagt er. Dennoch entschließt er sich, das Leben zu genießen und glücklich zu sein, hält sich Sänger und Sängerinnen und nimmt sich so viele Frauen, wie es sich ein Mann nur wünschen kann. Aber er merkt bald, daß auch dies sinnlos ist, und kommt zu dem Schluß, daß das Lachen etwas für Narren ist und die Freude nichts bringt.

Da muß ich ihm energisch widersprechen. Das Lachen ist etwas für alle, und die Freude bringt sehr viel.

Kohelet hat, wie viele Philosophen, den Drang, sich ständig zu wiederholen. Immer aufs neue konstatiert er, *daß alles völlig sinnlos ist, daß man tun kann, was man will, aber alles keinen Sinn hat.* Ebensogut könnte man versuchen, den Wind zu fangen. Besonders tiefgründig finde ich seine Erkenntnis, *daß alle Flüsse ins Meer fließen, aber das Meer nicht voll wird.*

Von Menschenrechten hat er noch nie gehört, denn er kauft sich noch mehr Sklaven und Sklavinnen, als er ohnehin schon von seinem Vater geerbt hatte. Kriegerisch und gierig ist er obendrein, denn er füllt seine Vorratskammern mit Gold und Silber aus den Schätzen der unterworfenen Könige und Länder.

Was kann man von einem solchen Autor lernen? Er beginnt mich zu langweilen und wird mir immer unsympathischer.

Immerhin erkennt er, daß, *wo Recht gesprochen und für Gerechtigkeit gesorgt werden sollte, schreiendes Unrecht herrscht, und wieviel Ausbeutung es in dieser Welt gibt.* Dabei ist er selbst ein Oberausbeuter, dieser Kohelet! *Die Unterdrückten weinen,* schreibt er, *und niemand trocknet ihre Tränen, nie-*

mand hilft ihnen, denn ihre Unterdrücker haben die Macht. Dabei ist er selbst ein Oberunterdrücker!

Als Quintessenz seiner seltsamen Überlegungen, die man nur mit sehr viel Wohlwollen als philosophisch bezeichnen kann, offeriert er die Erkenntnis, daß *die Toten es doch gut haben und es ihnen besser als den Lebenden geht. Aber noch besser sind die dran, die gar nicht geboren wurden und die Ungerechtigkeit auf der Erde nicht sehen müssen.*

Je mehr Worte du machst, desto mehr Unsinn redest du, ist eine weitere seiner Einsichten, die in frappierender Weise auf ihn selbst zutrifft.

Und dann bringt er noch eine Lachnummer, dieser Meister der unfreiwilligen pseudophilosophischen Komik: *Der Mensch müht sich ständig ab, um sich satt essen zu können, aber was hilft es ihm – er wird doch immer wieder hungrig.* Wahnsinn! Tiefsinniger geht es wirklich nicht.

Aber eins weiß er immerhin: *daß es Menschen gibt, die Gottes Gebote befolgen und es ihnen ergeht, wie es Verbrechern ergehen sollte; und daß es Verbrecher gibt, denen es so gutgeht, als hätten sie alle Gebote Gottes befolgt*, was eine Ungerechtigkeit ist, in der er keinen Sinn sieht. Aber er sieht ja nirgendwo einen Sinn.

Schließlich schreibt er noch, daß der Mensch sich an die Freude halten soll, obwohl er ein paar Seiten vorher noch behauptet hat, daß sie nichts bringt – was mir wiederum die Erkenntnis bringt, daß man zu biblischen Zeiten Wirrkopf, König und Möchtegernphilosoph in Personalunion sein konnte.

Zum Schluß gibt er einen wohlmeinenden Rat an alle jungen Menschen: Sie sollen glücklich sein, solange sie noch jung sind, sie sollen tun, was ihnen Spaß macht und sich den Ärger von der Seele und die Krankheit vom Leib halten, denn Jugend und dunkles Haar vergehen schnell – mit anderen Worten, sie sollen ihr Leben genießen, solange es jung ist.

Das ist wohl das Beste, was Kohelet zu sagen hat. Allerdings braucht die Jugend seinen Rat nicht, denn was er empfiehlt, versteht sich von selbst.

In einem Punkt gleicht Kohelet den allermeisten Philosophen: In ihren Schriften taucht das Wort *Liebe* nicht auf. Sie ignorieren oder degradieren sie, sie erkennen ihre Bedeutung nicht. Deshalb sehen sie keinen Sinn im Leben, deshalb sind sie unglücklich und schreiben finsteres Zeug. In ihrem Bewußtsein fehlt das Licht der Liebe, und so tappen sie fremdwörtersüchtig und wichtigtuerisch im dunkeln und blenden die Einäugigen.

Sie wissen nicht, was Liebe ist, weil sie nie wirklich geliebt haben; aber ein Philosoph, der die Liebe nicht kennt, denkt am Leben vorbei und bastelt sich eine düstere Philosophie zusammen, die nur denen etwas bringt, die Liebe mit Sex verwechseln.

Wirklich lernen kannst du nur etwas von einem Menschen, der die Liebe erfahren hat und für sie lebt, sei er ein Philosoph, Dichter, Musiker oder ein ganz normaler Zeitgenosse, denn für den Liebenden hat das Leben Sinn, Zauber und Schönheit, und die schreienden Ungerechtigkeiten dieser Welt können ihm zwar Hiebe versetzen, ihn aber nicht zu Boden werfen.

Du erkennst das Wertvollste im Leben (und dazu gehört die Liebe) daran, daß sich aus ihm keine Dienstleistung machen läßt, daß es unkommerzialisierbar ist. Sex ist die älteste Dienstleistung der Welt, also ist er als solcher nicht wirklich wertvoll. Liebe und auch Freundschaft lassen sich nicht zu Geld machen, sie sind unkäufliche Geschenke des Lebens – und das ist schön und tröstlich, es ist das Glück in dem Unglück, in einer verkauften und käuflichen Welt zu leben.

Mein Blick fällt erneut auf die Bibel. Ich will mich von dem Wirrkopf Kohelet nicht abschrecken lassen und noch ein bißchen weiterlesen. Also blättere ich um.

Gleich nach DAS BUCH KOHELET kommt DAS HOHELIED, was so etwas wie eine Sammlung von Liebesgedichten ist, von denen mir das Gedicht *Du bist schön, meine Freundin* am stärksten ins Auge springt, vielleicht wegen seiner eigenwilligen Metaphorik.

Da werden die Augen der schönen Freundin des Poeten mit Tauben verglichen. So schön sind Tauben nun auch wieder nicht. Und ihr Haar wird mit einer Herde von schwarzen Ziegen assoziiert. Ihre Zähne, von denen keiner fehlt (was damals wohl nicht selbstverständlich war), erscheinen dem Dichter wie frischgeschorene Schafe.

Ich fange an zu kichern, aber es kommt noch dicker. Der Höhepunkt der animalischen Bilderflut sind zweifelsohne die Verse: *Deine Brüste sind zwei Zicklein, Zwillingsjunge der Gazelle, die in Blumenwiesen weiden.*

Wenn ich Frauke sagen würde, daß ihre Brüste zwei Gazellenzicklein sind, die in Blumenwiesen weiden, würde sie entweder einen Lachanfall kriegen, die Psychiatrie anrufen oder mir den nächstliegenden Gegenstand an den Kopf werfen.

Ich klappe die Bibel zu und stelle sie ins Regal zurück.

4

Du hast erst dann die Chance,
glücklich zu sein,
wenn du glücklich sein willst.
Solange du in deine Probleme,
deine Unzufriedenheit und
Enttäuschungen verliebt bist,
wird das Glück dich meiden
wie eine ansteckende Krankheit.

Es klingelt. Besuch für Frauke? Vielleicht ein Päckchen?

Ich stehe auf und bediene den Türöffner. Jemand klopft an die Wohnungstür, steht also schon auf der Matte. Vielleicht ein Drücker, der Frauke ein Illustriertenabo andrehen will? Oder Zeugen Jehovas, die sie zum rechten Glauben bekehren wollen? Wenn sie Fraukes Bibel im Regal sehen, wird ihr missionarischer Eifer mich überrollen.

Warum hat Fraukes Wohnungstür keinen Spion? Ich frage meine innere Stimme, was ich tun soll, und sie empfiehlt mir, die Tür zu öffnen und zu sehen, was passiert.

Da steht ein Mann vor mir, schlank, blond, unrasiert. Er hat etwas Sympathisches, schätzungsweise fünfzig Jahre auf dem Buckel und schulterlanges Haar – als wollte er mit seinem langen Haar zeigen, daß er nicht so ist wie andere Männer in seinem Alter. Aber es ist einfach zu dünn. Es sieht dürftig aus.

Er guckt mich überrascht an, räuspert sich vielversprechend und sagt: »Äh.«

Wahnsinn! Dafür hätte er sich nicht zu räuspern brauchen.

»Hallo«, kriegt er dann doch noch raus. »Ich bin Jan. Ich wohne einen Stock tiefer.«

Oha, der frustrierte Mann vom Balkon! Er erinnert mich an jemanden, ich weiß nur im Moment nicht, an wen. »Hallo, ich bin Manuel.«

»Ist Frauke nicht da?«

»Nee, die ist an der Uni.«

»Ach so«, meint er und verzieht enttäuscht den Mund.

»Kommt aber bald zurück«, tröste ich ihn.

Ich sehe, daß er eine Minidisk in der Hand hält. Er merkt, daß ich sie sehe, und hält sie mir vor die Nase.

»Die habe ich für Frauke aufgenommen. Wir haben vor einer Woche im Treppenhaus ein paar Takte über Musik gequatscht, und da hat sie mir gesagt, daß sie Tori Amos mag. Ich habe alle CDs von Tori Amos – und Frauke versprochen, eine Zusammenstellung der besten Stücke für sie aufzunehmen. Tja, und hier ist sie.«

Er hält mir noch immer die Minidisk vor die Nase, als sollte ich daran riechen.

»Okay«, sagt er impulsiv. »Ich geb dir die MD, und du gibst sie Frauke. Mit Gruß von Jan.«

Er drückt mir die Disk in die Hand und will gehen, aber ich halte ihn zurück.

Ich will wissen, ob er wirklich so ein Jammerlappen ist,

wie er zu sein scheint, oder ob noch ein bißchen Mumm in seinen Knochen steckt.

»Hast du Lust auf ein Glas Rotwein?« frage ich ihn.

»Oh«, macht er überrascht und lächelt, »da sage ich nicht nein.«

Jetzt sitzen wir auf Fraukes Sesseln und trinken Fraukes Wein aus Fraukes Gläsern auf Fraukes Tisch, der auf Fraukes Teppichboden steht. Alles um uns herum gehört der Frau, die wir begehren. Das haben wir gemeinsam. Er träumt davon, mit ihr ins Bett zu gehen, ich gehe mit ihr ins Bett. Das unterscheidet uns.

»Der Wein ist gut«, merkt er an und sieht sich um. »Ich war noch nie hier. Gemütliche Wohnung. Geschmackvoll.«

»Ja«, stimme ich ihm zu.

Er wirkt ein bißchen unsicher. »Magst du auch Tori Amos?«

»Ja«, sage ich. »Vor allem die ruhigen Songs.«

»Und was machst du so – im Augenblick?« fragt er.

»Ich trinke Wein mit dir und lasse mich auf ein oberflächliches Gespräch ein.«

Er grinst. »Aha, du redest lieber über tiefere Dinge?«

Ich nicke.

»Über die wesentlichen Aspekte des Lebens sozusagen?«

Ich nicke ein zweites Mal. Jans leicht spöttisch gewordener Tonfall gefällt mir nicht. Ist er eine Folge seiner Unsicherheit? Oder will dieser dünnhaarige Jungsenior etwa meine spontane Gastfreundschaft durch unsympathisches Verhalten mißbrauchen?

»Zum Beispiel?« fragt er.

»Zum Beispiel über das Gefängnis, in das Menschen sich gegenseitig sperren, die nicht miteinander, aber auch nicht ohneeinander leben können.« Vielleicht hätte ich das nicht sagen sollen, aber irgendwie hat sein Tonfall mich provoziert.

Er starrt mich an, als hätte er nicht richtig gehört. »Wie meinst du das?«

Jetzt kann ich nicht mehr zurück. »Auf deine Situation bezogen. Und nicht nur auf deine.«

Er wirkt verunsichert. »Woher willst du meine Situation kennen?«

»Du hast dich vor etwa einer halben Stunde mit deiner Freundin oder Frau auf eurem Balkon unterhalten. Eure Stimmen waren so laut, daß sie nicht zu überhören waren. Ich wurde unfreiwilliger Zeuge dieses Gesprächs, wie es so schön heißt.«

Er sieht mich erschreckt und verblüfft an. »Meine Freundin«, erklärt er schließlich. »Schämst du dich nicht, daß du uns belauscht hast?«

»Mein Schamgefühl ist kleiner als mein Mitgefühl, aber beides bringt dir nichts.«

Jan runzelt die Stirn. Er weiß nicht, was er von mir halten soll. Wir sehen uns eine Weile schweigend in die Augen.

»Okay«, räume ich ein, »ich hätte in die Wohnung gehen können. Aber dazu war ich zu neugierig. Jeder ist doch mehr oder weniger ein Voyeur.«

»Du auf jeden Fall!«

»He, warum fahren alle Leute langsam, wenn sie an einem Unfallort vorbeikommen? Sie hoffen, daß sie noch etwas sehen können, auch wenn sie im Grunde nichts sehen wollen. Warum lauschen die Leute an Wohnungstüren, wenn sie Stimmen dahinter hören? Es ist einfach Neugier. Menschen sind wahnsinnig neugierig. Jeder will wissen, was andere reden, wenn sie denken, daß ihnen niemand zuhört. Du nicht?«

»Na ja – ich hätte an deiner Stelle wahrscheinlich auch gelauscht.«

Sein Tonfall ist wieder akzeptabel. Er sieht mich mit einem prüfenden Blick an. Plötzlich kommt eine gewisse Wärme und Entspannung in seine Augen und glättet die Falten auf seiner Stirn.

»Ich weiß deine Ehrlichkeit zu schätzen«, sagt er und trinkt sein Glas halb leer.

»Du würdest also gern mit Frauke schlafen«, komme ich auf das Balkongespräch zurück.

Er wirkt verlegen, streicht sich linkisch über seine hundertsiebenundfünfzig schulterlangen Haare und studiert sein Schuhwerk.

»Ich verstehe das«, helfe ich ihm. »Aber ich fürchte, daraus wird nichts. Nicht wegen mir. Frauke tut, was sie will. Aber mit dir schlafen will sie garantiert nicht. Sie hat mir mal gesagt, sie steht nicht auf ältere Männer.

Schmink es dir ab, es sei denn, du stehst auf unerfüllbare Wünsche.«

»Keine Angst, ich mache mir keine Illusionen. Mir genügt es, daß sie freundlich zu mir ist und ab und zu ein paar Worte mit mir wechselt. Daß sie mich so am Rande wahrnimmt. Ich bin für sie doch fast schon ein Opa.«

»Fast?«

Er muß lachen.

Wenn er lacht, gefällt er mir am besten. Manche Leute lachen so furchtbar, daß es dir in den Ohren weh tut. Jan lacht gut, ansteckend gut. Ich mag, daß er über sich selbst lachen kann, also über ein Thema, bei dem für viele der Humor aufhört.

»Frauke ist ein Lichtblick«, schwärmt er. »Es ist ein Glück, mit ihr in einem Haus zu wohnen. Was für ein Glück muß es sein, mit ihr in einer Wohnung zu leben! Ich wollte, ich wäre noch mal so jung wie du.«

Tja, was soll ich dazu sagen? Wahrscheinlich sehnen sich alle Leute ab einem bestimmten Alter danach, jünger zu sein, denn mit den Jahren werden deine Karten immer schlechter. Deshalb mußt du geschickt spielen, wenn du jung bist, denn dann ist dein Blatt noch gut. Du hältst Trümpfe und Joker in der Hand, die du nicht mehr hast, wenn du in die Jahre gekommen bist. Daraus folgt mit unwiderlegbarer Logik: Verplane dein Leben nicht in deiner Jugend, begrabe es nicht unter den Vorbereitungen für die Zukunft. Lebe es, solange es jung ist! Halte dir alle Türen offen, die dich interessieren, aber lebe erst!

Und plane später, sofern sich die Planung nicht durch das Leben erübrigt hat.

Ich trinke einen Schluck Wein, lehne mich zurück und frage mich, wie ich mich fühlen werde, wenn ich um die Fünfzig bin. Ob ich dann auch wieder so jung sein will, wie ich jetzt bin?

Jans Blick fällt auf meine Gitarre. »Was spielst du denn so?«

»Straßenmusik. Bekannte englische und amerikanische Songs. Die Leute wollen das hören, was sie kennen.«

»Kannst du davon leben?«

Ich nicke. »Ja, auf meine bescheidene Art. *Freedom is just another word for nothing left to lose.*«

»Hm«, brummt er. »Spielst du jeden Tag?«

»Nein, das könnte ich nicht. Du brauchst für die Straßenmusik eine gewisse Power, die du einfach nicht jeden Tag hast. An manchen Tagen habe ich mehr als genug, an anderen definitiv zuwenig. Dann versuche ich es erst gar nicht, es würde nur nach hinten losgehen. Die Leute merken es, wenn du schwach bist, und strafen dich durch gelangweilte Blicke und Geiz. Und das macht dich noch schwächer. Du mußt stark sein, wenn du dich auf die Straße stellst, du mußt gut drauf sein, dann kommst du auch gut rüber. Die Leute bleiben stehen und vergessen ein paar Songs lang ihre Einkaufszettel, ihre Probleme, ihren Streß. Die Taler purzeln in deine Gitarrentasche. Du fühlst die Songs, die du spielst, und gibst den Leuten dieses *feeling* mit auf den Weg, auch wenn sie es schon wieder verloren haben, wenn sie ihre Wohnungstür aufschließen, um im Alltagsmorast zu versinken.«

»Musik kann nicht die Probleme der Menschen lösen«, stellt Jan fest.

»Wem sagst du das. Es genügt mir schon, wenn ich die Leute für ein paar Minuten von ihrem Weg abbringen kann, um sie vage daran zu erinnern, daß es etwas Wichtigeres gibt, als stur den Einkaufszettel abzuhaken. Es ist für mich immer wieder ein gutes Gefühl, wenn ich ein frustriertes oder ernstes Gesicht durch meine Musik entspannen und zum Lächeln bringen kann. Ein Triumph der Lust über den Frust, ein Sieg des Spiels über den Ernst – wenn dir das nicht zu pathetisch klingt.«

»Gelingt dir das bei vielen Leuten?«

»Bei manchen. Bei anderen klappt das nicht. Die hören mir zwar zu, aber ich weiß wirklich nicht, warum. Sie stehen so stocksteif mit starrem Gesicht da, als sei alles Leben aus ihnen geflüchtet. Glotzen mich an, als sei ich ein Außerirdischer. Sie haben ihr Lächeln verloren und wollen es nicht mal mehr wiederfinden. Sie haben sich aufgegeben ... Als ich dich auf dem Balkon reden hörte, hatte ich den Eindruck, daß du dich auch aufgegeben hast. Oder zumindest kurz davor bist.«

Er weiß nicht, was er sagen soll.

»Hör mal«, rüttele ich ihn ein bißchen, »du bist noch nicht scheintot, aber du hast ganz mächtig den Blues. Du mußt mit deiner Freundin einen neuen Kurs finden. Ihr habt euch festgefahren.«

»Zeig mir ein Paar, das seit zehn Jahren zusammenlebt und sich nicht festgefahren hat.«

»Wenn du so denkst, warum lebst du so lange mit einer Frau zusammen?«

»Na ja, weil ich sie liebe. Nicht mehr so wie am Anfang, aber ich liebe sie immer noch. Linda ist die beste Frau, die ich in meinem Leben kennengelernt habe. Ich werde nie wieder eine wie sie finden.«

»Aber du fühlst dich gefangen, eingeengt.«

»Ja«, seufzt er. »Und ich habe keine Ahnung, wie ich mich befreien soll.«

»Woher willst du wissen, daß du nie mehr eine so gute Frau wie Linda finden wirst? Vielleicht findest du eine noch bessere? Man kann nie wissen.«

»Ich weiß es.«

»Trotzdem würdest du gern mit einer jungen Frau schlafen. Warum?«

»Midlife-crisis, Torschlußpanik, was weiß ich. Ich werde nächstes Jahr fünfzig. Du kannst dir vielleicht nicht vorstellen, wie man sich dann so fühlt. Du bist nicht mehr so interessiert an jungen Frauen wie früher, als du selbst noch jung warst, du bist es noch mehr. Aber sie nehmen dich kaum noch wahr, du bist schon zu alt für einen genaueren Blick. Du fühlst dich, als wäre der letzte Zug deines Liebeslebens abgefahren, aber du willst es nicht glauben, willst es nicht wahrhaben. Du möchtest noch einmal bestätigt bekommen, daß du als Mann attraktiv bist. Von einer jungen, am besten auch noch hübschen Frau. Du willst dich noch einmal begehrt fühlen, dich noch einmal so jung fühlen, wie du nicht mehr bist.«

»Schlag dir die jungen Frauen aus dem Kopf«, lege ich ihm ans leidende Herz. »Die meisten haben ganz andere Sachen auf ihrer Wunschliste stehen, als ausgerechnet mit einem Fünfzigjährigen eine Love-Story zu beginnen.«

»Du hast etwas Ermutigendes«, stellt er fest.

»Gib trotzdem die Hoffnung nicht auf«, versuche ich alles wiedergutzumachen. »Nichts ist unmöglich! Ich würde mir an deiner Stelle die Haare ein bißchen kürzer schneiden lassen. Dann fällt es nicht auf, daß die so dünn sind. Die Frauen gucken nun mal auf das Äußere. Muß ja nicht viel sein. Vielleicht drei Zentimeter. Oder fünf.«

Ich hebe das Glas, er hebt seins, und wir stoßen an.

Ich sage: »Auf die Lebensfreude.«

Er spricht mir nach: »Auf die Lebensfreude.« Aber in einem etwas müden Tonfall. So wie man es wirklich nicht sagen sollte.

Jetzt weiß ich, an wen dieser Typ mich schon die ganze Zeit erinnert – an den Rockmusiker Tom Petty! Tom Petty mit ernsthaften Haarproblemen und chirurgisch verkleinerter Nase. Jan sieht für sein Alter eigentlich gar nicht so übel aus, aber klar, er ist schon ein Typ, den junge Frauen eine Sekunde lang ansehen und dann abhaken.

»Such dir eine in deinem Alter«, empfehle ich ihm, »da hast du noch echte Chancen, in deiner reifen Männlichkeit bestätigt zu werden.«

»Aber mich reizen nun mal die jüngeren Frauen. Ich

will aber auch Linda nicht weh tun. Ich war ihr die ganzen Jahre lang sexuell treu. Und sie mir auch.«

Das ist unglaublich! Zehn Jahre, nicht mal verheiratet – und hundertprozentig sexuell treu, beidseitig. Im Zeitalter der betrogenen Betrüger! Das muß ins *Guinness-Buch der Rekorde!*

»Ich bewundere eure Treue. Aber du weißt nicht, was du willst, und du bist nicht glücklich«, halte ich fest. »Wenn du schon nicht weißt, was du willst, sei wenigstens glücklich.«

Er guckt mich an, als frage er sich, ob ich gerade eine große Weisheit oder einen großen Blödsinn von mir gegeben habe.

»Hast du noch nie von dem Mann gehört, der sich jeden Morgen vornahm, glücklich zu sein? Und er war es. Er war jeden Tag glücklich. Weil er daran glaubte, was er sich jeden Morgen prophezeite.«

»Aha«, brummelt er. »Schön, daß es für ihn so einfach war. Aber bei mir wird es nicht funktionieren.«

»Bist du eher optimistisch oder pessimistisch?«

»Ich würde sagen, ich bin ein optimistischer Pessimist. Wieso?«

»Weil es wissenschaftlich erwiesen ist, daß Optimisten die Kraft haben, die schwierigsten Lebenssituationen zu meistern.«

»Wirklich?«

»Ja. Eine optimistische Geisteshaltung hilft dem Körper und der Seele, alle notwendigen Kräfte zu mobilisieren, die sie brauchen, um Probleme zu lösen und sogar Krankheiten zu besiegen. Langzeituntersuchungen einer amerikanischen Klinik haben ergeben, daß Optimisten länger leben als Pessimisten. Stell dir vor, die Forscher fanden im Blut der Zuversichtlichen doppelt so viele Killerzellen wie im Blut der Schwarzseher.«

»Beeindruckend. Aber – wie werde ich Optimist?«

»Du mußt einfach davon überzeugt sein, daß sich die Dinge für dich zum Guten wenden.«

Jan verzieht den Mund. »Und wenn ich nicht wirklich davon überzeugt bin?«

»Dann lasse dich überzeugen! Gib der Zuversicht eine echte Chance – und schau, was es dir bringt.«

»Ich werde darüber nachdenken«, verspricht Jan. »Eigentlich hätte ich schon gern mehr Killerzellen in meinem Blut. Was machen die eigentlich genau?«

»Ich habe gelesen, daß sie gesundheitsfeindliche Zellen töten, zum Beispiel Krebszellen. Sie lösen sie auf, und was von ihnen übrigbleibt, wird von den Freßzellen beseitigt.«

»Prost Mahlzeit! Wenn schon in unserem Blut Krieg herrscht, sollten wir uns nicht wundern, daß es so wenig Frieden auf der Welt gibt.«

Das klingt einleuchtend, also nicke ich zustimmend.

»Du«, fragt er an, »würde es dir was ausmachen, Frauke nicht zu sagen, daß ich theoretisch gern mit ihr schlafen würde? Ich meine, verstehst du, wir wohnen hier in einem Haus.«

Ich verstehe. »Von mir erfährt sie nichts.«

Er sieht mir in die Augen – und glaubt mir. Ich spüre, daß er mir vertraut.

Irgendwie wird er mir immer sympathischer. Ob meine Haare auch so dünn sein werden, wenn ich in sein Alter komme? Er sollte sie sich wirklich kürzer schneiden lassen. Wenn ich so alt wäre wie er, so mickrige Haare hätte, seit zehn Jahren mit ein und derselben Frau schlafen und mit einer jungen Schönheit wie Frauke in einem Mietshaus wohnen würde, hätte ich wohl ähnliche Probleme.

»Du bist erfrischend ehrlich«, stellt er fest, »das bin ich gar nicht gewöhnt.«

»*Honesty is such a lonely word, everyone is so untrue*«, zitiere ich Billy Joel.

Er kennt den Song. »*Honesty is hardly ever heard, and mostly what I need from you*«, bringt er den Refrain zu Ende.

Wir lächeln uns an. Musik verbindet. Wenn zwei Leute feststellen, daß sie denselben Song mögen und seinen Text kennen, kommt ein gutes, entspanntes Gefühl auf, und die Kommunikation fließt freier.

»Und wie soll es weitergehen mit Linda und dir?« frage ich.

»Irgendwie wird es schon weitergehen. Wir lieben uns immer noch. Sonst wäre es ganz einfach. Wir würden uns trennen – und basta.«

»Ist doch auch was«, tröste ich ihn, »sich zehn Jahre lang treu zu lieben. Allein schon durch den Seltenheitswert. Lange Liebe, echte Liebe.«

»Lange Liebe, langweilige Liebe«, nimmt er mir den gutgemeinten Wind aus den Segeln. »Man hat sich nichts Neues mehr zu erzählen, man kennt sich, jeder Tag gleicht dem anderen. Oft lebt man nebeneinander her. Na ja, im Bett läuft noch immer was, nicht mehr so himmelhochjauchzend wie am Anfang, aber auch nicht zu Tode betrübt. Eigentlich noch ganz schön gut, wenn man bedenkt, daß unsere Beischlafzahl inzwischen vierstellig ist.«

Das nenne ich eine reife Leistung! Dieser Jan ist ein Mann der Rekorde! Bevor ich einen würdigenden Kommentar finde, spricht er weiter.

»Rund zweitausendmal, konservativ geschätzt, hatte ich mit Linda Sex. Aber komisch, ich kann mich nicht mehr genau an das erste Mal erinnern. Ich weiß nur noch, es war draußen, irgendwo auf dem Land. Da war ein dicker Brummer, eine Hummel, unter der Decke, die wir aufs Gras gelegt hatten. Wir mußten erst das Tier befreien. Aber warum erzähle ich dir das?«

Er schüttelt den Kopf.

»Ich habe schon öfter daran gedacht, wie es wäre, wenn ich ausziehe. Auf Probe, für ein paar Monate. Einfach, um Abstand zu gewinnen. Und dann sehen, was sich daraus entwickelt. Aber ich fürchte, das wäre nur eine Flucht vor dem Problem, nicht die Lösung. Ich würde es lieber mit Linda zusammen schaffen.«

»Du hast meine besten Wünsche«, sage ich zu Jan, den ich vor einer Stunde noch für ein armen Kerl gehalten habe. Das mag er durchaus sein, aber er ist auch ein netter Kerl.

Er trinkt sein Glas aus und steht auf. »Weißt du, ich beneide dich um das, was zwischen dir und Frauke läuft. Aber ich gönne es dir. Du bist ehrlich und direkt. Das gefällt nicht jedem, aber ich mag es.«

Er drückt mir herzlich die Hand. »Komm doch mal runter zu mir«, schlägt er vor, »wenn du dich langweilst.«

»Wer verliebt ist, langweilt sich nicht«, doziere ich. »Aber ich komme trotzdem. Weißt du, daß du ein bißchen aussiehst wie Tom Petty?«

Er nickt und grinst. »Ja, hab ich schon öfter gehört.«

»Hör mal«, sage ich impulsiv, »du bist noch zu lebendig, um auf dem Balkon zu hocken und resigniert *Scheiße* zu sagen. Du hättest dich hören sollen! Du bist fast in Selbstmitleid ertrunken. Versuch es mal mit Rebellion! Das Leben ist eine freie Landschaft, keine Sackgasse.«

Er sieht mich nachdenklich an. »Ich muß zugeben, daß ich trotz meines Altersvorsprungs etwas von dir lernen kann.«

»Vielleicht, weil ich dich daran erinnere, was du vergessen hast?«

Er nickt versonnen, schaut mir in die Augen und fragt mich: »Und woran kann ich dich erinnern? Gibt es vielleicht etwas, das du vergessen hast? Einen Traum, eine Sehnsucht, einen Wunsch?«

Da hat er eine empfindliche Stelle bei mir getroffen, und er merkt es mir an, denn meine Antwort läßt auf sich warten: »Seit ich sechzehn bin, schreibe ich Songs. Mein Problem mit ihnen ist, daß ich sie nur singen kann, wenn mir niemand zuhört. Ich könnte sie nicht einmal meinem besten Freund vorsingen, geschweige denn auf der Straße oder auf einer Bühne. Ich weiß selbst nicht so genau, warum ich das nicht schaffe. Mein Traum ist eigentlich, daß ein toller Sänger oder eine tolle Sängerin meine Songs interpretiert und sie unter die Leute bringt. Ich habe die Songs auf einer MD aufgenommen, aber ich traue mich nicht mal, diese MD jemandem vorzuspielen.«

»Warum? Meinst du, sie sind nicht gut genug?«

»Nein, es hat nichts mit der Qualität der Songs zu tun, sondern mit meiner widersprüchlichen Beziehung zu ihnen. Einerseits möchte ich sie in die Welt schicken, andererseits schaffe ich es nicht, sie einfach loszulassen. Ich habe Angst davor. Ich stehe mir selbst im Weg. Und ich weiß nicht mal, warum. Jetzt kennst du meinen vergessenen Traum.«

Jan legt mir die Hand auf die Schulter und sagt leise: »Du solltest ihn verwirklichen.«

Jan hat leicht reden, denke ich, als er gegangen ist. Aber ich habe auch leicht reden, wenn ich ihm weise Tips zur Bewältigung seiner Probleme gebe. Jeder hat leicht reden, aber wenn er in der Haut des anderen steckte, würde er wohl den Mund halten.

Immer wenn ich darüber nachdenke, warum ich meine Eigenkompositionen noch keiner Menschenseele vorgespielt habe, bekomme ich Kopfschmerzen. Ich weiß auch nicht, warum, sonst habe ich nie mit Kopfschmerzen zu tun.

Jan hat leicht reden, aber trotzdem habe ich mich über seine Worte gefreut, denn sie kamen von Herzen und waren gut gemeint, und ich bin nicht der Typ, der solche Ermutigungen von sich abprallen läßt. Und wenn ich es eines Tages schaffe, meine Angst vor der Preisgabe meiner Songs zu überwinden, hat Jan vielleicht seinen Teil dazu beigetragen.

Eigentlich ist er gar nicht so schlecht drauf, und seine Beziehung mit Linda ist schon erstaunlich. Zehn Jahre treu, er ihr und sie ihm! Irgendwie hat das was Rührendes. Viele Singles wären glücklich, wenn sie so etwas hätten, auch wenn sie es sich nicht eingestehen würden. Was man will und nicht hat, macht man schlecht. Und was man hat, macht man auch schlecht. Weil es nicht (oder nicht mehr) das ist, was man will. Der Mensch ist zu anspruchsvoll.

You can't always get what you want. But if you try some time, you may find, you get what you need. Das hat Mick Jagger dem Popmusik hörenden Teil der Menschheit schon vor Jahrzehnten ans Herz gelegt. Nur, wie soll man glücklich sein, wenn man nur das bekommt, was man braucht – und nicht das, was man will? Die Antwort ist: *You must want what you need.*

Ich werde Frauke nicht sagen, daß Jan gern mit ihr ins Bett gehen würde. Ich könnte sie nicht anlügen, aber ich kann ihr etwas verschweigen. Obwohl – Max Frisch hat gesagt, daß die Lüge beim Verschweigen beginnt. Alle möglichen Leute haben alles mögliche gesagt. Ein paar Sachen merkt man sich. Das heißt noch lange nicht, daß sie wahr sind. Zumal die Wahrheit von gestern nicht die Wahrheit von heute ist.

Ich schiebe die MD von Jan mit der Musik von Tori Amos in den Player. Es fängt gut an und geht gut weiter.

Tori Amos ist schon eine Klasse für sich – erotisch, zärtlich, leidenschaftlich.

Ich lege mich aufs Bett, schließe die Augen und lausche. Ich bin ein guter Musiklauscher. Sofern die Musik gut ist. Dann kann ich die ganze Welt vergessen, mich selbst eingeschlossen. Ich lasse mich einfach immer tiefer in die Musik fallen. Dann gibt es kein Denken mehr. Nur Gefühl, Freude, Faszination. Es muß aber die richtige Musik zur richtigen Zeit sein. Sonst gehe ich nicht in ihr auf, sondern sie geht mir – auf die Nerven.

Endlich kommt Frauke nach Hause! Wir umarmen uns und halten uns fest, als wollten wir den Rest des Tages im Stehen verbringen. Aber dann bleibt es bei ein paar Minuten, weil Frauke sich unbedingt die Uni abduschen will. Widerstrebend lasse ich sie aus meinen Armen.

»Was für Musik hörst du?« fragt sie, während sie sich auszieht. »Ist das nicht Tori Amos?«

»Ja. Dein Nachbar Jan hat dir einen Mix der besten Songs von ihr auf MD überspielt. Er war vor einer halben

Stunde hier und hat mich gebeten, sie dir zu geben. Mit schönen Grüßen.«

»Oh, das ist nett von ihm. Er hat es mir vor ein paar Tagen versprochen.«

»Kennst du ihn näher?«

Frauke schüttelt ihre blonde Löwenmähne. »Ich wohne ja erst seit drei Monaten hier. Ein paar Mal haben wir uns im Treppenhaus getroffen und ein paar Worte gewechselt. Er scheint ganz in Ordnung zu sein.«

»Sag mal, warum hast du eigentlich eine Bibel?«

»Meine Großmutter hat sie mir zum Geburtstag geschenkt, obwohl sie wissen sollte, daß ich nicht darin lese. Sie ist praktizierende Christin und hofft wohl, daß die Modernisierung der Sprache mir den Zugang zur Bibel erleichtert. Wenn ich ihr erkläre, daß ich Atheistin bin, will sie es nicht wahrhaben und prophezeit mir, daß ich eines Tages schon noch zum Glauben finden werde. Eigentlich ist sie eine liebe Frau, die gute alte Therese, sie sollte nur das Missionieren lassen.«

»Ich habe da ein paar rausgerissene Zeitungsseiten in deiner Besenkammer gefunden, als ich etwas aus meinem Rucksack holen wollte. Haben sie für dich eine besondere Bedeutung?«

»Nö«, antwortet sie, in Gedanken schon unter der Dusche, »die hat mein Vormieter vergessen. Der Stapel war schon höher, ich benutze die Blätter zum Fensterputzen.«

Frauke verschwindet im Bad, nicht ohne mir vorher

einen kurzen Blick auf ihren verführerischen Körper zu gönnen.

Ach Geliebte, bist du schön! Am liebsten würde ich die Zeit anhalten und in ewiger Gegenwart mit dir glücklich sein. Aber das Glück ist immer unterwegs. Kein Glück ist von Dauer – die Vergänglichkeit ist eine zuverlässige Arbeiterin.

In zehn Jahren wird es fast so sein, als hätte es Frauke nie gegeben. Ich werde mich an sie erinnern, aber die Erinnerungen werden keine Gefühle mehr in mir erwecken, weil einfach zu viel Zeit vergangen ist.

Die Zeit ist Schnee, der unsere Vergangenheit mehr und mehr unter sich begräbt. Wir gehen auf einer immer höher werdenden Schneedecke, unter der unsere gelebten Tage liegen, einer Zukunft entgegen, die eines Tages auch vom endlosen Schnee der Zeit bedeckt sein wird.

Du kannst das als traurig empfinden. Oder als den natürlichen Gang der Dinge, gegen den du nichts unternehmen kannst. Also machst du das Beste aus ihm. Nein, du machst am besten gar nichts – du läßt es einfach geschehen. Du bist offen dafür, daß das Bestmögliche geschieht. Denn es geschieht immer von selbst, nicht weil du es willst. Du kannst es einladen, aber du kannst es nicht herstellen.

Du brauchst nicht viele solcher Erkenntnisse, um richtig zu leben. Entscheidend ist, daß sie nicht nur in deinem Kopf herumschwirren, sondern dein ganzes Wesen durchdringen, dein Lebensgefühl bestimmen. Es reicht nicht, zu wissen, daß du nur mit den Augen des Herzens gut sehen kannst. Du mußt schon die Augen des Herzens öffnen. Die tollsten Weisheiten nützen dir gar nichts, wenn du sie nicht lebst.

Diesmal kommt Frauke nicht, wie sonst, in ihrem roten Kimono aus dem Bad, sondern unverhüllt.

Lächelnd genießt sie meinen Blick, bevor sie sich zu mir aufs Bett legt. Meine Fingerspitzen gleiten zärtlich über die weiche Haut ihres Rückens. Sie stöhnt auf und kuschelt sich an mich. Ihre Nähe, die Wärme ihres Körpers und die Liebkosungen ihrer Hand berauschen mich.

Ich schließe die Augen und spüre unverhofft ihre Lippen auf meinen.

Während wir uns leidenschaftlich küssen, öffne ich meine Augen für einen Moment und bin fasziniert von ihrem Gesicht, das im Rausch unserer Umarmung zu strahlen scheint.

Alles geschieht wie von selbst, ist wie ein Flug, wie ein Schweben hoch über der Welt, wie eine selige Trance, in der ich immer tiefer mit Frauke versinke und verschmelze, bis eine Explosion aus purer Lust uns bis ins Mark erschüttert.

5

Wer lebendig und ehrlich zu sich selbst ist,
muß zugeben, daß er keine Ahnung hat,
wohin das Leben ihn führen wird.

Viele versuchen dennoch,
ihr Glück in die Hand zu nehmen,
bis sie schließlich erkennen,
daß Glück etwas ist,
das man nicht in die Hand nehmen darf,
wenn es Glück bleiben soll.

Wer den Schmetterling fängt,
zerstört seinen Zauber.

Immer wieder diese frustrierenden Brüche! Frauke und ich schlafen aneinandergeschmiegt ein – und am nächsten Morgen wache ich allein auf.

Es macht mich traurig, aber ich verdränge meine Traurigkeit, weil ich nicht weiß, wie ich die Situation ändern könnte. Ich kann Frauke nicht zu unserem Glück zwingen. Der Anfang einer Liebe entscheidet über ihre weitere Entwicklung, aber Frauke setzt ihre Prioritäten, und ich will sie nicht daran hindern. Hoffentlich erkennt sie, daß man eine Liebe nicht zu lange warten lassen darf, wenn man sie nicht vorzeitig verlieren will.

Vielleicht hat Frauke eine gewisse Angst vor der Liebe? Womöglich wärmt sie sich gern an ihr, aber würde ihre Hand nicht für sie ins Feuer legen? Aber was bringt es schon, über ihre Motive zu spekulieren? Wenn es der Liebe nicht gelingt, Frauke zu bewegen, wird es mir nie gelingen.

Ich stehe auf und öffne das Fenster. Ein schöner Morgen! Keine Wolke mehr über der Stadt, warme Luft. Sommer, wie er sein soll, Badewetter.

Auf dem Tisch liegt ein Zettel von Frauke. Sie ist schon früh aufgestanden, schreibt sie, und wollte mich nicht wecken. Sie hat wieder einen langen Tag in der Unibibliothek vor sich und freut sich auf den Abend mit mir.

Ich habe einen guten Schlaf. Wenn ein Wecker im Zimmer lospiept, höre ich ihn nicht, es sei denn, ich habe mir vor dem Einschlafen fest vorgenommen, ihn zu hören. Ich möchte allerdings nie wieder so leben, daß ich mir das fast jeden Abend vornehmen muß. Der Mensch muß ausschlafen können, wenn sein Tag gelingen soll. Zumindest ich. Ich schließe mich Schopenhauer an, der gesagt hat, die Tage, an denen er nicht ausschlafen konnte, seien aus seinem Leben zu streichen, denn an ihnen war er nicht er selbst.

Ich frühstücke, packe die Badehose, ein Handtuch und meinen MD-Player ein und schwinge mich auf Fraukes Fahrrad.

Auf einer Wiese im Freibad lausche ich mit Ohrhörern dem Song *Walking in Memphis* von Marc Cohn, der sich gerade fragt, ob er sich wirklich so fühlt, wie er sich fühlt.

Das ist eine interessante Frage, die ich für mich im Augenblick eindeutig bejahen kann. Ich fühle mich, wie ich mich fühle. Die Wärme der Sonne entspannt mich, macht mich weich. Ich falle in einen wohligen Halbschlaf. Das tut so gut, daß ich mich frage, wie man überhaupt den Winter aushält.

Ich springe ins Wasser. Zum ersten Mal in diesem Jahr schwimme ich und genieße das Gefühl, das du bekommst, wenn du mit sonnenheißer Haut ins kühle Wasser hechtest. Dieser *flash*, der dich ganz wach macht und irgendwie fröhlich.

Schwimmen an einem warmen Sommertag ist einfach göttlich. Die Sonne strahlt dir so lange auf den Körper, bis du unwiderstehliche Lust kriegst, das Element zu wechseln. Und dann wieder in die Sonne zurück und sich langsam und genüßlich erneut aufheizen lassen. Ich liebe dieses Wechselspiel zwischen heiß und kalt.

Eine blonde Frau um die Dreißig schwimmt in auffälliger Weise im Kreis. Ich stehe auf, gehe zum Beckenrand, gebe mich besorgt und frage sie, ob sie den Drehwurm hat. Sie guckt mich traurig an und meint, sie habe ihre Halskette verloren. Sie wirkt ein bißchen unglücklich.

Bevor ich reagieren kann, schwimmt ein korpulenter Mann eifrig herbei. Er hat unseren Wortwechsel mitbekommen und fragt die Blondine, ob es eine Gold- oder Silberkette sei. Blöde Frage eigentlich. Sie hat kaum das Wort *Silberkette* zu Ende gesprochen, da taucht er schon wie ein Wahnsinniger unter, kommt wieder hoch, holt Luft und ist wieder weg. Er wirkt wild entschlossen, die Kette zu finden, und wenn er jeden Quadratmeter des Schwimmbeckens danach absuchen muß. Ich habe das Gefühl, daß die Sache bei ihm in guten Händen ist, lege mich wieder auf mein Badetuch und höre Marc Cohn weiter zu.

Ein paar Songs später taucht der Mann immer noch, sein Gesicht ist schon bedenklich gerötet. Die Frau sieht ihm vom Beckenrand zu, mit einem Gesichtsausdruck, als würde sie über die Vergänglichkeit alles Irdischen sinnieren.

Der bierbäuchige Bademeister sitzt auf einer Bank und schäkert mit zwei Schulmädchen.

Am Beckenrand neben einem Einstiegsgeländer liegt ein fleischfarbener Unterschenkel aus Plastik. Eine Prothese. Das sieht irgendwie lustig aus, nicht so traurig, wie es eigentlich aussehen sollte. In der Sonne sieht vieles nicht so traurig aus, wie es im Grunde ist. Wahrscheinlich sind deshalb die Südländer im allgemeinen besser drauf als die Nordlichter.

Jetzt kommt der Besitzer der Prothese aus dem Wasser, zieht sich mühsam das Geländer hoch. Ein sehr alter Mann mit anderthalb Beinen. Er trocknet sich das halbe Bein behutsam zuerst ab, als sei es sein wichtigster Körperteil, und wirft sich schließlich das Handtuch so unbeholfen über die Schulter, daß es ihm über das Gesicht fällt. Er befreit sich umständlich von dem Handtuch und zieht sich die Prothese an, wie einen Stiefel. Seine Bewegungen sind sehr langsam und vorsichtig.

Eine Gruppe von Schuljungen zieht laut lachend an ihm vorbei. Sie lachen nicht über ihn, sie sehen ihn gar nicht. Krasse Gegensätze prallen aufeinander. Lachende

Teenies, die so sehr in sich selbst verliebt sind, daß sie den armen alten Mann gar nicht wahrnehmen, dem schon lange das Lachen vergangen ist und der in gar nichts mehr verliebt ist, nur noch gewohnheitsmäßig den kleinen Zipfel Leben festhält, der ihm geblieben ist.

Auf dem Weg zum Ausgang des Freibads treffe ich die Frau wieder, die ihre Kette verloren hatte. Sie habe sie selbst wiedergefunden, sagt sie erleichtert. Nachdem ihr eifriger Helfer erschöpft die Suche aufgegeben hatte.

Als ich auf Fraukes Fahrrad zugehe, läuft mir eine junge Mutter mit ihrer etwa zehnjährigen Tochter über den Weg. Die Kleine zieht ein trotziges Gesicht, irgendwas gefällt ihr überhaupt nicht, was ihrer Mutter wiederum nicht paßt.

»Sei doch vernünftig!« zischt sie ihre Tochter an, die trotzig die Lippen aufeinanderpreßt und heftig den Kopf schüttelt.

»Bleib unvernünftig!« rate ich im Vorbeigehen dem Mädchen. Sie schenkt mir ein süßes Lächeln, während ihre Mutter mir einen giftigen Blick zuwirft.

Normalerweise mische ich mich nicht in Familienangelegenheiten fremder Leute ein, aber wenn ich eine Gelegenheit habe, die Unvernunft zu verteidigen, nutze ich sie.

Sei doch vernünftig! War das nicht schon immer der Lieblingsspruch all jener, die von uns wollten, daß wir tun, was *sie* wollten? Das waren gute Verkäufer, sie verkauften uns ihren Willen als unsere Vernunft. Und wir zahlten mit kostbarer Naivität.

Die von allen selbsternannten Inhabern des gesunden Menschenverstandes so hoch gehaltene Vernunft ist ein Weg, der prinzipiell am eigentlichen Leben vorbeiführt. Die Unvernünftigen werden zwar oft genug enttäuscht und ausgenutzt, aber sie bleiben dem Leben nah. Sie riskieren etwas – und verlieren oft, aber wenn sie gewinnen, erleben sie ein Glück, von dem sich die Angsthasen und Vorsichtsfetischisten keine Vorstellung machen können.

Die Unvernünftigen sitzen am Spieltisch des Lebens, die Vernunftmenschen stehen hinter ihnen und betrachten ihr Spiel, nehmen aber nicht an ihm teil, weil es ihnen zu gefährlich erscheint. Sie erwarten eine Sicherheit, die das Sein nicht zu bieten hat, und so betrachten sie, ewige Zeugen des Lebens, die Freuden und Leiden seiner Akteure, beneiden sie um ihre Freuden und freuen sich, daß ihnen ihre Leiden erspart bleiben. So werden sie zu innerlich erstarrten Voyeuren des Seins, die nur noch durch die Inhalte ihrer Wahrnehmung leben. Die Erinnerung an ihre Angst vor dem Leben, die sie in die Flucht vor ihm getrieben hat, haben sie verdrängt. Sie halten sich für lebensklug, weil sie das Leiden verhindern, indem sie die Freuden meiden.

Aber wenn sie alt sind, erinnern sie sich nur noch an ihre Betrachtungen des Lebens, während die Unvernünftigen sich an ihr Leben erinnern. Und vielleicht dämmert es dann einigen Vernunftmenschen, daß sie überhaupt nicht klug, sondern nur feige waren, und daß die wahren Weisen diejenigen waren, die sich voll und ganz auf das Leben eingelassen haben. (Vielleicht erkennen sie dann auch, daß es keine Sicherheit gibt – nur unheimlich viel Angst, sie zu verlieren.)

George Bernhard Shaw hat gesagt: *Was die Welt braucht, sind mehr Verrückte – schaut, wohin uns die Vernünftigen gebracht haben.*

Der Mann hat ja so recht! Du hast gar keine andere Wahl, als verrückt (an die richtige Stelle gerückt) zu sein, wenn du in dieser Welt *wirklich* leben willst. Und die beste Zeit dafür ist die Jugend, wenn du noch den Pep und die Power hast, die du im Alter nicht mehr so locker aus dem Ärmel schütteln kannst. Wenn du jung bist, mußt du leben! Neugierig, mutig, aus dem Bauch heraus. In den Jahren, in denen die Gesellschaft von dir fordert, daß du dich für einen bestimmten Lebensweg entscheidest.

Aber woher willst du als Jugendlicher wissen, welchen Weg du durchs Leben gehen willst? Du weißt ja oft nicht einmal, wer du überhaupt bist. Doch du entscheidest dich für eine Ausbildung, weil alle es von dir erwarten, und steigst in einen Beruf ein, obwohl er vielleicht gar nicht deinen wirklichen Neigungen und Interessen entspricht – was du aber meistens erst merkst, wenn es zu spät ist.

Die wenigsten haben dann noch den Mumm, die Konsequenzen zu ziehen und auszusteigen; die allermeisten bleiben zähneknirschend auf dem falschen Dampfer hängen. Wegen der Kohle, wegen der Altersvorsorge, wegen des Hauses oder der Eigentumswohnung, wegen der Schulden, des Kredits, wegen des Kindes. Wegen der verdammten Existenzangst.

Okay, du kannst so leben, die große Mehrheit macht es dir vor, aber dann kannst du die Suche nach dem wahren Glück vergessen. Das findest du nur, wenn du so lebst, wie du gemeint bist, wie die Sterne oder das Schicksal dich haben wollen. Wenn du den Beruf hast, zu dem du berufen bist. Dann siehst du auch nicht auf das Geld, das er bringt, weil das, was du tust, in Einklang steht mit dem, was du bist. Dazu mußt du allerdings erst einmal herausfinden, wer oder was du bist. Die Zeit dazu gibt dir niemand, also mußt du sie dir nehmen.

Ich weiß, daß das Leben sich nicht planen läßt. Es hat seinen eigenen Willen. Also folge ich ihm und vertraue. Wenn du kein Vertrauen ins Leben hast, hast du so gut wie gar nichts.

Dem Leben vertrauen heißt für mich, bereit zu sein, immer wieder etwas zu riskieren. Bereit zu sein, dabei auch zu stolpern und zu fallen. Und fähig zu sein, nach jedem Sturz wieder aufzustehen und weiterzugehen, ohne das Urvertrauen in das Leben zu verlieren. Mein Urvertrauen, das manchmal an Tollkühnheit grenzt, ist vermutlich ein Erbteil meiner Mutter, für die Pessimismus ein Fremdwort war.

Vertrauen in das Leben geht Hand in Hand mit dem Vertrauen in sich selbst. Wenn du dir selbst nicht vertraust, wirst du immer auf der Flucht vor deinem wahren

Wesen sein, von einem Irrweg auf den anderen geraten und in einer freudlosen Fremde enden, in der nicht einmal du selbst dein Freund bist.

Wohin mein Weg mich auch führen wird: ich bin mir sicher, daß ich ihn nicht ohne meine Freiheit gehen kann. Freiheit ist viel mehr, als das zu denken, was du sagst, und das zu sagen, was du denkst. Frei sein heißt, nichts zu erhoffen und nichts zu befürchten. Frei sein heißt, niemanden zu besitzen und niemandem zu gehören. Jeden Morgen aufzuwachen und sich sagen zu können: Der Tag gehört mir, ich muß nicht funktionieren, ich muß mich nicht verstellen, um akzeptiert zu werden. Ich muß mich nicht verkaufen. So wie ich bin, kann ich sein.

Auf dem Rückweg vom Schwimmbad radele ich durch den wunderschönen, weitläufigen Stadtpark. Nach ein paar Minuten vergesse ich, daß ich in einer Großstadt bin. Ich rolle an üppigen, weiten Wiesen vorbei, auf denen Pferde weiden. Die uralten hohen Bäume strahlen einen Frieden aus, der sich mehr und mehr auf mich überträgt. Die Wasserwege, die fast den ganzen Park durchschlängeln und sich an einigen Stellen zu kleinen Seen ausweiten, steigern die idyllische Atmosphäre.

Ich stelle das Rad ab und setze mich ans Ufer eines Parksees. Mein Blick ruht auf der stillen Wasseroberfläche, in der sich die ausladenden Äste prächtiger Bäume spiegeln, und ich genieße fünf oder zehn Minuten lang das Gefühl perfekten Friedens, makelloser Schönheit und wunschlosen Glücks. Es ist wunderbar, die Atmosphäre des Sees mit Leib und Seele einzuatmen und mich rundum wohl zu fühlen. Kein kläffender Hund, kein schreiendes Kind, kein streitendes Paar stört meine unverhoffte Seligkeit. Mein Lebensgefühl schwebt zu den Wipfeln der Bäume hoch, die das Wasser umsäumen, und erfüllt mich mit einer heiteren Leichtigkeit, wie ich sie lange nicht erlebt habe.

Ich kann von solchen magischen Minuten, in denen alle Gedanken stillstehen im dankbaren Genuß des Augenblicks, nicht genug bekommen. Sie sind mein Seelenelixier und schenken mir, was ich brauche, um die Freude am Leben zu behalten. Sie sind meine kleinen Paradiese auf Erden und beweisen mir immer aufs neue, daß es in dieser chaotischen, verdrehten und oft so häßlichen Welt Momente gibt, die schöner nicht sein könnten.

Manchmal denke ich, das Leben meint es gut mit mir. Aus irgendwelchen Gründen scheint es mich zu mögen. Vielleicht, weil ich es mag. Und warum mag ich es? Weil es mir Freude schenken kann, weil es mich glücklich machen kann, zumindest für eine gewisse Zeit. Aber das genügt mir. Immer nur glücklich sein wäre wohl wie permanenter Sonnenschein. Irgendwann würdest du es leid sein, dein unaufhörliches Glück, und du bekämst einen Heißhunger auf ein saftiges Problem, eine deftige Enttäuschung, eine unglückliche Verkettung tragischer Umstände. Der Mensch braucht Abwechslung, sonst wird ihm selbst das Glück langweilig.

Das Leben mag mich, weil es mir eine Frau wie Frauke schickt, die mich von der rauhen Straße in ihre kuschelige Mansardenwohnung geführt und mir gesagt hat, ich solle mich fühlen wie zu Hause. Ich mußte innerlich dabei schmunzeln, weil mein Zuhause das Umherreisen ist. Aber, wie gesagt, Abwechslung muß sein. Ich habe die Straße bis auf weiteres gegen eine Wohnung getauscht, das Alleinsein gegen Verliebtheit. Ich habe es getan, weil sich alles so leicht und locker ergeben hat, daß es falsch gewesen wäre, sich dagegen zu wehren. Was sich wie von selbst entwickelt, ohne daß du daran drehen und ziehen mußt, ist immer etwas Gutes. Die besten Dinge geschehen wie von selbst.

Eigentlich kann man gar nicht locker genug sein. Die Welt ist voll von angespannten Leuten, die Angst vor allem haben, vor dem man Angst haben kann – vor der Liebe, vor dem Leben, vor dem Tod, vor Krankheiten und Armut, Angst vor der Freiheit, vor den anderen, vor sich selbst. Gelassenheit ist das Zauberwort. Die menschliche Lebenserwartung hat nur zwei Stellen vor dem Komma. Das ist eine ziemlich kurze Zeit. Zu kurz, um sie mit sinnlosen Ängsten zu verderben.

Wenn ich Angst bekomme, daß Frauke mich verläßt, hat sie mich schon ein kleines Stück verlassen, und ich habe sie ein kleines Stück verlassen. Dabei ist von vornherein klar, daß es früher oder später mit uns enden wird.

Aber wir dürfen keine Angst davor haben. Damit nähmen wir unseren Gefühlen den Glanz, die Leichtigkeit, die Magie. Lockerheit ist der große Bringer, Angst der große Nehmer. Du befürchtest das Schlimmste und merkst nicht, wie du gerade dadurch ärmer und ärmer wirst. Angst raubt dich aus und läßt dich im Regen stehen. Hab Angst vor der Angst!

Ich rede nicht von der Achtsamkeit, die du aufbringst, wenn du eine stark befahrene Straße überqueren willst. Oder von der berechtigten Vorsicht, die du an den Tag legst, wenn du in ein Land reist, wo du dir alle erdenklichen Krankheiten holen kannst. Ich denke auch nicht an die Skepsis, die dich mit Recht beschleicht, wenn sich jemand von dir etwas leihen will, der dir schon öfter etwas schuldig geblieben ist.

Ich meine all die sinnlosen, schädlichen Ängste, die dich daran hindern, dein Glück zu entfalten, indem sie dir in den schrecklichsten Farben ausmalen, in welches Unglück es dich führen könnte. Solche gemeingefährlichen Ängste lasse ich eiskalt vor der Tür stehen, und wenn sie Sturm klingeln. Ich habe einen Raum in mir, zu dem sie keinen Zutritt haben – meine angstfreie Zone. Noch haben es die destruktiven Ängste nicht geschafft, dort einzudringen. Sie warten hartnäckig auf ihre Chance, die ich ihnen nicht geben werde.

6

Liebe ist wichtiger
als Zwänge, Ängste
und alle noch so
hochvernünftigen Erwägungen,
wichtiger als die Zukunft,
wichtiger als Geduld
und die besten Absichten,
wichtiger als Kompromisse,
Hoffnungen und guter Wille,
so unermeßlich wichtiger
als alle Worte, aller Trost
und alle sogenannten
Notwendigkeiten.

Frag nicht, warum.

Mit der Sonne auf der Haut und dem Frieden des Parks in der Seele radele ich zu Fraukes Wohnung zurück und gönne mir eine Dusche.

Ich habe mir gerade die Haare geföhnt, als sie kommt. Wir begrüßen uns, als hätten wir uns sieben Tage nicht gesehen, dabei waren es nur sieben Stunden.

Sie schreibt morgen eine Klausur und bereitet sich täglich in der Unibibliothek darauf vor. Wenn sie zu Hause bleiben würde, sagt sie, käme sie nicht zum Lernen. Da hat sie recht. Ich würde sie nicht zum Lernen kommen lassen. Wir würden kuscheln und schmusen und die Uni mitsamt dem Rest der Welt vergessen. Schade, daß wir es nicht tun. Aber ich will nicht, daß Frauke ihre Klausur wegen mir in den Sand setzt. Deshalb halte ich sie nicht zurück.

Es ist ja auch ganz angenehm, allein in ihrer gemütlichen Wohnung zu sein und zu relaxen, zu lesen oder Musik zu hören, Zeit für Erinnerungen zu haben, die ich noch einmal nachempfinden möchte, bevor sie verblassen. Mit den Jahren verlieren selbst die intensivsten Erinnerungen ihr Leben. Wenn ein ordentliches Stück Zeit vergangen ist, spielt es in gewisser Weise keine Rolle mehr, ob du etwas wirklich erlebt oder nur geträumt hast.

»Was hast du heute gemacht?« fragt Frauke.

»Ich war im Schwimmbad. Und anschließend im Park.«

»Du Glücklicher! Ich habe stundenlang über Büchern und vor dem Monitor gesessen. Jetzt hab ich Hunger, aber keine Lust zu kochen.«

Mir geht es ähnlich, und weil wir nicht in ein Restaurant gehen wollen, rufen wir einen Pizza-Service an.

Frauke verschwindet im Bad, um ihr Uni-Abdusch-Ritual zu zelebrieren. Sie nimmt ihr Studium für meine Begriffe zu ernst, aber wenn wir zusammen sind, kann sie es total vergessen. Doch dazu muß sie vorher unbedingt duschen. Wenn sie dann aus dem Bad kommt, hat sie wirklich eine andere Ausstrahlung, frischer, klarer, sonniger.

Ich frage mich unwillkürlich, wann sie mich wohl zum ersten Mal verletzen oder enttäuschen wird. Wann ich etwas an ihr finde, das mir überhaupt nicht gefällt. Etwas, auf das ich allergisch reagiere. Und dann verdränge ich diese Fragen schnell wieder. Es gibt Gedanken, die man nicht zu lange im Kopf behalten darf, weil sie sonst Schaden anrichten können. Jeder negative Gedanke hat eine negative Ausstrahlung. Und die will ich nicht spüren und Frauke nicht spüren lassen.

Sobald sie morgen ihre Klausur hinter sich gebracht hat, will sie mit mir ins Grüne fahren. Ihr Onkel hat ein Holzhaus in einer kleinen Blockhäuser- und Wohnwagensiedlung mit Blick auf einen Fluß. Dort können wir einchecken.

»Die Leute, die da ihre Ferien- und Wochenendhütten haben«, hat Frauke gesagt, »kannst du vergessen, aber die Landschaft und die Atmosphäre sind schön. Wir können im Fluß baden und mit dem Motorboot meines Onkels die Landschaft erkunden. Und wenn wir irgendwo anhalten und ans Ufer gehen, sind wir ganz allein auf der Welt.«

Bis auf die Mücken und die Bremsen, dachte ich, sagte aber sensiblerweise nichts, um Fraukes Vorfreude nicht zu trüben.

»Auf dem Fluß fahren ist Erholung pur«, schwärmte Frauke weiter. »Nach ein paar Stunden bist du innerlich total ruhig und genießt ganz einfach den Augenblick.«

»Wow«, sagte ich, »das klingt gut. Und wieso kann man die Leute in der Siedlung vergessen?«

Frauke rümpfte die Nase. »Na ja, die meisten sind spießig, engstirnig oder sonstwie daneben. Aber das stört nicht wirklich. Die Natur schluckt das alles irgendwie.«

Nach einer halben Stunde Fahrt in Fraukes Auto sind wir da.

Das Blockhaus ihres Onkels ist gar nicht so übel. Wohnzimmer, Schlafzimmer mit französischem Bett,

Küche und Bad. Das Beste ist der Garten mit direktem Zugang zum Fluß. Wir bringen unseren Proviant im Kühlschrank unter, und Frauke zeigt mir die Umgebung.

Das Ganze wirkt auf mich ein bißchen wie eine Schrebergartensiedlung. Überall Gartenzwerge, Windmühlen im Miniaturformat und sonstiger Spießerkitsch. Die Wiesen sind gemäht, alles hier wirkt ordentlich – und irgendwie tot. Spießer sind Spezialisten in der Horror-Kunst, ihrer Umwelt alles Leben zu entziehen. Sie sind Killer, die niemand zur Rechenschaft zieht, weil ihre Art zu töten nicht strafbar ist.

Apropos töten – an der Tür eines dieser Blockhäuser hängt ein Schild mit der Aufschrift: *Jeder dritte, der zu mir kommt, wird erschossen. Zwei waren schon da.*

Das soll wohl witzig sein, aber es ist erbärmlich. Und dann kommt der Besitzer dieses Schildes auch noch aus seiner Hütte und wirkt genauso verbittert und jämmerlich wie sein Schild. Ein älterer Mann mit hängenden Schultern, völlig fertig mit der Welt und den Menschen.

Ich entdecke noch drei, vier andere Schilder, die potentielle Einbrecher abschrecken oder die trostlose Lebensphilosophie des Besitzers kundtun sollen.

Doch kaum eine Regel ohne Ausnahme: Über dem Tor eines Gartens ist ein Holzbogen angebracht, auf dem *Carpe diem* steht.

Aber dann wieder die üblichen Spießerschilder mit den Kennzeichen der Autos, die dort das alleinige Parkrecht haben. Schilder mit den Köpfen von blutrünstigen Hunden, die dich in Stücke zerfleischen werden, wenn du es wagst, auch nur deinen großen Zeh auf das Grundstück ihres Herrchens zu setzen. Schilder, die wiederum diesen und allen sonstigen Hunden verbieten, Wege zu benutzen, die ausschließlich Menschen vorbehalten sind. Schilder mit knallroter Schrift, die auf die Einhaltung der Mittags- und Nachtruhe pochen und genaue Ruhezeiten nennen. Von 13 bis 15 und von 22 bis 7 Uhr. Langschläfer haben hier kein Recht auf ihre Nachtruhe.

Die Siedlung hat Straßen, wie jede Siedlung. Einen *Beate-Uhse-Weg*. Und einen *Oswald-Kolle-Weg*. Das Ganze hat eine unfreiwillige Komik, denn alle Menschen, die ich hier sehe, sind völlig unerotisch. Um nicht zu sagen: antierotisch. Oder in einem Alter, in dem man noch nicht weiß, wer Beate Uhse oder Oswald Kolle sind.

Ich frage mich, haben die Leute hier nichts anderes als Sex im Kopf? Und was sehe ich? Einen kleinen Platz mit dem Schild: *Johnny-Walker-Camp*. Also: *Sex and drugs!* Fehlt nur noch *Rock 'n' Roll*. Sind das etwa alles gar keine Spießer, sondern heimliche Hippies, frage ich Frauke.

»Die Hippies von damals sind heute vielleicht die schlimmsten Spießer«, sinniert sie.

Gut, daß sie *vielleicht* gesagt hat. Das erspart uns eine Diskussion, für die das Wetter viel zu schön ist.

Auf allen Dächern der Spießerhütten thronen Satellitenschüsseln und Antennen. Es muß in dieser Siedlung also wirklich so langweilig sein, wie es aussieht. Ohne Frauke würde ich es hier nicht lange aushalten.

Sie strahlt mich an, als hätte sie meine Gedanken gelesen. Ich freue mich auf die Ausflüge mit dem Motorboot ihres Onkels. Frauke nimmt meine Hand und führt mich zu einem Platz, weit von der Siedlung und allen Anzeichen der Zivilisation entfernt, wo wir uns ins Gras legen und den Fluß an uns vorbeiströmen lassen.

Erinnerungen an einen kurzen, aber denkwürdigen Aufenthalt auf dem Land, im letzten Sommer, werden in mir wach.

Es war im Juli. Ein rothaariges Mädchen mit mindestens hundert Sommersprossen im Gesicht sprach mich in der Einkaufszone an, als ich meinen letzten Song gespielt hatte. Wir hatten gleich einen guten Draht zueinander. Wir flirteten eine Weile, und dann fragte sie mich spontan, ob ich nicht Lust hätte, mit ihr nach Hause zu kommen, um den Kuchen zu probieren, den sie am Morgen gebacken hatte. Sie wirkte sympathisch und aufgeschlossen, ihre Augen gefielen mir, also setzte ich mich zu ihr ins Auto.

Wir verließen die Stadt, und sie erklärte mir, daß sie zur Zeit bei einem Freund auf einem Bauernhof wohne. »Kein richtiger Bauernhof«, schränkte sie ein, »aber es gibt Hühner, drei Katzen, einen Hund und einen Ziegenbock.«

Sie hieß Anja, ihr Freund hieß Markus und lief splitternackt im abgedunkelten Haus herum, wie ein textilfreies Gespenst. Er starrte mich grimmig an, als wir hereinkamen, und trollte sich geräuschlos.

»Wir haben ziemliche Probleme«, erklärte Anja. »Ich glaube, ich ziehe hier bald aus.«

Sie holte eine Decke und breitete sie auf der Wiese im Garten aus, brachte Kuchen und Eistee aus der Küche, und dann machten wir es uns bequem.

Nach dem Picknick zogen wir uns aus, weil es sehr heiß war, räkelten uns in der Sonne und kuschelten ein bißchen. Einmal guckte ich zufällig zum Haus und sah Markus am Fenster stehen und ein finsteres Gesicht machen. Anja bemerkte es auch.

»Vergiß ihn«, empfahl sie mir.

Also vergaß ich ihn, als ich mit Anja knutschte und ihren heißen Körper an mich drückte. Carpe diem, sagte ich mir. Aber die Mücken und Bremsen ließen sich nicht so leicht vergessen wie das FKK-Gespenst. Nach einer halben Stunde zogen wir uns wieder an, um nicht völlig zerstochen zu werden, und gingen ins Haus zurück, wo Markus uns nackt, grimmig, barfuß und grußlos über den Weg lief.

Am frühen Abend stiegen wir wieder in Anjas Auto. Wir wollten ins nächste Dorf fahren, um ein Eis zu essen. Wir fuhren los, und zu meiner Überraschung lief der Ziegenbock uns hinterher, wie Hunde das manchmal tun. Sie rennen ein paar hundert Meter und schließlich drehen sie ab.

Aber dieser Ziegenbock war stur bis zur Selbstzerstörung. Er folgte uns einen Kilometer bis zur Hauptstraße und gab auch nicht auf, als Anja auf meinen Vorschlag hin tüchtig Gas gab. Das Tier rannte und rannte. Es war unglaublich. Schließlich hielt Anja das Auto an und wischte sich den Schweiß des schlechten Gewissens von der Stirn.

»Erik kriegt noch einen Herzinfarkt«, seufzte sie. »Bei dieser Hitze.«

Erik. So hieß er, der verliebte Ziegenbock. Wir stiegen aus, und er kam mit ellenlang heraushängender Zunge und völlig irren Augen angehechelt. Anja weinte fast vor Rührung.

Ich fand das alles irgendwie grotesk. Erik hätte doch wissen müssen, daß eine so große Ziegenliebe zu einer Menschenfrau keine Zukunft haben würde. Aber ich war mir sicher, daß er uns bis zum totalen Zusammenbruch gefolgt wäre. Der arme Bock war völlig am Ende, Schweiß tropfte ihm vom Fell, seine Muskeln zuckten beängstigend, sein Atem rasselte entsetzlich, und weiße Schaumflocken fielen von seiner Schnauze auf den Asphalt.

Also fuhren wir langsam wieder zurück zum Bauernhof, damit Erik nicht so schnell hinter uns herrennen mußte, und aßen statt des geplanten Eisbechers noch ein Stück Kuchen. Die angeknackste Stimmung war aber jetzt vollends verdorben und hellte sich auch im Verlauf des Abends nicht mehr auf.

Ich nahm mir vor, nur für eine Nacht zu bleiben. Die passive Eifersucht eines gespenstischen, nackten Mannes, die vielen Mücken und Bremsen im Garten und im Haus und ein liebestoller Kamikaze-Ziegenbock – das war einfach zu viel.

Mit Frauke ist es nun aber wirklich schön auf dem Land. Es gibt hier auch keine Mücken und Bremsen. Es ist ein tolles Gefühl, den ganzen Tag in ihrer Nähe zu sein. Ihre sonnige Ausstrahlung tut mir gut. Und ihre großen, himmelblauen Augen faszinieren mich immer aufs neue.

Das Boot von Fraukes Onkel ist altmodisch, irgendwie urig, wie aus einem alten Film. Es hat viel Holz innen und außen, gepolsterte Sitze und einen angenehm leisen Motor. Ein gemütliches Wasserauto, das den herrlich ironischen Namen *Das Boot* trägt. Es ist ein bißchen klein, aber nicht so sehr, daß man sich beengt fühlt.

Es macht mir Spaß, durch die Gegend zu schippern! Den Erdboden unter meinen Füßen verlassen zu haben und mich auf einem so nachgiebigen Element wie dem Wasser zu bewegen, gibt mir das angenehme Gefühl, in einer weicheren Welt zu leben.

Beschaulich und entspannt die Landschaft zu erkunden ist eine feine Sache. Du siehst dir in aller Ruhe die Bäume, Sträucher und Blumen am Ufer an, die saftigen Wiesen und Maisfelder, die Kühe und Pferde. Du guckst in den Himmel, spürst den Wind auf der Haut, atmest die gute Landluft und genießt den Augenblick in vollen Zügen. Du läßt die Seele baumeln und hast das Gefühl, unheimlich viel Zeit zu haben. (Obwohl die Zeit viel zu schnell vergeht, wenn ich mit Frauke zusammen bin.

Wieder einer dieser Widersprüche, mit denen das Leben uns zur Genüge bedient.)

Aber davon sage ich nichts. Ich erzähle Frauke nicht alles, was ich denke. Ich brauche so etwas wie eine geistige Intimsphäre. Die Vorstellung, jeden meiner Gedanken mit einem anderen Menschen teilen zu müssen, geht mir gegen den Strich. Ich schweige auch gern und weiß es zu schätzen, wenn der Mensch gern schweigt, mit dem ich zusammen bin. Frauke kann gut schweigen. Sie würde nie eine schöne Stimmung kaputtreden.

Sie ist von Kopf bis Fuß ästhetisch. Das einzige, was an ihr nicht so schön ist, ist ihr Vorname, mit dem ich sie eigentlich nie anspreche. Ich weiß nicht, wie sie zu ihrem Namen steht, vielleicht findet sie ihn ja gut. Wenn ich Mannke hieße, fände ich das jedenfalls nicht so witzig.

Mit dem Namen Manuel kann ich gut leben. Ich habe ihn meiner Mutter zu verdanken. Mein Vater wollte mich allen Ernstes Ernst nennen, was eine Katastrophe für mich bedeutet hätte; aber meine Mutter hat sich durchgesetzt, wofür ich ihr immer dankbar sein werde.

Wenn dir mein Name spanisch vorkommt, liegst du richtig. Meine Mutter ist Spanierin, mein Vater hat sie in den kühlen Norden geholt und geheiratet. Ihr war Deutschland immer zu kalt, sie hatte oft einen Schnupfen, aber das war nicht der entscheidende Grund, warum sie eine Woche nach meinem zwölften Geburtstag in einer Nacht-und-Nebel-Aktion meinen Vater sitzenließ und nach Spanien zurückkehrte, zu ihren Wurzeln. Sie liebte ihren Mann einfach nicht mehr, während er noch Jahre nach ihrem Abgang heimlich litt und von anderen Frauen nichts wissen wollte.

Er ist kein zweites Mal zum Standesamt gegangen, hat aber seit vier Jahren eine Freundin, die bei ihm wohnt. Bei meinem letzten Besuch hatte ich den Eindruck, daß sie meinen Vater nicht wirklich liebt, was ich ihm verschwiegen habe, wie ich ihm vieles verschweige.

Mit meiner Mutter konnte ich immer gut reden. Ich habe sie als eine gefühlsbetonte, spontane und offene Frau in Erinnerung behalten. Mein Vater dagegen fuhr schon immer mit angezogener emotionaler Handbremse durch sein Leben, was einer der Gründe für die Kluft zwischen ihm und mir ist, die sich beim besten Willen nicht überbrücken läßt. Wenn ich mit ihm rede, habe ich das Gefühl, daß meine Worte in einen Abgrund fallen, bevor sie ihn erreichen. Die Chemie zwischen uns stimmt einfach nicht. Für ihn war mein Ausstieg aus dem geregelten Berufsleben eine Katastrophe, für mich war er das Ende einer Katastrophe.

Seine Freundin, die vom Altersabstand her seine Tochter sein könnte, warf mir mehrmals einen ängstlichen Blick zu, als wittere sie, daß ich sie durchschaute. Sie ist, wie viele junge Frauen, erpicht auf Geld und Luxus, auf ein hübsches Haus mit Garten und Swimmingpool, in dem sie sich sonnen und reich fühlen kann. Anita ist ein *material girl*, das die Kohle meines Vaters mehr liebt als ihn. Sie hat sich durchaus Mühe gegeben, Gefühle für meinen Vater zu heucheln, aber ich habe kein einziges Zeichen von Liebe in ihren Augen gesehen, während mein Vater sie manchmal mit einem idiotisch wirkenden, verliebten Lächeln ansah, das mir so sehr nach Selbstbetrug roch, daß ich mich beherrschen mußte, um nicht loszulachen.

Ich gebe zu, daß ich nicht viel für meinen Vater empfinde und daß es mir egal ist, wie er lebt und was er von meinem Leben hält. Er ist ein ziemlich humorloser, angepaßter Mann mit grauen Haaren und grauen Meinungen, mit dem ich mich keine zehn Minuten unterhalten würde, wenn er nicht mein Vater wäre. Er steht der Weltordnung nicht besonders kritisch gegenüber, und als ich ihm einmal vor Jahren sagte, daß ich sie als eine Dauerkatastrophe empfände, antwortete er mir, ich sei noch zu jung, um mir ein solches Urteil zu erlauben – als sei Durchblick eine Frage des Alters! Nach dieser Antwort verlor ich die Lust an der Fortsetzung unseres Gespräches, wie schon so oft bei früheren Unterhaltungen. Immer sagt er irgendwann irgendwas, das mir eine Weiterführung des Dialogs sinnlos erscheinen läßt.

Ich frage mich manchmal, warum ein intelligenter Mensch wie er so blöde Sätze von sich geben kann. Intelligenz ist wohl oft nur ein partielles Phänomen. Er mag ein guter Mediziner sein, er mag viel Geld verdienen und im Golfclub ein beliebter Partner sein, seine Patienten mögen ihn bewundern, seine Freundin mag ihm Liebe vorspielen – ich habe keine Lust, ihm etwas vorzumachen. Ich sage ihm, wenn ich etwas doof finde, das er von sich gibt, worauf ich prompt eine beleidigte Reaktion von ihm bekomme, weil er Ehrlichkeit von seiner Umwelt nicht gewohnt ist, womit es dann wieder Zeit für mich wird zu gehen.

Ich glaube, daß er schon länger auf einen Besuch von mir wartet, aber mir ist nicht danach, ihn zu sehen, da ich genau weiß, nach welchem Schema die Begegnung verlaufen und wie sie enden wird.

Mein Bruder Tobias hat genetisch ein bißchen mehr als ich von unserem Vater abbekommen, er ist ebenfalls Arzt geworden und genießt seinen Wohlstand, aber er hat auch viel von unserer Mutter und kann sehr einfühlsam und warmherzig sein, sofern er nicht im Streß ist. Er hat noch nie einen blöden Satz von der Art produziert, die mein Vater stapelweise auf Lager hat. Die beiden treffen sich gelegentlich, aber so richtig gut verstehen auch sie sich nicht.

Als ich fünf war, hat mein Vater mir mit seinem ausgeprägten erzieherischen Feingefühl einmal von dem *Schwarzen Mann* erzählt, der ungezogene Kinder nachts aus ihren Betten holt, in einen Sack packt und in den Sumpf im Wald hinter der Stadt wirft. Da ich wußte, daß ich manchmal ein ungezogenes Kind war, hatte ich Angst vor dem *Schwarzen Mann*.

Ich träumte öfter von ihm. Er schlich sich leise in mein

Zimmer und riß mich grob aus dem Schlaf, um mich in seinen muffigen Sack zu stecken, in dem ich kaum atmen konnte. Dann nahm er mich auf seinen Rücken und ging mit mir auf schnellstem Weg zu dem Sumpf. Ich sprach ihn nie an, weil ich mir sicher war, daß er nicht antworten würde. Ich wußte, daß er mich in den Sumpf werfen würde. Und das tat er auch. Ich spürte, wie ich in hohem Bogen durch die Luft flog, dann überraschend sanft aufklatschte und unter saugenden Geräuschen zu sinken begann.

Diesen Alptraum hatte ich dreimal gehabt, und jedesmal war ich in dem Moment aufgewacht, als ich in den Sumpf zu sinken begann.

Beim vierten Mal wachte ich nicht auf, weil ich neugierig war, was weiter geschehen würde. Ich hörte einfach auf zu atmen und ließ mich sinken. Ich sank tiefer und tiefer und wunderte mich darüber, daß ich offenbar auch leben konnte, ohne zu atmen. Ich wunderte und freute mich, und aus der Freude wurde eine wachsende Heiterkeit, eine befreiende Einsicht, denn ich verstand in diesen Augenblicken intuitiv, daß ich im Grunde meines Wesens unsterblich war.

Ich war alt genug, um zu wissen, daß jeder Körper sterblich ist, zumal wenn man ihn, in einem Sack verschnürt, in einen Sumpf wirft. Aber dieser Traum offenbarte mir, daß etwas in mir war, das nicht starb, das niemals sterben würde, etwas Starkes, Freies. Etwas, das gelassen über allem schwebte, unberührbar, unzerstörbar.

Ich wurde von einer Welle der Erleichterung und des Glücks erfaßt und erwachte mit einer nie gekannten Euphorie aus meinem Traum. Ich hatte die Angst vor dem Tod verloren, weil meine Seele so freundlich gewesen war, mir ihre Unsterblichkeit zu offenbaren. Ich war sie los, diese quälende Angst, mit der die Erwachsenen offensichtlich kämpften, denn sie sprachen nie vom Tod, sie vermieden es, seinen Namen in den Mund zu nehmen.

Seit der Nacht meines Traums fühlte ich mich ihnen in diesem Punkt überlegen. Ich wußte, daß etwas in mir unsterblich war, auch wenn ich noch kein Wort dafür kannte, und sie quälte die Ungewißheit. Das hatte ich meinem Vater zu verdanken und seinem *Schwarzen Mann.*

Als er mir ein weiteres Mal mit ihm drohte, lächelte ich wissend in mich hinein.

Falls du dich wunderst, daß ich diesen Traum ernst genommen habe, muß ich dich damit erschrecken, daß ich ihn noch immer ernst nehme. Ich habe seit meinem fünften Lebensjahr keine Angst mehr vor dem Tod, weil er für den Körper zwar das Ende, für die Seele aber nur ein Übergang, ein neuer Anfang, vielleicht auch ein Aufstieg ist.

Aber auch wenn der Tod total wäre und nichts mehr von mir übrigließe als Staub und Asche, hätte ich keine Angst vor ihm. Ich fürchte das Nichts nicht, denn im Nichts wäre ich ein Nichts, und ein Nichts kann nicht darunter leiden, ein Nichts zu sein.

Nicht viel später, mit acht oder neun Jahren, erfuhr ich zum ersten Mal, daß es so etwas wie eine höhere Macht gibt, die in das Leben der Menschen eingreifen und Unglaubliches geschehen lassen kann.

In unserer direkten Nachbarschaft wohnte ein Junge in meinem Alter. Er hieß Roland und war einen Kopf größer als ich. An dem Tag vor dem Ereignis trugen wir einen Kampf aus, den er provoziert hatte.

Es war Karnevalszeit, und alle Kinder in unserer Straße liefen entweder als Cowboys oder Indianer verkleidet durch die Gegend. Roland war ein Cowboy, ich auch, und so standen wir eigentlich auf derselben Seite, was ihn nicht daran hinderte, mir völlig unmotiviert mit seinem großen Platzpatronen-Revolver auf den Kopf zu schlagen. Es tat weh, aber nicht der Schmerz, sondern die mangelnde Fairneß dieser Attacke erregte meine Wut.

Ich verwarf meinen ersten Impuls, einen meiner beiden Revolver zu ziehen und damit Roland auf den Kopf zu hauen. Zum einen wäre das nicht gerade originell gewesen, zum anderen hatte ich ein paar Wochen zuvor im Fernsehen einen Western mit einer Szene gesehen, die mich sehr beeindruckt hatte. Ein Cowboy, einer von den Guten, der von einem üblen Ganoven zu einem Kampf provoziert wurde, löste den Gürtel mit den Revolvern von seinen Hüften, gab ihn einem Freund und setzte den Bösen mit bloßen Fäusten außer Gefecht.

Also nahm auch ich meinen Revolvergürtel ab und reichte ihn einem der rund zehn Kinder, die in Erwartung eines unverhofften Spektakels einen Halbkreis um uns gebildet hatten. Dann ging ich mit meinen Fäusten energisch auf den noch immer bewaffneten Roland los, wobei ich aus der Not meiner körperlichen Unterlegenheit eine Tugend machte, indem ich Roland mit schnellen Kinnhaken zusetzte, denen er nicht ausweichen konnte. Durch meine edle Gürtelabnahmeaktion hatte ich die Herzen des Publikums gewonnen, und so feuerten die Kinder der Nachbarschaft mich an, was meine Fäuste noch schneller und treffsicherer machte.

Als deutlich wurde, daß ich den Kampf für mich entscheiden würde, kam Rolands Mutter zeternd und händeringend aus dem Haus gerannt. Sie hatte (wie ich später erfuhr) unseren Kampf so lange abwartend von ihrem Fenster aus beobachtet, bis ihr klar wurde, daß ihr Sohn kurz vor einer beschämenden Niederlage stand. Sie packte Roland am Oberarm und zerrte ihn schimpfend in die Sicherheit der elterlichen Wohnung.

Auch wenn der Kampf auf unwürdige Weise unterbrochen wurde – meine Spielkameraden feierten mich als moralischen und realen Sieger. Man gab mir respektvoll meinen Revolvergürtel zurück, und ich machte auf der allgemeinen Beliebtheitsskala einen Sprung nach oben.

Am nächsten Tag, kurz nach dem Mittagessen, geschah dann die unglaublichste Geschichte meiner Kindheit.

Von meinem angesparten Taschengeld hatte ich mir drei Wurfpfeile und eine Zielscheibe gekauft, und nachdem ich ein paar Stunden im Garten damit verbracht hatte, das Zentrum der runden Scheibe zu treffen, reizte mich eine andere Anwendungsweise der Pfeile: Ich wollte wissen, wie weit ich damit werfen konnte. Wenn es darum ging, Kieselsteine in den nahe gelegenen See zu werfen, war ich immer derjenige, der sie am weitesten warf; ich hatte also ein hohes Anspruchsniveau.

Die Straße und der Gehweg lagen träge im Sonnenschein der Mittagshitze, keine Menschenseele weit und breit. Die Bedingungen für meinen Versuch waren günstig. Mit meinen drei Pfeilen in der Hand entfernte ich mich rund fünfzig Meter von unserem Hauseingang. Ob es mir gelingen würde, den Pfeil bis dorthin zu werfen?

Bevor ich Anlauf nahm, um zu meinem ersten Wurf auszuholen, vergewisserte ich mich noch einmal, daß niemand auf der Straße oder dem Gehweg war. Dann nahm ich Anlauf, schleuderte mit aller Kraft meinen Pfeil in die Luft und wußte sofort, daß er sehr weit fliegen würde.

Während ich seine Flugbahn beobachtete, lief plötzlich Roland aus dem Eingang seines benachbarten Elternhauses auf die Straße. Und dann geschah das Unfaßbare: Der Pfeil bohrte sich in seinen Oberarm.

Vor Schreck und sicherlich auch vor Schmerz schrie Roland auf und hielt sich den getroffenen Arm. Ich spürte, daß soeben etwas Ungeheuerliches geschehen war, und versteckte mich schnell in einem Gebüsch.

Roland, der nach dem ersten Schreck begonnen hatte, nach dem Werfer des Pfeils Ausschau zu halten, konnte niemanden entdecken und weiß bis heute nicht, wem er diesen Volltreffer zu verdanken hatte. Schließlich gab er seine Ursachenforschung auf und rannte heulend ins Haus zurück.

Ich hockte in dem Hagebutten-Gebüsch und erlebte mit schnellem Herzklopfen eine radikale Bewußtseinserweiterung. Während mir das zwischenmenschliche Leben bis dahin als etwas erschienen war, das allein vom Verhalten der Menschen bestimmt war, spürte ich zum ersten Mal das Wirken einer höheren Macht, die meinen Wurfpfeil genau an den Punkt getragen hatte, zu dem sie auch Roland hatte laufen lassen, um ihm diese *Impfung* zu verpassen. Und ich wußte, daß sie Roland damit für die Unfairneß bestraft hatte, mir ohne Grund seinen Revolver auf den Kopf zu hauen. Die Grenze zwischen Zufall und Schicksal war eindeutig überschritten worden, und so fühlte ich mich auch nicht wirklich schuldig an Rolands Verletzung. Ich hatte zwar den Pfeil geworfen, aber das Schicksal hatte ihn gelenkt. In mir bildete sich, ohne daß ich sie hätte benennen können, die Überzeugung, daß es so etwas wie eine höhere Gerechtigkeit gab, die auf magische Weise in das Leben der Menschen eingreifen konnte, um sie beispielsweise für ihre Missetaten zu bestrafen.

Ich erzählte niemandem von diesem Ereignis, und um jedem möglichen Verdacht vorzubeugen, vergrub ich die beiden Pfeile, die ich noch in der Hand hielt, in der Erde unter dem Hagebutten-Gebüsch, lief nach Hause und erzählte meinem Vater, daß jemand meine Wurfpfeile gestohlen hätte, als ich sie eine Weile unbeaufsichtigt auf dem Gehweg liegengelassen hatte. Eine Vorsichtsmaßnahme, die sich als überflüssig erwies, denn Rolands Eltern kamen nie zu meinem Vater und meiner Mutter, um sie zu fragen, ob der aus dem Nichts in den Arm ihres Sohnes geschwirrte Pfeil vielleicht von mir stammte. Wahrscheinlich war ihnen die Geschichte unheimlich, und ein bißchen unheimlich war ich mir selbst.

Eine Woche darauf wurden mir auch die Jungen aus der Nachbarschaft unheimlich, mit denen ich *Cowboy und Indianer* spielte.

Ich gehörte zu den Cowboys und geriet kurz vor Sonnenuntergang in einen Hinterhalt der Indianer, die mich gefangennahmen. Es waren sechs an der Zahl, und jeder Widerstand wäre aussichtslos gewesen. Sie führten mich zu ihrem Zeltlager auf einer abgelegenen Wiese, wo sie mich an den Marterpfahl fesselten. Ich fragte mich, wo meine Cowboy-Freunde blieben, die mich nun eigentlich befreien sollten.

Die Indianer tanzten mit schrillem Geheul und finsteren Mienen um das Lagerfeuer, meine Handgelenke schmerzten von den straff angezogenen Fesseln, aber noch ahnte ich nichts Böses. Es war ein Spiel, ich war ein Gefangener. Spätestens in einer halben Stunde würden die Rothäute mich vom Marterpfahl binden – und wir alle würden nach Hause gehen.

Aber schon nach wenigen Minuten bekam die Situation etwas Beunruhigendes. Die einsetzende Abenddämmerung, der wilde Tanz ums Feuer, das ständige Geheul der Indianer und ihre düsteren Mienen wirkten in zunehmendem Maße bedrohlich auf mich.

Endlich gab *Galoppierendes Pferd* (so nannte sich der Häuptling der Rothäute, der im bürgerlichen Leben Markus hieß) den Befehl, den Tanz zu beenden. Von einem Moment auf den anderen wurde es still, aber die Stille erwies sich als noch beängstigender als das vorherige Heulen.

»Wir werden dich jetzt foltern«, sagte *Galoppierendes Pferd*, ging auf mich zu und versetzte mir einen schmerzhaften Boxhieb auf den Oberarm.

Daniel, der sich *Wütender Büffel* nannte, folgte seinem Beispiel und boxte mich auf den anderen Arm. Dann ging er zum Lagerfeuer und zog einen Ast aus den Flammen, mit dessen glühendem Ende er ziemlich nah vor meinem Gesicht herumfuchtelte, wobei er eine furchterregende Grimasse zog. »Keine Angst, elendes Bleichgesicht«, sagte er, »ich werde dir nicht die Augen ausbrennen! Du sollst ja sehen, was wir mit dir anstellen!«

Die anderen Jungen lachten hämisch, und ich fragte mich, ob sie noch wußten, daß sie spielende Kinder waren oder sich für rachsüchtige Indianer hielten. Jedenfalls bekam ich eine höllische Angst. Mein Herz raste, und ich begann am ganzen Körper zu schwitzen.

Als *Wütender Büffel* die glühende Astspitze so nah an mein Gesicht hielt, daß ich ihre Hitze spüren konnte, rief ich entsetzt: »Laßt mich frei!«

Höhnisches Gelächter war die Antwort.

Meine Angst wurde mehr und mehr zu Panik. Ich zerrte an meinen Fesseln. »Bindet mich los!« forderte ich energisch.

Sie taten so, als hätten sie mich nicht verstanden.

Also schrie ich sie aus Leibeskräften an: »*Hört auf! Ich spiele nicht mehr mit!*«

Endlich zeigten meine Worte Wirkung bei meinen Peinigern. Sie waren mit einem Schlag ernüchtert.

»Eins muß dir klar sein: Wenn wir dich jetzt freilassen, darfst du *nie* mehr mit uns spielen!« sagte Markus, bevor er sein Taschenmesser hervorzog und damit meine Fesseln durchtrennte.

»Feigling!« zischte Daniel, der übrigens der beste Freund von Roland war, den ich noch vor kurzem auf heldenhafte Weise im Faustkampf bezwungen hatte.

Ich lief nach Hause, ohne mich umzudrehen, und kam zu spät zum Abendessen, erzählte meinen Eltern aber nichts von dem Vorfall.

Ich erinnere mich noch gut daran, wie ich Tage später allein durch die Straßen zog und voller Wehmut die Jungen aus meiner Nachbarschaft *Cowboy und Indianer* spielen sah. Sie würdigten mich keines Blickes, und ich fühlte mich wie ein Ausgestoßener, der auf schmerzhafte Weise gelernt hatte, daß man in der Welt der Kinder sehr schnell von einem Helden zu einem Feigling degradiert werden konnte. Zu einem Spielverderber, mit dem die anderen nichts mehr zu tun haben wollten.

Glücklicherweise zogen wir ein paar Monate später um, weil mein Vater eine eigene Arztpraxis gegründet hatte, und ich fand einen neuen Kreis von Spielkameraden. Auf das Spiel *Cowboy und Indianer* ließ ich mich jedoch nie wieder ein.

Mit etwa zehn Jahren begann ich das Maskenspiel der Erwachsenen zu durchschauen. Erwachsene waren anders, wenn ich sie heimlich beobachtete, als wenn ich in ihrer Nähe war. Sie hatten für bestimmte Menschen bestimmte Masken, die sie ablegten, wenn sie mit anderen Menschen zusammen waren. Oder zeigten sie denen wiederum nur andere Masken? Jedenfalls bin ich als Kind außerhalb meiner Familie vermutlich keinem natürlichen, authentischen Erwachsenen begegnet, ich würde mich sonst bestimmt an ihn erinnern. Sie hatten alle etwas mehr oder weniger Künstliches, Aufgesetztes, Wichtigtuerisches, als sei ihr Alter eine Tugend, die keinen Widerspruch duldete.

Wenn sie betrunken waren, bekamen sie etwas Lächerliches, manchmal auch Angsterregendes. Sie verloren die Kontrolle über ihre Maskenspiele, und das war manchmal zum Lachen und manchmal zum Fürchten. Sie hatten ihre Regeln für alles und jedes, die sie in Ehren hielten, aber ein wirklicher Sinn war für mich nirgends zu erkennen. Im Grunde schienen sie nicht viel über das Leben zu wissen, deshalb gab es das Fach *Leben* wohl auch nicht in der Schule.

Ich wuchs in einer Kleinstadt auf, deren Name dir zu Recht nichts sagen wird. Nach dem Abitur hielt mich dort nichts. Eine Heimat habe ich nie gehabt und glaube, daß ich sie auch nie haben werde. So soll es wohl sein, Heimatlosigkeit ist ein anderes Wort für Freiheit.

Meine innere Freiheit war für mich von Anfang an lebenswichtig, und weder meine Eltern noch meine Lehrer konnten sie ernsthaft gefährden. Ich akzeptierte ihre Regeln, unterzog mich ihren Prüfungen, zeigte ihnen die Gesichter, die sie von mir erwarteten, aber blieb dabei ich selbst. Wahrscheinlich hatte ich schon ziemlich früh einen guten Identitätsinstinkt. Ich spürte, wer ich war, auch wenn ich es noch nicht war.

Die Erwachsenen spürten es nicht, und ich band es ihnen nicht auf die Nase. Ihnen war nicht gänzlich zu trauen, aber das durfte man ihnen auf keinen Fall sagen. Es war besser, ihnen gewisse Dinge zu verschweigen, die man über sie und ihre geregelte Maskenwelt in Erfahrung gebracht hatte. Schließlich hatten sie immense Macht über Kinder, deren Ausübung man nicht provozieren durfte. Gegen diese Macht half letztlich nur eins: selbst erwachsen zu werden, also achtzehn – volljährig, wie sie es nannten. So lange mußte man warten.

Ich wußte, daß es aus der Schule und der Diktatur der Erwachsenen nur einen einzigen eleganten Ausweg gab, und der hieß Abitur. Das Problem war, daß mich die Schule mit den Jahren immer weniger interessierte, weil mir mein Instinkt schon in der Mittelstufe des Gymnasiums sagte, daß ein großer Teil des Lehrstoffs für mich überflüssig war. Gegen jede Art von Ballast hatte ich aber einen intuitiven Widerwillen, ich wollte möglichst leicht durchs Leben gehen, ohne diese unsichtbaren Lasten, die alle Erwachsenen mit sich herumtrugen.

Damals ahnte ich schon, daß Bildung ein Balken vor deinem Auge sein kann, der dich hindert, die Wirklichkeit so zu sehen, wie sie wirklich ist. Sie ändert sich von Augenblick zu Augenblick, und nicht der Gebildete ist prädestiniert, ihr zu folgen, sondern der Unbelastete, der frei und leicht genug ist, sich mit ihr zu verändern.

So sickerte das meiste, was unaufhörlich aus den Mündern der Lehrer strömte, nicht allzu tief in mein Bewußtsein ein. Das Allernötigste mußte ich mir schon aneignen, weil ich keine Lust hatte, ein Schuljahr zu wiederholen und mir den Spott meiner Mitschüler zuzuziehen. Aber das Allernötigste ließ sich mit vertretbarem Arbeitsaufwand lernen. Wer zuviel arbeitet, verliert die Fähigkeit, sich am Leben zu erfreuen – auch das muß ich damals schon mit instinktiver Voraussicht geahnt haben.

Es heißt, in der Schule lerne man für das Leben. Das ist Unsinn. In der Schule lernt man für die Schule. Und man lernt etwas über die Gesellschaft, in der man aufwächst. Die ist aber nicht gleichbedeutend mit dem Leben.

Ich war schon als Schuljunge ein Rebell, der sich gegen die Welt auflehnte, in die er hineingeboren wurde, aber zugleich wußte, daß seine Rebellion gegen die Übermacht der Erwachsenen und angepaßten Mitschüler aussichtslos war. Deshalb versteckte ich sie wie einen kostbaren Schatz und gab mich nach außen hin wie alle anderen. Ich wußte, daß Rebellen überaus unerwünscht waren und mit harten Sanktionen und Schikanen rechnen mußten, wenn sie ihr Inneres nach außen kehrten. So blieb meine Rebellion ein gut gehütetes Geheimnis und entfaltete sich im verborgenen.

Nach einem schönen, entspannten Wochenende, das leider viel zu schnell vergangen ist, verlassen Frauke und ich unser Blockhaus in der Spießersiedlung und fahren in die Stadt zurück, denn am Montag muß sie wieder zur Uni.

Sie hat von einem Referat erzählt, für das sie in der kommenden Woche arbeiten muß. Und ich dachte: Nicht schon wieder! Erst eine Klausur, dann ein Referat! Ich habe versucht, mir meine Enttäuschung nicht anmerken lassen, aber als wir im Auto sitzen, kann ich sie nicht mehr verbergen.

»Was ist los?« fragt sie, während wir eine malerische Landstraße entlangfahren.

»Sag mal, muß das unbedingt sein, daß du gerade jetzt so intensiv für dein Studium arbeitest?« frage ich zurück. »Immerhin sind wir verliebt.«

»Ja, das muß sein«, sagt sie in ziemlich hartem Tonfall. »Ich hätte ja auch gern mehr Zeit für uns, aber ich habe sie momentan einfach nicht.«

»Wenn jemand sagt, er habe keine Zeit, heißt das nur, daß andere Dinge wichtiger für ihn sind«, behaupte ich.

»Das kann man nicht so absolut sagen«, wendet sie ein.

»Man kann ja auch mal krank werden, und sei es liebeskrank«, entgegne ich. »Wenn ich verknallt war, habe ich meine Ausbildung vernachlässigt. Und ich habe trotzdem meine Prüfungen geschafft.«

»Du bist eben nicht ich«, kontert sie trotzig. »Ich muß mich hundertprozentig sicher fühlen, wenn ich eine Klausur schreibe oder ein Referat halte, sonst werde ich nervös. Ich brauche das Gefühl, auf alle in Frage kommenden Themen optimal vorbereitet zu sein.«

»Du bist ja eine richtige Streberin«, necke ich sie und wünsche mir, es nicht getan zu haben, als ihr Blick mich trifft.

»Das hättest du nicht sagen sollen«, gibt sie in einem Tonfall zurück, den ich an ihr noch nie gehört habe, »nicht nach einem so schönen Wochenende.«

Wahrscheinlich hat sie recht, und ich hätte mir diese Bemerkung verkneifen sollen, aber ich bin nun mal so ziemlich das Gegenteil eines Diplomaten. Ich sage meistens, was ich denke, auch (und gerade) denen, die mir etwas bedeuten. Aber das kommt nicht immer gut an.

Wir verbringen die Rückfahrt schweigend, und die schönen Erinnerungen an das Wochenende verlieren ihre Wirkung in der beklemmenden Atmosphäre im Auto.

Als wir ins Bett gehen, geben wir uns nicht einmal einen Gutenachtkuß und schlafen Rücken an Rücken ein.

7

Wir leben in einer Welt,
in der Menschen als Verbraucher
bezeichnet werden,
in der die Unwahrheit gilt,
daß Zeit Geld ist,
und in der Liebe ein Wort ist,
das häufig benutzt,
aber selten verstanden wird.

Wer so nicht leben will,
muß sich eine Gegenwelt schaffen,
in der Menschen als Menschen
bezeichnet werden,
in der die Wahrheit gilt,
daß Zeit Freiheit ist,
und in der Liebe ein Wort ist,
das nicht nur verstanden,
sondern auch gelebt wird.

Die meisten Menschen hassen den Montagmorgen, weil er sie aus der Freizeit ihres Wochenendes in die Unfreiheit ihres Berufs zerrt.

Ich hasse diesen Montagmorgen, weil ich wieder allein aufwache und einen Zettel von Frauke mit den liebevollen Worten vorfinde: »Bin nicht vor 19 Uhr zurück – Frauke.«

Andererseits hasse ich es, einen Tag zu hassen, da man den Tag nicht vor dem Abend tadeln soll.

Das Wetter ist mittelprächtig. Der Himmel ist auf eine Art wolkenverhangen, von der man mit hoher Wahrscheinlichkeit weder Regen noch Sonne erwarten kann. Ich frühstücke, höre Musik von Cat Stevens und komme dabei auf die Idee, in die Innenstadt zu fahren und Straßenmusik zu machen. Ein bißchen Sympathie, ein paar freundliche Blicke würden mir guttun.

Ich gehe auf den Balkon und blicke auf die Straße hinunter. Eine Radfahrerin erinnert mich von ihrer Figur und Frisur her an eine Frau, die ich vor ein paar Wochen beim Trampen kennengelernt habe.

Ich stand an einer Autobahnauffahrt und hielt den Daumen hoch. Ich reise meistens per Autostop. Du brauchst dazu ein bißchen, manchmal auch sehr viel Geduld, aber früher oder später nimmt dich immer jemand mit, und sei es nur, um dir seine Probleme aufzuhalsen.

An diesem sonnigen Tag hielt eine aparte Frau mit dunklen Haaren und braunen Augen, die in meinem Alter sein mochte, ihr weißes Cabriolet an und fragte mich: »Wohin willst du?«

»Wohin du fährst.«

Sie sah mich intensiv an und wirkte unentschlossen. Ich sah intensiv zurück und wirkte entschlossen.

Schließlich begann sie zu lächeln. Und dann nickte sie einladend, und ich stieg ein. Dabei hatte ich das Gefühl, daß sie mich an jemanden erinnerte, aber ich wußte nicht, an wen.

Ein paar Minuten fuhren wir schweigend, und dieses verträumte Lächeln blieb auf ihren Lippen. Mir war es recht so.

Ich mag es, wenn Menschen lächeln. Ich meine, richtig lächeln, nicht nur so tun als ob. Ein echtes Lächeln ist eine phantastische Antwort auf den ganzen Horror, der auf diesem Planeten abläuft.

»Reist du immer so?« fragte sie schließlich.

»Ich *lebe* immer so, seit drei Jahren.«

Sie lächelte noch schöner, und inzwischen lächelte auch ich.

»Ich fahre aber nicht so weit.«

»Auf die Entfernung kommt es nicht an.«

»Und worauf kommt es an?«

»Auf den Weg. Je besser der Weg, desto besser das Ziel. Also suche ich nach guten Wegen. Die führen automatisch zu guten Zielen.«

»Du willst also wirklich dorthin, wohin ich fahre?«

Ich nickte und sah auf ihre Hände. Sie waren schlank und gepflegt, und an der rechten Hand trug sie einen Ehering.

Ein paar Minuten später nahm sie die nächste Ausfahrt. Wir fuhren einige Kilometer eine romantische Allee entlang, unsere Haare flatterten im Wind, wir fühlten uns wohl. Nach wenigen Kilometern bog sie in einen kleinen, holprigen Feldweg ein. Rechts und links von uns satte, weite Wiesen. Natur pur. In einem Waldstück hielt sie an.

»Endstation. Nicht weit von hier ist eine Lichtung, ein wunderschöner Ort. Du könntest mir dort etwas auf der Gitarre vorspielen, wenn du magst.«

»Ich mag«, sagte ich, stieg aus, nahm die Gitarre und folgte ihr.

Sie hatte eine gute Figur und einen beschwingten Gang, wirkte elegant, aber dabei ganz natürlich. Als wir nebeneinander den Waldweg entlanggingen, war die Welt ein schöner Ort und das Leben eine wahre Freude.

Sie führte mich durchs Unterholz zu einer Waldwiese mit hohem Gras und bunten Blumen. In der Mitte der Wiese setzte sie sich und sagte: »Willkommen in meinem Paradies.«

Ich packte die Gitarre aus und hockte mich zu ihr. Bevor ich zu spielen begann, trafen sich unsere Blicke, und mir wurde bewußt, daß ich in aufregend schöne Augen sah.

Ich spielte drei oder vier Songs, dann berührte sie ganz zart meinen Arm, und ich konnte nicht weitersingen.

Ich weiß nicht mehr, wer wen zuerst geküßt hat. Ich fühlte diesen Kuß im ganzen Körper. Und ich spürte, was jetzt begann, war für sie und für mich mehr als nur ein schnelles Abenteuer. Wir *sollten* uns begegnen, zu diesem Zeitpunkt, um uns etwas Wichtiges, Wesentliches zu geben.

Als wir uns lächelnd in die Augen sahen, wurde ich urplötzlich wehmütig. Eine tiefe Traurigkeit ergriff mich mit unwiderstehlicher Macht, und ich sah zu Boden.

»Was ist los?« fragte sie.

Ich mußte mehrmals tief durchatmen, bevor ich antworten konnte: »Ich glaube, es war dein Lächeln. Es hat mich an das Lächeln meiner Mutter erinnert.«

Sie sah mich ohne das geringste Anzeichen von Befremdung an, obwohl es ihr sicherlich seltsam erschienen war, daß ich nach unserem wundervollen Kuß so reagierte.

»Was ist mit deiner Mutter geschehen?«

»Sie hat mich verlassen, als ich zwölf war«, hörte ich mich sagen. »Sie ist einfach verschwunden, in ihr Heimatland zurückgegangen – ohne Vorwarnung, von einem Tag auf den anderen.«

»Warum?«

»Sie hat einen Zettel auf dem Schreibtisch meines Vaters hinterlassen, auf dem nur ein Satz stand: *Ich liebe dich nicht mehr und gehe zurück nach Spanien.* Vielleicht war auch ein anderer Mann im Spiel. Ich weiß es nicht.«

»Hast du sie nie wiedergesehen?«

»Nein, nie wieder. Sie hat nichts mehr von sich hören lassen. Sie verschwand einfach aus meinem Leben – als sei sie gestorben.«

»Und du hast nicht versucht, sie wiederzufinden?«

»Wie hätte ich sie finden sollen? Spanien ist groß. Ich war mir auch sicher, daß sie nicht von mir gefunden werden wollte, sonst hätte sie bestimmt Kontakt zu mir aufgenommen.«

»Und wie reagierte dein Vater?«

»Er war sehr verletzt und deprimiert, aber er versuchte, es sich nicht anmerken zu lassen. Er sagte meinem Bruder und mir, daß wir ihr Verschwinden wie Männer tragen sollten. Eine so verantwortungslose, schlechte Ehefrau und Mutter hätte es nicht verdient, daß wir ihr nachtrauerten. Aber *er* trauerte ihr nach. Mehrmals sah ich ihn, als er sich unbeobachtet fühlte – er saß in seinem Arbeitszimmer und heulte wie ein Schloßhund.«

Die Frau sah mich mitfühlend an und strich mir zärtlich

über die Haare. »Das muß schlimm für dich gewesen sein.«

»Ja – aber ich glaube, daß ich den Schmerz, den ich empfand, zum größten Teil beiseite geschoben habe. Vielleicht, weil ich nicht fähig gewesen wäre, ihn zu ertragen, wenn ich ihn ganz zugelassen hätte. Ein Psychologe hat mir einmal erklärt, daß die Seele einen Selbstschutzmechanismus hat, mit dem sie verdrängt, was sie nicht bewältigen kann … Ich habe damals versucht, dem Rat meines Vaters zu folgen und meiner Mutter nicht nachzutrauern. Wir sprachen in der Familie nie mehr über sie. Es war so, als hätte sie nie existiert. Das Leben ging weiter, wie man so sagt. Und nach ein paar Monaten glaubte ich tatsächlich, daß ich ihren Verlust verkraftet hätte.«

»Aber du hattest es nicht.«

»Nein, ich hatte mir etwas vorgemacht. Mein Vater gab sich Mühe, meinem Bruder und mir die fehlende Mutter zu ersetzen, aber es gelang ihm nicht. Es konnte ihm gar nicht gelingen. Zum einen nahm ihn sein Beruf zu sehr in Anspruch, zum anderen mangelte es ihm an emotionaler Substanz. Er war schon immer ein Kopfmensch gewesen, und durch die Flucht meiner Mutter wurde die Mauer, die er um sein Herz gezogen hatte, noch stärker. Wenn er von Frauen sprach, bekam sein Tonfall etwas Verächtliches.«

»Aber du hast seine Verachtung den Frauen gegenüber hoffentlich nicht übernommen?« fragte sie.

»Ich glaube, ich habe so gut wie gar nichts von ihm übernommen«, antwortete ich. »Wir beide leben in grundverschiedenen Welten. Ich komme mehr nach meiner Mutter. Ich hatte immer das Gefühl, daß sie mich liebte. Ich habe mich oft gefragt, wie sie mich verlassen konnte – einfach so!«

»Es ist ihr bestimmt sehr schwergefallen. Vielleicht hat sie lange heimlich mit sich gekämpft, bevor sie ihre Entscheidung traf. Wahrscheinlich war es einfach unerträglich für sie geworden, mit einem Mann zusammenzuleben, für den sie nichts mehr empfand. So unerträglich, daß ihr keine andere Wahl blieb, als ihn zu verlassen – auch wenn sie damit ihre Söhne im Stich ließ, die sie sicherlich liebte. Manche Frauen hätten ihre Ansprüche an die Liebe und ans Leben vielleicht ihren Kindern zuliebe geopfert – deine Mutter zählte nicht zu ihnen. Deshalb darf man sie nicht als verantwortungslose, schlechte Frau darstellen, wie es dein Vater in seinem verständlichen Schmerz getan hat. Wer weiß, wie sehr sie unter ihm gelitten hat? Ich denke, sie konnte nicht anders handeln, als sie gehandelt hat. Du solltest ihr verzeihen – falls du es nicht schon getan hast.«

Ich fühlte mich auf einmal ganz schwach und schutzlos, und wieder nahm die Frau mich in den Arm. Die Zeit stand still. Ich könnte nicht sagen, wie lange diese Umarmung dauerte, aber ich weiß, daß sich in den Armen dieser Frau, deren Namen ich nicht einmal kannte, etwas in meiner Seele löste – eine Verhärtung, ein

Knoten, der mich seit dem Verlust meiner Mutter gequält hatte.

Irgendwann verließen wir die Waldlichtung. Wir gingen Hand in Hand zu ihrem Auto, und sie brachte mich zur nächsten Autobahnauffahrt.

»Ich bin sehr froh, daß ich dich kennengelernt habe. Ich werde dich nie vergessen«, sagte sie mir beim Abschied. Sie sagte es so, daß es weder kitschig noch banal klang. Es kommt eben nicht darauf an, was man sagt, sondern *wie* man es sagt. Wenn echtes Gefühl in den Worten liegt, sind sie immer wertvoll und einzigartig, auch wenn sie schon hunderttausendmal gebraucht wurden.

Ich wußte nicht, was ich erwidern sollte. Bei Abschieden bin ich meistens stumm. Wir umarmten uns ein letztes Mal. Dann fuhr sie los.

Ich ziehe mich an, schultere die Gitarrentasche, stecke die Schlüsselduplikate ein, die Frauke mir anvertraut hat, und mache mich auf den Weg zur Straßenbahnhaltestelle.

In der Bahn greife ich zu einer Tageszeitung, die ein Fahrgast auf dem mir gegenüberliegenden Sitz vergessen oder ordnungswidrig entsorgt hat. Ich blättere ein bißchen darin, bis ich unter der Rubrik *Meldungen aus aller Welt* auf eine unglaubliche Geschichte mit der Überschrift *Kühe fielen vom Himmel* stoße. Ich fühle mich von kuriosen und grotesken Zeitungsmeldungen verfolgt, aber diese Art von Verfolgung ist mir nicht unangenehm.

Im Ochotskischen Meer bei der Insel Sachalin ist eine Kuh vom Himmel gefallen und hat bei ihrem Aufprall ein japanisches Fischerboot versenkt. Russische Soldaten hatten eine Herde Kühe gestohlen, um sie mit einem Transportflugzeug wegzuschaffen – eine Art des Diebstahls, die in Sibirien nicht unüblich ist. Die Kuhräuber hatten jedoch versäumt, die Tiere im Flugzeug anzubinden. Als die Kühe begannen, im Bauch der Maschine unruhig zu werden, wurde das Flugzeug instabil und drohte abzustürzen, so daß die Besatzung keine andere Möglichkeit sah, als ihr Diebesgut durch die Heckklappe hinauszutreiben.

Wie es der Zufall wollte, stürzte eine der Kühe auf ein kleines japanisches Fischerboot, das dem Aufprall nicht standhielt. Die Fischer wurden unverletzt aus ihrer Seenot gerettet, anschließend aber festgenommen, weil ihren Aussagen kein Glauben geschenkt wurde. Daraufhin überprüften die russischen Behörden die Angaben und fanden heraus, daß sie stimmten, worauf die verstörten Fischer wieder auf freien Fuß gesetzt wurden.

Vielleicht hätte ich diese Nachricht für eine Ente gehalten, wenn ich nicht eine Frau kennen würde, deren Vater einen Bekannten hatte, der von einem Schwein erschlagen wurde, das vom Himmel fiel, auch aus einem Flugzeug, und genau auf den Kopf besagten Mannes, der nichts Böses ahnend einen Feldweg entlangging – was wohl die haarsträubendste Todesart ist, von der ich je gehört habe. Wenn die Stunde mancher Menschen gekommen ist, mangelt es dem Schicksal nicht an ungezügelter Phantasie und derber Komik.

Ein Mann mit einer Glatze, der zwei Bänke weiter mir gegenübersitzt, nimmt seine Brille ab und blickt mich an. Ich frage mich, ob er mich jetzt besser oder schlechter sieht, und mir fällt ein unvergeßlicher Satz ein, den ich irgendwo einmal gelesen habe: »Ich nahm meine Brille ab; sofort sah ich besser aus – und alle anderen auch.«

Er setzt die Brille wieder auf, und ich lese weiter, daß *ein Blitz in ein Fußballfeld einschlug, auf dem zwei Kreisliga-Mannschaften ein Punktspiel absolvierten. Er traf sieben Spieler auf einmal, von denen er drei tötete.* Ein sportlicher Tod, vielleicht ein schöner Tod für einen leidenschaftlichen Fußballspieler. Die Zeitung berichtet leider nicht über die Spielsituation zur Zeit des Unglücks, aber es würde mich nicht wundern, wenn der Blitz eine klare Torchance verhindert hätte.

Einem Angler, der einen Schwertfisch in sein Boot ziehen wollte, sprang der Fisch entgegen und rammte ihm sein Schwert mitten ins Herz. Hemingway hätte sich wohl kaum getraut, eine solche Geschichte zu schreiben, weil die Kritiker sie als realitätsfern bezeichnet hätten. Und jetzt ist sie geschehen.

Was lese ich ganz unten? *Sechs Schimpansen im Zoo der russischen Stadt Rostow haben sich einen Ruf als Sexmuffel erworben. Zwei Männchen und vier Weibchen weigern sich schon seit Jahren, für Nachwuchs zu sorgen. Selbst der Versuch der Zoodirektion, die Tiere mit Affensex-Videos zu stimulieren, war vergeblich.*

Netter Versuch, aber die Zoodirektion hat offenbar nicht den tieferen Sinn der Sexverweigerung verstanden. Die mitfühlenden und verantwortungsbewußten Affen verzichten bewußt auf die Freuden der Sexualität, weil sie die tagtäglichen Demütigungen ihrer kommerzialisierten Gefangenschaft so unerträglich finden, daß sie dieses Leben ihren Nachkommen nicht zumuten wollen. Über die einfältige List, sie mit Affenpornos zu übertölpeln, können die Schimpansen nur verächtlich grinsen.

Ich blättere um und lese einen Artikel mit der Überschrift *Das Wunder von Montélimar.* Ein dreijähriges Mädchen aus Mainz fiel aus dem Auto seiner Eltern, das auf einer südfranzösischen Autobahn fuhr. Bei einer Geschwindigkeit von 110 Stundenkilometern bremsten die dahinter fahrenden Lastwagen sofort und stellten sich auf der Autobahn nördlich von Montélimar quer, womit sie das Leben des auf die Fahrbahn gefallenen Mädchens vor dem starken nachfolgenden Verkehr schützten. *Dem Mädchen war es während der Fahrt gelungen, erst seinen Kindersitz und dann auch die Schiebetür des Fahrzeugs zu öffnen. Wie durch ein Wunder kam es mit einem Bluterguß und schweren Schürfwunden an Armen und Beinen davon.*

Eben dachte ich noch: Wenn die Stunde mancher Menschen gekommen ist, mangelt es dem Schicksal nicht an wilder Phantasie und grober Komik. Aber das Schicksal ist genauso widersprüchlich wie die Menschen, mit denen es seine Spiele treibt, denn wenn die Stunde mancher Menschen *nicht* gekommen ist, mangelt es ihm nicht an unglaublicher Fürsorge und einem Arsenal von Wundermitteln, um zu verhindern, was nicht geschehen soll.

Ich erinnere mich an einen Zeitungsartikel, den ich vor Jahren gelesen habe. Es ging um einen achtzehnjährigen Ukrainer, der mit seinen Eltern im siebten Stock eines Hochhauses wohnte und in seinem Zimmer mit Freunden ausgiebig dem Wodka zusprach, bis seine Mutter in einem Anfall pädagogischen Verantwortungsbewußtseins ins Zimmer preschte, ihrem Sohn die Wodkaflasche aus der Hand riß und sie durch die offenstehende Balkontür warf. Ohne Zögern sprang ihr Junge der Flasche hinterher, fiel rund fünfzehn Meter in die Tiefe – und kam mit einem Beinbruch davon.

Am Hauptbahnhof steige ich aus der Bahn und gehe den Weg in die Einkaufszone per pedes. Fühle ich mich eigentlich stark genug, um heute Straßenmusik zu machen? Der mißratene letzte Abend liegt mir noch auf der Seele, aber ich will mir davon nicht den Tag verderben lassen.

In der Konsumzone kommt mir eine Frau um die Dreißig mit langen blonden Haaren entgegen und lächelt mich an, als würde sie mich kennen. Vorsichtshalber lächele ich zurück. Vielleicht hat sie mich irgendwann einmal beim Spielen gesehen?

»Bist du nicht zu Besuch bei Frauke?« fragt sie mich und bleibt stehen. Bevor ich mich fragen kann, woher diese mir fremde Frau das weiß, erklärt sie: »Ich bin Linda und wohne mit Jan einen Stock tiefer. Ich habe dich neulich mit Frauke vor dem Haus gesehen. Ihr habt euch umarmt.«

Also das ist Linda! Ich bin sehr angenehm überrascht. Einerseits hätte ich Jan eine so attraktive und junge Freundin gar nicht zugetraut, andererseits gönne ich sie ihm. Sie sieht so frisch und gut aus, daß ich Jans Sehnsucht nach jungen Frauen nicht mehr ganz nachempfinden kann.

»Ja, ich bin Fraukes Gast«, antworte ich auf Lindas Frage. »Wir haben uns verliebt, und sie hat mich eingeladen, bei ihr zu wohnen.«

»Wie schön«, sagt Linda. »Schon lustig, daß wir uns hier über den Weg laufen. Heute beim Frühstück hat Jan noch von dir erzählt.«

»Was denn?«

»Nicht viel. Daß du etwas Erfrischendes hast.«

»Du auch«, rutscht es mir heraus, weil es stimmt.

Sie lacht. »Ich würde dich gern zu einem Tee einladen, aber ich muß unbedingt in einer Viertelstunde im Buchladen sein.«

»Schade«, sage ich.

»Wir sehen uns bestimmt bald wieder. Tschüs!«

Da geht sie hin, schwungvoll und elegant, und ich kann verstehen, daß Jan von ihr sagt, er werde nie wieder eine finden wie sie.

Eine Viertelstunde später liegt die Gitarrentasche zu meinen Füßen, und ich singe meinen ersten Song. Die Leute reagieren gut, beim zweiten Stück stehen zwanzig, dreißig Passanten um mich herum und hören mir zu.

Die ersten Münzen finden sich in meiner Tasche ein, die ersten Sympathiebekundungen zeigen sich in den Mienen meines Publikums. Ich mag es, wenn Menschen mich anlächeln; vielleicht ist das der tiefste Grund dafür, daß ich Straßenmusik mache. Eigentlich könnten sie mir egal sein, ich werde sie nie wiedersehen, aber wenn sie lächeln, bedeuten sie mir etwas.

Wie aus dem Nichts gezaubert steht plötzlich eine Frau mit dunklen Haaren in einer schwarzen, eng anliegenden Hose und einer nicht minder figurbetonten Bluse unter den Zuhörern und verwirrt mich durch ihren bloßen Anblick so sehr, daß ich ein paar Verse meines Songs vergesse, was ich professionell überspiele, indem ich mich möglichst unauffällig in den Refrain rette.

Sie bemerkt es und lächelt, und ihr Lächeln ist genauso sexy und verführerisch wie alles an ihr – die vollen Lippen, der glänzende Blick, die langen Haare! Sie ist eine Verkörperung des unsterblichen Verlangens nach Lust, und sie scheint es zu wissen. Ich frage mich, ob ich schon einmal einer Frau mit einer so intensiven erotischen Ausstrahlung auf der Straße begegnet bin.

Sie sieht mir ohne die geringste Scheu in die Augen und wirkt alles andere als schüchtern. Ich beschließe, nach dem Song, den ich gerade spiele, meinen Auftritt vorzeitig zu beenden, um die einmalige Chance wahrzunehmen, die Bekanntschaft einer veritablen Sexbombe zu machen. Vielleicht spricht sie mich ja an, und zur Not spreche ich sie an.

Sie macht es mir unverhofft leicht, kommt schnurstracks auf mich zu, während ich noch die Gitarre einpacke, und fragt mich mit einer Stimme, die genauso erotisch ist wie alles an ihr: »Hast du Lust, mir ein kleines Privatkonzert zu geben, bei mir zu Hause?«

»Ja«, entscheide ich spontan.

»Schön«, sagt sie, »ich wohne nicht weit von hier.«

Einige Minuten gehen wir schweigend nebeneinander her, wobei mir auffällt, daß fast jeder Mann, der uns entgegenkommt, sie von oben bis unten mustert. Ich frage mich, ob es angenehm oder lästig für sie ist, so viel Aufmerksamkeit auf sich zu ziehen. Sie scheint die begehrlichen Blicke, die sich auf ihren Körper richten, kaum zu bemerken. Vielleicht hat sie sich so sehr daran gewöhnt, daß sie nichts mehr dabei empfindet.

»Du laberst nicht«, konstatiert sie nach einer Weile. »Du weißt das Schweigen zu schätzen. Das mag ich. Die meisten Männer texten mich zu, um mich zu beeindrucken, aber sie nerven mich nur. Schwatzen kann jeder. Ein guter Mann muß wissen, wann er den Mund halten muß!«

Nanu, was ist denn das für ein Spruch? Ich weiß nicht, was ich sagen soll. Fast hätte ich gesagt, daß ich gern den Mund halte. Gut, daß ich es nicht getan habe. Es hätte nicht unbedingt gestimmt, denn ich rede gern und weiß nicht immer, wann ich den Mund halten muß – und bin daher in den Augen meiner aufreizenden neuen Bekanntschaft kein guter Mann, was ich ihr bis auf weiteres zu verschweigen gedenke.

»Ich heiße Manuel«, stelle ich mich vor.

Sie lächelt: »Deborah.«

»Ein seltener Name.«

»Ich weiß«, sagt sie und lacht. Worüber eigentlich?

Irgendwie ist sie schon ein bißchen seltsam, diese Deborah. Ich bin gespannt, was sie als nächstes von sich gibt.

»Bist du schon mal auf der Straße für ein Privatkonzert engagiert worden?«

Ich nicke. »Ein paarmal. Zuletzt von einer Frau, die Geburtstag hatte und sich spontan ein Konzert von mir schenkte. Sie hat gut gezahlt.«

»Ich werde auch gut zahlen«, verspricht Deborah, »auf meine Art.«

Ich frage mich, was wohl ihre Art der Bezahlung sein mag – eine Frage, die ich unartikuliert lasse, da ein guter Mann weiß, wann er den Mund halten muß.

»Du wirkst selbstbewußt«, sage ich nach einer Weile.

»Das bin ich auch«, erwidert sie. »Ich weiß, was ich will, und ich nehme es mir, wenn ich es will.«

Diese Frau bringt wirklich außergewöhnliche Sprüche!

Ihr nächster Satz enttäuscht allerdings mit seiner Normalität: »Hier wohne ich.«

Wir gehen durch einen Vorgarten auf die Haustür eines gepflegten Mehrfamilienhauses zu, sie schließt sie auf und führt mich in den zweiten Stock, wo sie ihre

Wohnungstür mit den Worten öffnet: »Das Spiel kann beginnen!«

Ihre Wohnung wirkt gepflegt und ist zeitgemäß eingerichtet, für meinen Geschmack etwas zu zeitgemäß. Sie läßt sich in den Sessel sinken und sagt: »Deine Bühne ist das Sofa!«

Ich schäle die Gitarre aus der Tasche, setze mich damit auf das weinrote Samtsofa und schlage einen Akkord an.

»Bevor du anfängst, möchte ich wissen, ob du mit meiner Bezahlung einverstanden bist. Für jeden Song, den du für mich spielst, werde ich eins meiner Kleidungsstücke ausziehen. Einverstanden?«

Sie trägt eine Hose, zwei Schuhe, eine Bluse, einen BH und wahrscheinlich einen Slip. Das heißt, spätestens nach sechs Songs ist sie nackt. Und das ist mit Sicherheit ein Anblick, den ich mir nicht entgehen lassen sollte.

»Einverstanden«, sage ich und spiele das erste Stück.

Sie zieht sich einen Schuh aus und wirft ihn in hohem Bogen durchs Zimmer.

Ich spiele das zweite Stück, sie schleudert den zweiten Schuh von sich.

Sofern Füße überhaupt sexy sein können – ihre sind es.

Ich spiele den dritten Song. Manchmal sieht sie mich an, während ich singe, manchmal schließt sie die Augen. Als der letzte Akkord ausklingt, befreit sie sich von ihrer Bluse und läßt sie achtlos auf den Laminat-Boden fallen.

Nach dem vierten Song zieht sie langsam und effektvoll ihre Hose aus.

So, wie sie jetzt in ihrem Sessel sitzt, in ihrem schwarzen Slip und schwarzen BH, ist sie pure, hundertprozentige Verführung.

Ich spiele als nächstes den perfekt zur Situation passenden Titel *You can leave your hat on* von Joe Cocker, was sie mit einem ausgelassenen Lachen quittiert.

Nun zieht sie sich den BH aus.

Mir fällt kein Song ein, den ich noch spielen könnte, obwohl ich ein Repertoire von rund hundert Stücken habe. Mir fällt keiner ein, weil ich wie hypnotisiert auf ihre herrlichen Brüste starre. Wer auch immer diese Frau erschuf, er hatte nichts als Betörung im Sinn.

Was spiele ich jetzt, warum fällt mir nichts ein? Es sollte schon etwas Besonderes sein. Ich hab's! Ich werde den Oldie *Deborah* von T-Rex für Deborah spielen! Als der Schlußakkord ausgeklungen ist, steht sie auf, zieht sich den Slip aus und setzt sich wieder.

Sie genießt meine Blicke. »Und – bist du zufrieden mit deiner Bezahlung?«

»Ja. Du hast eine tolle Figur.«

Sie lächelt. »Ich weiß.«

Das Spiel, das Deborah mir vor dem Betreten ihrer Wohnung angekündigt hat, ist beendet, und es hat mir Spaß gemacht. Ich warte darauf, daß sie aufsteht und sich wieder anzieht, aber sie bleibt sitzen – und wenn ich ihr anhaltendes Lächeln richtig deute, wäre sie nicht abgeneigt, meine Bezahlung zu erhöhen.

Im Gegensatz zu vielen meiner Geschlechtsgenossen

hat mich Sex um seiner selbst willen noch nie gereizt. So sexy sie auch sein mag: Ich muß etwas für eine Frau empfinden, um mit ihr schlafen zu wollen, und für Deborah empfinde ich nichts. Ich habe mich spontan auf ihr Spiel eingelassen, weil ich neugierig war, was sich daraus entwickeln würde. Nun hat es einen Punkt erreicht, an dem ich passe.

Ich frage mich, ob ich etwas für Deborah hätte empfinden können, wenn sie mich nicht durch ihre seltsamen Sprüche befremdet hätte, aber im Grunde ist es eine rhetorische Frage, denn meine Gefühle für Frauke hätten es nicht zugelassen. Auch wenn ich mich von ihr vernachlässigt fühle und meine Verliebtheit durch ihr Verhalten am gestrigen Abend einen Dämpfer bekommen hat, könnte ich mich nicht so einfach einer anderen Frau öffnen.

»Was ist los? Du siehst so nachdenklich aus«, sagt Deborah.

»Ich *bin* nachdenklich«, bestätige ich ihren Eindruck.

»Hast du Angst vor mir?«

»Nein.«

»Und wo liegt dein Problem?«

»Ich bin verliebt.«

Sie sieht mich an, als hätte ich etwas ziemlich Blödes gesagt. »Und warum hast du dich dann auf unser Spiel eingelassen?«

»Weil es mich gereizt hat, dich nackt zu sehen«, gestehe ich.

Sie verzieht ungläubig den Mund. »Du wolltest mich nackt sehen – *und mehr nicht?* Bist du *impotent?*«

»Nein. Es ist nur so bei mir, daß ich etwas fühlen muß, bevor ich mit einer Frau intim werden kann.«

»Fühlst du nichts, wenn du mich ansiehst?«

»Nun ja, ich finde dich sehr erotisch, wirklich, du siehst toll aus, aber ich kenne dich überhaupt nicht. Ich meine, ich weiß eigentlich gar nichts von dir. Und außerdem, wie gesagt, ich bin verliebt, und wenn ich verliebt bin ...«

»*Du laberst doch!*« fällt sie mir ins Wort – streng wie eine Mutter, die ihr Kind beim Lügen ertappt hat. Mit blitzenden Augen wirft sie mir an den Kopf: »Ich habe mich in dir getäuscht! Sieh zu, daß du dich trollst! Da ist die Tür!«

Offensichtlich habe ich sie in ihrer Eitelkeit verletzt, was ich nicht wollte. Vielleicht war es falsch von mir, auf ihr Spiel einzugehen. Ich hätte mir denken können, daß es eine solche Wendung nehmen würde. Andererseits – wenn ich mir bei allem, worauf ich mich einlasse, vorher ausmalen würde, wie es sich entwickeln könnte, würde ich meine Spontaneität verlieren, und das will ich auf keinen Fall.

Ich stehe auf, packe meine Gitarre ein und verlasse wortlos Deborahs Wohnung.

Als ich die Treppen hinuntergehe, ruft sie mir etwas hinterher, das ich akustisch nicht verstehe, was sicherlich gut so ist.

Auf halbem Weg in die City komme ich an einem älteren Stadtstreicher vorbei, der auf einem vergammelten Kissen auf dem Asphalt sitzt. Ein altgedienter Hut vor ihm beschwert ein Stück Pappe, auf dem geschrieben steht: *Ich bin Friedhelm.*

Das finde ich ungewöhnlich, und zwar so sehr, daß ich nicht umhinkann, den Mann zu fragen, warum er gerade diesen Text ausgewählt hat.

»Damit ich nicht ein Fremder bin«, antwortet er bereitwillig. »Ich baue einen persönlichen Bezug auf. Einem Friedhelm geben die Leute eher was als einem Fremden. Kapiert?«

»Ich bemühe mich.«

»Das ist Psychologie«, werde ich aufgeklärt.

»Was verdienst du denn so?« frage ich ihn.

»Zum Leben zuwenig, zum Sterben zuviel. Aber es ist ein krisensicheres Geschäft. Ich ermögliche den Leuten, sich mit geringstem finanziellen Aufwand das Gefühl zu verschaffen, ein guter Mensch zu sein. So was geht immer.«

»Warum sitzt du einfach nur so da? Damit erregst du nicht genug Aufmerksamkeit. Du solltest Mundharmonika oder Blockflöte spielen, damit könntest du dein Einkommen steigern.«

»Ich bin total unmusikalisch. Laß es gut sein, Junge! Ich bin zufrieden, so wie es ist. Ich sehe alt und kaputt aus, aber das ist gut so, das ist mein Kapital, und es wird mit den Jahren wachsen. Das Betteln ist der einzige Beruf, bei dem du nicht in Rente gehen mußt. Je älter und kaputter du aussiehst, desto besser verdienst du.«

Er lacht und entblößt ein vergammeltes Gebiß, aber sein Lachen ist eins von der ansteckenden Sorte. Wer so lachen kann, ist eigentlich nicht mitleidsbedürftig. Wozu gebe ich diesem Mann wohlgemeinte Ratschläge? Er hat sie nicht nötig. Ich ziehe mein Portemonnaie aus der Tasche und lege eine Münze als Zeichen der Anerkennung in seinen speckigen Hut.

»Eigentlich heiße ich gar nicht Friedhelm«, flüstert er mir mit Verschwörermiene zu, »aber Friedhelm klingt irgendwie so doof, da kriegen die Leute unbewußt noch mehr Mitleid.«

Ich nicke grinsend und verabschiede mich.

»Take it easy!« ruft »Friedhelm« mir hinterher. Englisch kann er also auch noch!

Jemand hat mir mal gesagt, nichts sei schwerer, als das Leben leichtzunehmen. Und nichts sei leichter, als das Leben schwerzunehmen. Wie auch immer – es hat einfach keinen Sinn, sich von Dingen deprimieren zu lassen, an denen man nichts ändern kann.

Das Leben ist ein verrücktes Spiel, das wir früher oder später verlieren werden wie die Erinnerung an einen wirren Traum. Alle unsere Erlebnisse, Gefühle und Gedanken werden zu Erinnerungen. Und unsere Erinnerungen werden zu Erinnerungen an Erinnerungen. Schließlich kommt der Tod und steckt sich routiniert unseren letzten

Atemzug in die Tasche. Was danach kommt, können wir nicht wissen. Wie kann man ein solches Spiel wirklich ernst nehmen?

Shakespeare hat geschrieben, das Leben sei eine Geschichte, die keinen Sinn ergibt, erzählt von einem Irren, der immer wieder den Faden verliert. Wie kann man der Story eines Geisteskranken, die unser Leben ist, besser begegnen als mit den magischen drei Worten *Take it easy*, die nur der Oberflächliche oberflächlich findet.

Die Geschichte meines unbedeutenden Lebens wird von einem Irren erzählt, der immerhin die Bedeutung der Freiheit und der Liebe kennt. Dafür bin ich ihm unendlich dankbar, auch wenn ich keinen Augenblick an seinem Wahnsinn zweifle. Deshalb nehme ich ihn und damit die Geschichte meines Lebens nicht wirklich ernst. Wer einen Irren ernst nimmt, wird mit der Zeit selbst irre.

In der Innenstadt esse ich eine Portion Pommes, die angeblich nicht gesund sind, aber viel zu gut schmecken, um mich an ihre Schädlichkeit glauben zu lassen. Anschließend schlendere ich noch ein bißchen durch die Konsumstraßen, gehe auch durch das Erdgeschoß eines Kaufhauses und wundere mich zum x-ten Mal darüber, wie vieles es gibt, das ich nicht brauche.

In einer überdachten Passage stoße ich auf eine Gruppe von drei Straßenmusikern – ein Mann mit einer Baßgeige, die er wie ein Percussion-Instrument traktiert, eine

Frau mit Gitarre und ein Typ mit Gitarre und Rasseln an den Fußgelenken. Alle drei singen, und dabei kommt richtig gute Musik heraus.

Ich höre ihnen so lange zu, bis sie ihren letzten Song gespielt haben, *Down on the corner* von Creedence Clearwater Revival, und zeige ihnen meine Begeisterung über ihr Pflasterkonzert. Sie sind gut drauf und aufgeschlossen wie die meisten Straßenmusiker, und so komme ich mit ihnen in ein Gespräch »unter Kollegen«, das mir guttut. Ich lerne gern interessante Leute kennen.

Während wir beieinanderstehen und reden, schwankt ein nachlässig gekleideter, offensichtlich angetrunkener, etwa vierzigjähriger Mann auf uns zu, drängt sich in unseren Kreis und grinst uns auf seltsame Weise an.

»Musikanten, Musikanten! Das sehe ich gern. Wo man singt, da laß dich nieder, böse Menschen haben keine Lieder.«

Keiner antwortet ihm.

»Ihr braucht nichts zu sagen«, entschuldigt er uns und kratzt sich am Kinn. »Ich kann eure Gedanken lesen.«

Die Gitarristin sieht mich an, als erhoffe sie sich von mir einen Spruch, der den Betrunkenen so weit ernüchtert, daß er uns in Ruhe läßt. Ich zucke unauffällig mit den Schultern. Mir fällt nichts ein.

»Ich lese zum Beispiel in deinen Gedanken«, sagt er, immer noch grinsend, zu der Gitarristin, »daß es dir am liebsten wäre, wenn ich augenblicklich das Weite suche.«

Sie sieht verlegen zu Boden. Es war nicht schwer, ihre

Gedanken zu lesen, sie standen ihr auf der Stirn geschrieben.

»Ich sehe schon«, sagt er, und plötzlich ist sein Grinsen verschwunden, »die sensiblen Musiker wollen unter sich sein und sich nicht von einem distanzlosen Besoffenen anlabern lassen. So ist es doch? Oder?«

Wir gönnen ihm wieder keine Antwort.

Ich frage mich, ob es richtig ist, sich ihm gegenüber so abweisend zu zeigen. Schließlich hat er nur zuviel getrunken. Und vielleicht macht ihn gerade das interessant. Sagt der Volksmund nicht, daß Narren, Kinder und Betrunkene die Wahrheit reden?

Nein, wir haben nichts gegen dich, will ich antworten, aber er kommt mir zuvor.

»Gut, gut, kein Problem«, erklärt er und bemüht sich um sein körperliches Gleichgewicht. »Ich muß weiter, ich muß Fragen stellen. Aber wem? Den Leuten?« Er lacht verächtlich. »Ich dachte, ich stelle sie euch, aber ihr wollt sie nicht hören.«

Er zündet sich umständlich eine Zigarette an und murmelt: »Frag die Leute ... frag die Leute ... und sie haben keine Zeit. Sie wollen nicht gestört werden, und ihr seid genauso.« Er seufzt. Dann zeigt er auf mich und sagt: »Er hier ist der Aufgeschlossenste von euch. Er weiß ... er weiß.«

Jetzt grinst er wieder, zwinkert mit den Augen und schwankt davon.

»Komischer Vogel«, brummt der Baßgeiger.

»Und irgendwie unheimlich. Habt ihr seinen Blick gesehen?« sagt die Gitarristin.

»Der war einfach nur aufdringlich und besoffen, und ich mag keine aufdringlichen Besoffenen«, kommentiert der Gitarrist den Zwischenfall.

Das Mädchen sieht mich an und fragt: »Was hat er damit gemeint, daß du *weißt?*«

»Ich habe nicht die geringste Ahnung«, antworte ich wahrheitsgemäß.

Leider müssen die drei weiterziehen, bevor unser Gespräch einen Punkt erreicht, wo ein Austausch der Telephonnummern selbstverständlich ist.

Ich laufe noch eine Weile ziellos durch die Straßen, steige in eine Straßenbahn, als ich genug von den unaufhörlich mir entgegenströmenden Gesichtern habe, und lasse mich von einer grimmig aussehenden Fahrerin zu Fraukes Wohnung bringen.

Ein Mann auf der anderen Seite des Ganges steht auf und läßt seine Zeitung auf dem Sitz liegen. Ich fische sie mir, denn es ist eine andere als die von der Hinfahrt.

Ich suche nach einer Rubrik wie *Nachrichten aus aller Welt*. Vielleicht stoße ich noch, zur Abrundung meines Stadtausflugs, auf ein paar hanebüchene Meldungen, aber das Einwickelpapier von morgen enttäuscht mich. Nichts als die üblichen Berichte über die üblichen Skandale, Affären, Rücktritte korrupter Politiker, Bilanzmanipulationen krimineller Konzernchefs, über die schon jetzt spürbaren Auswirkungen der Klimaschädigung, über Mord und Totschlag, Kindesentführung und Vergewaltigung, eben das tägliche Brot der Presse und ihrer Kundschaft – das Brot, das der Hoffnung auf bessere Zeiten auf dem Planeten Erde wie ein Stein im Magen liegt, wenn sie davon ißt. Ich lege die Zeitung auf den Sitz zurück, von dem ich sie genommen habe.

Wir alle wissen (und wollen es nicht mehr hören), daß die Welt immer mehr aus dem Gleichgewicht gerät. Man kann eine lange Liste von Gründen dafür aufstellen. Ganz oben auf die Liste würde ich das Wort *Liebesmangel* setzen. Wenn die Menschen mehr lieben würden, könnten sie viele ihrer Probleme lösen. Ihre Verzweiflung darüber, daß in dieser Welt so erbärmlich wenig Liebe lebt, lähmt sie, blockiert ihr Bestes, läßt ihre Seelen erstarren.

Wer keine Liebe spürt, empfindet kein Leben in sich. Wer kein Leben in sich fühlt, verzweifelt. Wer verzweifelt ist, wird destruktiv. Wer destruktiv ist, zerstört sich am Ende selbst. Gelebte Liebe ist der einzige Weg aus diesem Teufelskreis, in dem die Menschheit gefangen ist.

Keine Bücher, keine Gesetze, keine Konferenzen, keine Vernunft, keine Wut, keine Revolution, kein Terror – nur Liebe kann den Menschen von seinem krankhaften Drang erlösen, das Leben auf dieser Welt und damit letztlich sich selbst zu vernichten. Liebe ohne Plan, ohne Absicht – einfach nur Liebe.

Den Virus der Liebe unter die Leute zu bringen ist das Gebot der Stunde. Wer liebt, überwindet den Zweifel.

Wer geliebt wird, bezwingt seine Verzweiflung und wagt das Unwägbare.

Die Liebe zum Maß aller Dinge zu machen ist die einzige Chance, die uns bleibt. Alle anderen Maße und Mächte haben kläglich versagt, was sie nicht daran hindert, alles Erdenkliche zu tun, damit aus den Funken der Liebe kein Freudenfeuer wird, das die Welt erleuchten könnte. Und alle, die diese kranke und krank machende Welt in Ordnung finden, sind ein Teil ihrer freiwilligen Feuerwehr.

Liebe ist eine Ruferin in der Wüste, und für viele ist sie nur eine Fata Morgana, eine Illusion, die sie spätestens nach der zweiten oder dritten Enttäuschung als solche entlarvt haben. Aber Liebe ist wirklich – und unglaublich wirksam.

Immer wieder fällt mir auf, daß viele Menschen, vor allem in den Großstädten, mit verschlossenen, lustlosen Gesichtern durch die Straßen laufen. Sie strahlen keine Lebensfreude aus, sie wirken frustriert und unglücklich – nicht zuletzt deshalb, weil es ihnen an Liebe mangelt. Aber wenn sie dann eine Chance bekommen, Liebe zu erleben, tun sie seltsamerweise fast alles, um sie abzuwehren oder zu zerstören. Sie sind wie Kettenhunde, die sich im tiefsten Herzen danach sehnen, gestreichelt zu werden, aber nähert sich ihnen eine zärtliche Hand, überkommt sie ein unwiderstehlicher Beißdrang. Es ist idiotisch, es ist krank, aber es ist Tatsache. Nicht alle Menschen sind so, aber viele. Viel zu viele. Sie haben Angst davor, durch die Liebe noch unglücklicher zu werden, als sie ohnehin schon sind. Sie haben nichts und fürchten, es zu verlieren.

Es ist schon sehr komisch und sehr traurig.

Ich steige aus der Straßenbahn. Bis zu Fraukes Wohnung sind es noch fünf Minuten zu Fuß. Auf dem Weg dorthin kommt mir ein Paar entgegen, das mechanisch nebeneinanderher trottet. Die Frau, die etwas später meinen Weg kreuzt, und der ältere Mann, den ich kurz vor Fraukes Wohnung treffe, wirken so mißmutig und griesgrämig, als hätten sie sich seit Jahren nicht mehr richtig gefreut.

Ich frage mich, als ich die Haustür aufschließe, warum so viele Menschen so wenig Freude an ihrem Leben ausstrahlen, warum die Freudlosigkeit so verbreitet ist, daß man sie schon als Normalität bezeichnen muß. Oder sollte man die Frage anders stellen: Warum ist die Normalität so geartet, daß sich keine Lebensfreude in ihrer Atmosphäre entfalten kann?

Vielleicht, weil die Zivilisation die Menschen von ihrer eigenen Natur entfremdet und damit orientierungslos gemacht hat. Sie wissen nicht mehr, wer sie eigentlich sind, fühlen sich verwirrt und entwurzelt. Da sie nicht mehr *wirklich* leben, *spielen* sie sich und anderen Leben vor, aber bei diesem permanenten Schauspiel stellt sich keine echte Lebensfreude ein, weil ein Scheinleben nur Scheinfreude hervorbringen kann.

Was hat die Zivilisation aus den Menschen gemacht? Sklaven der Existenzangst, Lakaien des Geldes, devote Diener einer Vampir-Ordnung, die ihnen das Blut der Menschlichkeit aussaugt. Lieblose Materialisten, die Träume für Illusionen halten und eine Realität als wirklich empfinden, die gespenstischer kaum sein könnte.

Aufatmend schließe ich die Haustür hinter mir. Im selben Moment öffnet sich eine Wohnungstür im Erdgeschoß, und ein Mann tritt heraus, der etwa in Jans Alter ist, aber ansonsten nichts mit ihm gemeinsam hat. Er ist blaß, ernst bis in die Zehenspitzen, hat eine Halbglatze, trägt einen dunkelgrauen Anzug, ein weißes Hemd mit steifem Kragen und eine graue Krawatte mit schwarzen Punkten. Wenn ich seinen Beruf erraten müßte, würde ich auf Buchhalter bei einem Beerdigungsunternehmen tippen. Sein Kopf und seine Schultern sind leicht nach vorn gebeugt, als würde er eine unsichtbare Last tragen. Unsere Blicke treffen sich kurz, und ich erschrecke über die abgrundtiefe Leere in seinen Augen.

»Guten Tag«, sage ich.

»Tag«, murmelt er kaum hörbar. Das heißt, er wünscht mir keinen guten, sondern nur einen Tag, den ich ohnehin haben werde – also hätte er ebensogut gar nichts sagen können, was auch besser zu ihm gepaßt hätte. Er geht in seiner devoten Haltung mit gesenktem Blick und gerunzelter Stirn an mir vorbei, als würde er den Zustand seiner schwarzen, hochglanzpolierten Schuhe prüfen.

Ich steige die Treppen zum Dachgeschoß hoch und

freue mich darauf, Fraukes Wohnungstür von innen zu schließen.

Die sogenannten normalen Menschen führen ein seltsames Leben, denke ich, als ich in Fraukes kleiner Küche sitze und ein Glas Aprikosensaft trinke. Eigentlich sollten bei ihnen alle Alarmglocken bimmeln, aber sie gehen voll und ganz in ihrer Schattenexistenz auf, die ihnen die Seele aus dem Leib saugt, sie identifizieren sich mit der sozialen Funktion, auf die sie reduziert werden. Sie wirken sogar in gewisser Weise zufrieden mit ihrem verplanten Leben, ihrem minimierten Dasein, und ich frage mich, wie ihnen das gelingt.

Vielleicht mangelt es ihnen an Mut, zu sich selbst zu stehen und ihre Träume zu leben, an innerer Unabhängigkeit von den Strukturen unserer Gesellschaft. Womöglich fehlt es ihnen auch an seelischer Tiefe und emotionaler Höhe, an Phantasie und Kreativität, und sie wissen mit ihrem Leben einfach nichts Besseres anzufangen, als es im jahrzehntelangen Dienst an einer Firma oder Institution zu verschwenden.

Angeblich bedarf es unterschiedlicher Arten von Menschen, um eine Gesellschaft aufzubauen, aber in einem Punkt müssen sie sich gleichen: Sie müssen *ängstlich* sein. Die Weltordnung ist ein gigantisches Geschäft mit der Angst der Menschen vor Armut und materieller Not. Sehr viele würden gern aus dem Gefängnis ihres Jobs flüchten und ein freieres Leben führen, aber nur sehr wenige tun es auch – aus Angst, vom Regen in die Traufe zu geraten. Sie führen lieber ein finanziell abgesichertes, aber existentiell verarmtes Dasein, als sich der Gefahr des sozialen Abstiegs auszusetzen.

Die Angst, obdachlos zu werden, als Penner zu enden, die Angst zu hungern, zu frieren, die Angst vor Entwürdigung, Not und Elend sitzt fast allen Menschen im Nacken. Sie ist das Benzin, mit dem der Motor der Weltordnung läuft. Das Öl, das dieser Motor braucht, ist die armselige Gier der Reichen und Mächtigen nach noch mehr Reichtum und Macht.

Ich gehöre weder zum Benzin noch zum Öl, ich gehöre mir. Ich will leben, nicht nur ein bißchen, sondern ganz und gar. Ich brauche diese magischen Momente, in denen meine Freude am Leben so groß ist, daß ich die Welt und ihr grenzenloses Elend vergesse. Im Vergessen der Welt erinnere ich mich an das Leben, das sie ignoriert: das vertrauensvolle Aufgehen im Augenblick, das nichts weiter will, als das Sein zu feiern, zu bewundern, zu genießen – in seiner ganzen geheimnisvollen Tiefe und Schönheit.

Ich will leben, und nicht nur so tun, als würde ich es. Dafür bin ich bereit, auf finanzielle Sicherheit und soziale Anerkennung zu verzichten. Ich beanspruche keine Allgemeingültigkeit für meine Einstellung. Jeder trägt selbst die Verantwortung dafür, was er aus seinem Leben macht – oder machen läßt.

Ich gehe ins Wohnzimmer und schalte den Fernseher an. Bilder eines Kriegsschauplatzes springen mir ins Auge. Flugzeuge, die Bomben abwerfen, grelle Explosionen, schwarze Rauchschwaden. Ich sehe Frauen weinen, deren Männer oder Söhne getötet wurden – und schalte das Gerät wieder aus.

Warum ist diese Welt ein Planet des Wahnsinns und des Schreckens? Warum hört der Dauerkrieg zwischen den Menschen, den Rassen, den Religionen, Ideologien, den Völkern nicht auf, obwohl doch angeblich alle in Frieden miteinander leben wollen? Liegt es in der menschlichen Natur begründet oder an ihrer Pervertierung durch die Mächtigen, die großen Manipulatoren und Drahtzieher?

Schiebt man die Schuld auf die menschliche Natur, fällt die Antwort leicht: Der Mensch ist ein hoffnungsloser Fall, seine Beschaffenheit erlaubt nun mal keine bessere Welt, weder jetzt noch irgendwann.

Schiebt man die Schuld auf die Mächtigen und wirft ihnen vor, durch ihre Politik den Menschen zu dem gemacht zu haben, was er ist, besteht noch eine Chance auf Besserung, wenngleich nur eine theoretische, weil es sich in der Praxis immer wieder erwiesen hat, daß die Ohnmächtigen, sobald sie die Macht ergriffen hatten, von ihr genauso verdorben wurden wie ihre Vorgänger.

Im Grunde besteht also keine Hoffnung. Alles wird so bleiben, wie es ist, und man muß froh sein, wenn es nicht noch schlimmer wird.

Schopenhauer war der Auffassung, daß die Welt nicht die Schöpfung eines gütigen Gottes sein kann. Ihm drängte sich bei unvoreingenommener Betrachtung der tagtäglichen Vorgänge in der Menschen- und Tierwelt eher der Eindruck auf, daß diese Welt von einem sadistischen Dämon geschaffen wurde, um sich an der Qual seiner Geschöpfe zu weiden.

Für Schopenhauer lag die Hölle über der Erdoberfläche. Für Sartre war die Hölle der andere Mensch, für Buddha war sie das eigene Ich. Es gibt viele Arten von Höllen und ein entsprechend großes Angebot an Definitionen.

Ich lege mich auf Fraukes Bett, in dem ich gestern abend zum ersten Mal mit einem unguten Gefühl eingeschlafen bin. Es war mir, als hätte sich in der Mitte der Matratze eine unsichtbare Mauer zwischen uns aufgebaut.

So ganz kann ich nicht verstehen, warum meine gestrige Bemerkung, daß sie eine Streberin sei, einen solchen emotionalen Temperatursturz bei Frauke bewirkt hat. Ich finde ihre Reaktion unangemessen, aber es ist nun mal eine Spezialität menschlicher Gefühle, über das Ziel hinauszuschießen.

Während ich durch das Glas der Balkontür die weißen Wolken betrachte, die mit beruhigender Gemächlichkeit am Himmel treiben, frage ich mich, warum Frauke sich wohl in mich verliebt hat. Sie hat es mir noch nicht gesagt, und ich habe sie noch nicht danach gefragt.

Vielleicht war es meine Musik. Wenn ich mich auf die Straße stelle und Songs spiele, gebe ich manches von mir preis. Ich zeige Gefühle, ohne die keine wirkliche Musik gemacht werden kann. Ich beweise den Mut und die Kraft, diese Gefühle in einer größtenteils desinteressierten Öffentlichkeit zu offenbaren, denn auf einen Passanten, der stehenbleibt, um mir zuzuhören, kommen Dutzende, die an mir vorbeilaufen.

Womöglich hat die Kombination dieser Eigenschaften Frauke angezogen, vielleicht waren es auch meine Augen, die (wie ich schon öfter gehört habe) vertrauenerweckend wirken. Immerhin hat sie mir nur zwei Stunden, nachdem wir uns kennengelernt haben, einen Schlafplatz in ihrer Wohnung angeboten – und das will schon einiges heißen.

Wenn ich mich frage, warum ich mich in sie verliebt habe, fallen mir zuerst ihre strahlenden Blicke ein, ihr Lächeln und ihre sonnige Ausstrahlung, die allerdings seit gestern stark nachgelassen hat. Ich hoffe, daß sich die Atmosphäre zwischen uns heute abend wieder erwärmt, und nehme mir vor, mein Bestes dafür tun.

In einer halben Stunde wird sie aus der Uni zurückkommen. Ich freue mich nicht so sehr darauf wie sonst. Irgendwie habe ich das Gefühl, daß sie nachtragend sein wird. Vielleicht war sie als Schülerin schon so fleißig wie jetzt und ist von ihren Klassenkameraden öfter als Streberin beschimpft worden – und ich habe mit meiner nicht böse gemeinten Bemerkung eine alte Wunde berührt.

Man muß immer büßen für die seelischen Schäden, die andere dem Menschen zugefügt haben, in den man sich verliebt.

Um mich von dem unguten Vorgefühl abzulenken, daß der heutige Abend die Situation zwischen Frauke und mir nicht verbessern wird, gebe ich dem Fernseher eine zweite Chance. Ich schnappe mir die Fernbedienung und drücke irgendeine Taste.

Zunächst stoße ich auf den peinlichen Werbespot einer Joghurtherstellungsfirma, deren Produkte beim Verzehr Ekstasen auslösen.

Zap! Eine gutaussehende Nachrichtensprecherin berichtet über Erdbebenopfer, über getötete unschuldige Zivilisten bei militärischen Auseinandersetzungen (Zivilisten sind immer unschuldig) und über andere Schrecklichkeiten – mit einem Tonfall und einem Gesichtsausdruck, als würde sie über die Ergebnisse von Pferderennen, neue Modekreationen oder das Wetter von morgen sprechen. Keine Spur von Betroffenheit oder Traurigkeit in ihrem hübschen Gesicht, sie liest den tagtäglichen Horror der Welt innerlich völlig unberührt von ihren Textzetteln ab.

Irgendwie widert sie mich an, wie alle von ihrer Zunft, die nicht wissen, was sie vorlesen, oder es nicht wissen wollen oder dürfen. Mit Sicherheit wird eine Sprecherin, die beim Einblenden von Bildern verstümmelter Tretminenopfer oder verhungernder Kinder in Tränen ausbricht, von ihrem Sender schnell vor die Tür gesetzt. Ihr

Arbeitgeber erwartet von ihr, daß sie die Dokumente des täglichen Schreckens und Elends in der Welt mit derselben Gleichgültigkeit von sich gibt, mit der die Mehrheit der Fernsehzuschauer sie aufnimmt.

Zap! Ein Sprecher sagt, daß die Gewerkschaft der Polizei den freien Verkauf von Marihuana in Apotheken fordert. Danach kommt ein Politiker zu Wort, der diese Forderung ablehnt, weil es angeblich schon genug Probleme mit den Alkoholkonsumenten gäbe.

Denkt man dieses Argument logisch weiter, müßte auch der Alkoholkonsum kriminalisiert werden, und schon hätten wir noch weniger Probleme. Allerdings hätten wir dann auch eine überwiegend kriminelle Regierung, weil bekanntlich viele Spitzenpolitiker dem Alkohol zusprechen. Das dürften sie dann aber nicht mehr, weil Minister nicht kriminell sein dürfen, zumindest nicht offensichtlich, und so müßten sie alle heimlich trinken, in ständiger Angst vor Entdeckung. Oder sie müßten sich in Abstinenz üben, wodurch sie noch steifer und verkrampfter würden, als sie ohnehin schon sind, und entsprechend wäre ihre Politik. Da sollen sie doch lieber weiter legal trinken dürfen, das ist für alle Beteiligten besser so.

Zap! Ein Journalist spricht mit amerikanischen Schulkindern über Politik. Ein feister Junge, vielleicht dreizehn Jahre alt, sagt mit breitem Grinsen, daß er stolz darauf sei, in einer Demokratie zu leben, weil sie das einzige politische System sei, das den Menschen Freiheit gebe.

Ich stöhne und schalte den Fernseher aus, bevor der fette Knabe anfängt, noch breiter zu grinsen.

Okay, wenn man jung ist, darf man Blödsinn reden, dann kann man noch nicht wissen, daß jede Staatsform in der bisherigen Menschheitsgeschichte ihre Bürger zu Sklaven degradiert hat. Die moderne kapitalistische Demokratie hat die Menschen zu Sklaven des Geldes gemacht. Wer leben will, braucht Geld. Wer Geld will, muß seine Kraft und Zeit verkaufen und sich zum Sklaven seines Weckers, seiner Firma, seiner Vorgesetzten und unzähliger Zwänge machen, die ein freies Leben grundsätzlich verhindern.

Das Unfaßbare daran ist die Tatsache, daß die allermeisten Sklaven ihren Sklavenhalter, den schnöden Mammon, nicht abgrundtief hassen, wie es sich für anständige Sklaven gehört, sondern abgöttisch lieben, und daß manche von ihnen vor keiner noch so finsteren Greueltat zurückschrecken, um ihren Besitz an Geld zu vermehren, so daß Schopenhauers, Sartres und Buddhas Definitionen der Hölle um folgende erweitert werden muß: *Die Hölle ist das Geld*. Es macht Menschen zu Monstern und produziert die meisten und schlimmsten Teufeleien auf diesem Globus. Es ist der mächtigste Sklavenhalter aller Zeiten, und die Welt ist kein freier Markt, sondern ein Sklavenmarkt, ein vom Geld brutal regierter Planet der Unfreiheit.

Ich muß schmunzeln, wenn Politiker von der Freiheit der Bürger reden, denn diese Freiheit gibt es nicht. Die

Politiker (und nicht nur sie) zählen zu Mammons treuesten Leibeigenen und wissen nicht im entferntesten, was Freiheit ist – genau wie viele Leute, die von Liebe reden, keine Ahnung von ihr haben.

In dieser Welt reden unzählige Leute mit Spezialistenmienen von Werten, die sie überhaupt nicht kennen. Sie glauben zu leben, sind aber bloße Funktionselemente in einem zynischen System der Erpressung und Ausbeutung, das ihre Seelen leert, ihre Herzen verhärtet und ihre Köpfe mit Wissen füllt, das größtenteils nicht wissenswert ist.

Was diese Ungeheuerlichkeit zu einer Groteske macht, ist die Tatsache, daß die meisten Menschen sie nicht erkennen. Mehr noch: Sie, die von vorne bis hinten Betrogenen, bejahen den Mega-Betrug an ihnen und verteidigen ihn vehement. Die Lenker und Drahtzieher dieser Welt haben sie so tief ins Labyrinth der sogenannten Sachzwänge gedrängt, daß sie die Wahrheit auf keinen Fall mehr wissen wollen – denn sie würde ihnen die unerträgliche Tatsache vor Augen führen, daß sie sich um ihr wahres Leben betrügen.

Die Weichensteller des Weltgeschehens haben eine merkwürdige Eigenart der menschlichen Natur von Anfang an erkannt und konsequent ausgenutzt. Sie wußten, daß der Mensch, wenn man ihn nur lange genug versklavt, sich nicht nur an seine Unfreiheit gewöhnt, sondern sie sogar noch liebgewinnt und gegen jede Versuchung der Freiheit verteidigt.

Sie brauchten den Zug der Menschheitsgeschichte nur

lange genug in die falsche Richtung zu steuern – dann konnten sie sich zurücklehnen und zufrieden grinsend beobachten, wie ihre Opfer sich selbst opferten.

Was sie seltsamerweise dabei übersehen haben: Sie und ihre Nachfolger sitzen in demselben Zug wie ihre Opfer. In einem Luxuswaggon, aber im selben Zug. Sie, die scheinbaren Täter, teilen das Schicksal ihrer vermeintlichen Opfer, was ihnen wohl erst dann bewußt werden wird, wenn der Zug entgleist.

Sie sind wahnsinnig, sie sind dumm, sie sind wahnsinnig dumm.

8

Liebe ist die höchste,
die mutigste aller Künste.
Sie wagt die Bewegung ins Ungewisse
und kümmert sich nicht
um Verlust oder Gewinn.
Sie öffnet die Augen
für das Wunderbare;
sie ist das wahre Leben.

Sie ist ein Spiel
mit höchstem Einsatz –
ein Risiko, eine Gefahr.
Wer wagt, gewinnt –
auch durch Verlust.
Wer sich enthält,
bleibt armselig
und wird vorzeitig alt.

Es ist Dienstagmorgen. Der Himmel ist von dunkelgrauen Wolken überwuchert, es sieht nach Regen aus, und ich sitze wieder einmal allein in Fraukes Wohnung, weil sie in ihrem gegenwärtigen Zweitwohnsitz (der Unibibliothek) an ihrem Referat über die Freudsche Traumdeutung arbeitet, wie schon gestern.

Ich habe schlecht geschlafen und irgend etwas Unangenehmes geträumt, an das ich mich glücklicherweise nur vage erinnern kann. Irgendwie fehlt mir der Schwung, den neuen Tag mit der gebührenden Heiterkeit zu begrüßen.

Gestern abend habe ich mehrmals versucht, die nach wie vor beklemmende Atmosphäre aufzulösen, die auf der Rückfahrt in die Stadt zwischen Frauke und mir im Auto entstanden war, aber Frauke ist (wie ich es geahnt hatte) nicht auf meine Bemühungen eingegangen.

Innerlich war sie ganz weit weg, und dort wollte sie auch bleiben.

Wir haben uns einen Film im Fernsehen angesehen, der uns zwei Stunden stahl, in denen wir hätten versuchen können, die Distanz zwischen uns zu verringern. Als ich sie später im Bett in den Arm nehmen wollte, hat sie sich mir sanft, aber bestimmt entzogen.

Sie kann stur sein. So schlimm war meine Bemerkung nun auch wieder nicht, schließlich wollte ich sie mit dem Wort *Streberin* nicht verletzen, sondern nur necken, was ich ihr auch sagte, ohne etwas damit zu bewirken.

Ich hoffe, daß sie wieder zugänglicher ist, wenn sie heute abend zurückkommt. Auf dem Zettel, den sie mir auf den Tisch gelegt hat, gibt sie sich knapp und sachlich: »Die Arbeit ruft. Bis heute abend – Frauke.«

Ich konnte noch nie ernsthaft arbeiten, wenn ich verknallt war. Frauke kann offenbar zugleich verliebt und strebsam sein. Es ist mir ein Rätsel, wie sie das unter einen Hut bekommt. Vielleicht ist sie nicht so sehr von unserer Verliebtheit berauscht wie ich. Oder sie hat einen größeren Hut als ich. Wie auch immer, ihre preußische Disziplin hat etwas Ernüchterndes, ihre Sturheit nicht minder, und ich frage mich seit meinen erfolglosen Versöhnungsbemühungen am gestrigen Abend, ob ich noch so sehr in sie verknallt bin wie in den ersten Tagen.

Sie studiert im vierten Semester Psychologie. Nach der Ausbildung will sie eine eigene Praxis gründen und davon leben, daß Leute mit ihren seelischen Problemen zu ihr kommen, will sozusagen ein professioneller seelischer

Nothelfer werden. Ich finde, ihr Berufswunsch paßt irgendwie nicht zu ihr. Vielleicht paßt er aber auch nur nicht zu dem Bild, das ich mir von ihr gemacht habe. Daß ich mich in sie verliebt habe, heißt weiß Gott nicht, daß ich sie kenne. Es heißt nur, daß sie mich in ihren Bann gezogen hat.

Wahrscheinlich idealisiere ich sie. Die meisten Verliebten idealisieren sich gegenseitig. Wenn dann die Illusionen zerstört sind und sie erkennen, mit wem sie es wirklich zu tun haben, können sie oft nicht mehr verstehen, daß sie sich ausgerechnet in diesen Menschen verliebt haben.

Gegen diese Enttäuschung ist niemand gefeit. Du darfst dich nur nicht gegen sie wehren, wenn sie kommt, sonst machst du dich zum Trottel. Du mußt sie so schnell wie möglich akzeptieren und die entsprechenden Konsequenzen ziehen. Es gibt mehr als genügend traurige Gestalten, die im Spielkasino der Gefühle herumhängen und ihre letzten Chips längst verloren haben (und das auch genau wissen), aber nicht die Konsequenz oder den Mumm aufbringen, nach Hause zu gehen.

Vielleicht kommen mir solche Gedanken, weil ich mich nach Frauke sehne. Zum Lesen und Musikhören habe ich keine Lust, nicht mal zum Nichtstun, also was soll ich machen? Hm – ich weiß! Ich werde Tom Petty einen Gegenbesuch abstatten und mir ein bißchen mehr von der Welt in seinem spärlich bewachsenen Kopf angucken.

Als ich gerade die Wohnung verlassen will, piept das Telephon. Impulsiv gehe ich ran – und siehe da, es ist Frauke. Zum ersten Mal ruft sie mich von der Uni aus an!

»Wie fühlst du dich?« fragt sie.

»Nicht wirklich gut«, antworte ich. »Es ist so kühl zwischen uns geworden.«

»Ich habe mich gestern abend immer noch darüber geärgert, daß du mich eine Streberin genannt hast. Irgendwie hat mich das verletzt. Aber mir ist bewußt geworden, daß ich mich nicht richtig verhalten habe, als ich so abweisend war. Es tut mir leid, daß ich dich abgeblockt habe.«

»Jetzt fühle ich mich schon besser«, sage ich.

»Das ist gut. Ich würde dich gern heute abend ins Kino einladen, in den Film *Die Weisheit der Unvernunft*. Den hat eine Freundin mir empfohlen. Hast du Lust?«

»Ja.«

»Schön. Ich freue mich auf dich.«

»Und ich freue mich auf dich«, sage ich.

Ich lege das Telephon auf den Tisch und atme tief durch. Unsere Krise scheint überwunden zu sein.

Fünf Minuten später stehe ich auf Jans Matte. Er öffnet die Tür und wirkt angenehm überrascht: »Hallo, Manuel! Komm rein!«

Er führt mich ins Wohnzimmer und sagt, ich solle mich schon mal setzen. Dann geht er in die Küche, um Apfelsaft zu holen.

Jan wohnt ganz nett, nicht so kuschelig wie Frauke, etwas sachlicher eingerichtet, aber auch irgendwie gemütlich. Zwei der Wände sind vom Boden bis zur Decke mit prall gefüllten Bücherregalen vollgestellt, er ist also eine reinrassige Leseratte.

Irgendwie wirkt er verändert, und als er aus der Küche zurückkommt, weiß ich auch, warum. Er hat meinen Rat befolgt und sich die Haare schneiden lassen! Er sieht glatt fünf Jahre jünger aus. Na ja, sagen wir drei.

»Hast du die alle gelesen?« frage ich und deute auf die Bücherwände.

»Nicht alle, aber die meisten. Ich war schon als Junge ein großer Bücherwurm, und da kommt mit den Jahrzehnten so einiges zusammen. Jetzt stehen sie halt in den Regalen, fast würde ich sagen, aus nostalgischen Gründen. Zur Erinnerung an viele Freunde, die ich mal hatte.«

Ich sehe ihn fragend an, und er erklärt: »Man sagt ja, daß Bücher wie Freunde sind. Viele dieser Bücher waren meine Freunde, als ich sie las, und sind es heute nicht mehr. Ich könnte mit ihnen nicht mehr viel anfangen, wenn ich sie noch einmal lesen würde. Doch einige dieser Bücher sind meine Freunde geblieben. Sie haben etwas, das stärker ist als die Zeit, sie bleiben mir nah, sie trotzen allen Veränderungen, die das Leben an mir vornimmt.«

»Der Vorteil der meisten Bücher liegt darin, daß man ohne sie auskommen kann«, zitiere ich George Bernhard Shaw.

»Wie wahr«, stimmt Jan mir grinsend zu, »aber meinen Kunden sage ich das nicht.«

»Bist du etwa Buchhändler?«

»Ja. Ich habe den kleinen Laden gleich um die Ecke.«

Wir lachen, er gießt uns Saft ein und sagt, er müsse nur noch ein kurzes Telephongespräch führen und stehe dann ganz zu meiner Verfügung.

Als er das Zimmer verlassen hat, stehe ich auf, sehe mir die Bücher in seinem Regal genauer an und entdecke manche Autoren, die auch mir viel gegeben haben.

Bücher können in mancher Hinsicht eine große Hilfe sein, aber – wie es keinen vollkommenen Menschen gibt, gibt es kein vollkommenes Buch. Deshalb kann ich Menschen nicht ganz ernst nehmen, die ein Buch zum Maß aller Dinge machen, wie bedeutend es auch sein mag. Wer die Gedanken eines anderen ständig wiederkäut und sich an ihnen festhält wie der Ertrinkende am Strohhalm, hat in seiner geistig-seelischen Entwicklung noch keine Selbständigkeit erreicht.

Bücher können gute Freunde sein, aber wer sie zu seinen Gurus macht, beweist damit nur Orientierungslosigkeit und Unreife. Bücher können inspirieren, helfen und animieren – aber denken und fühlen muß man schon selbst.

»Warum bist du Buchhändler geworden?« frage ich Jan, als er sich wieder zu mir gesetzt hat.

»Ich habe Archäologie studiert und nach dem Examen mit einer Dissertation angefangen, bin aber nicht dazu gekommen, sie zu beenden, weil mein Vater einen Herzinfarkt bekam. Danach konnte er seinen Buchladen, den er wiederum von seinem Vater übernommen hatte, nicht mehr weiterführen und bat mich, ihn zu übernehmen. Ich habe ein paar Tage hin und her überlegt und dann zugesagt, weil meine Berufsaussichten als Archäologe ziemlich finster waren. Wahrscheinlich war es die richtige Entscheidung.«

Er starrt ein Loch in die Luft, als würde er sich fragen, ob es wirklich die richtige Entscheidung war.

»Und wie geht es dir so?« erkundigt er sich nach meinem Lebensgefühl.

»Wie es einem so geht, wenn man verknallt ist. Jeder Tag bringt etwas Neues. Und wie sieht's bei dir aus?«

»Wie es einem so geht, wenn man nicht verknallt ist. Ein Tag ist wie der andere, mehr oder weniger. Aber dein Besuch bringt Farbe in meinen grauen Alltag. Was macht Frauke?«

»Ach – sie hockt schon wieder in der Unibibliothek und arbeitet fleißig an einem Referat. Sie nimmt ihr Studium sehr ernst.«

»Süß ist die Liebe, aber süßer noch ist die Pflicht«, verkündet Jan mit einem schiefen Grinsen.

»Das ist der größte Schwachsinn, den ich seit langem gehört habe! Wer hat das behauptet?«

»Goethe, soweit ich weiß.«

Ich bin schockiert! Falls das wirklich von Goethe stammt, ist Goethe für mich gestorben. So einen Blödsinn darf ein General absondern, von mir aus auch ein Beamter, aber nicht ein Dichter!

»Du warst beim Friseur. Kommt gut!« lobe ich Jan.

»Linda hat das gemacht. Ich gehe nie zum Friseur. Ich mag es nicht, wenn fremde Leute an meinem Kopf herumfummeln.«

»Ich habe Linda gestern zufällig in der Stadt getroffen.«

Er lächelt. »Ich weiß. Sie hat mir davon erzählt.«

»Sie ist eine tolle Frau. Aber das weißt du ja selbst. Läuft es wieder besser mit euch?«

Er nickt. »Wir hatten gestern abend ein richtig gutes Gespräch. So war das schon immer mit uns. Wir halten eine schlechte Stimmung zwischen uns nicht lange aus. Wir reden offen und konstruktiv über alles, und danach sieht das Leben wieder freundlicher aus. Wir wissen einfach, was wir aneinander haben.«

»Das klingt doch gut. Trotzdem wirkst du nicht gerade glücklich, Jan.«

»Das hast du mir schon bei unserem ersten Gespräch gesagt. Warum wiederholst du es?«

»Damit du anfängst, glücklich zu sein.«

Er lacht müde. »Wenn das so leicht wäre.«

»Es ist leicht, Jan. Das Glück ist federleicht.«

»Bist du denn glücklich?«

»Ja.«

»Kein Wunder, du bist frisch in ein hübsches Mädchen verliebt.«

»Ich war auch vorher glücklich. Weil ich in das Leben verliebt bin.«

»Du bist auch ein Stück jünger als ich«, stellt er fest, als sei das Glück eine Frage des Alters. Als gäbe es nicht genügend jugendliche Selbstmörder.

»Man ist so jung, wie man sich fühlt«, bringe ich einen abgedroschenen, aber deshalb nicht weniger wahren Spruch an. »Beseitige die Ursachen deines Unglücks, und das Glück setzt sich in den nächsten Zug zu dir. Ein Tag ohne Glücksmomente ist ein verlorener Tag. Wenn die Augen nicht mehr leuchten, ist das Herz in Gefahr.«

»Amen«, sagt Jan.

»War ich jetzt zu predigerhaft?« frage ich.

»Ein bißchen schon. Aber ich werde mir deine weisen Worte zu Herzen nehmen. Ich habe zur Zeit einfach nur das Gefühl, neben mir zu stehen. Ich sollte für ein paar Tage verreisen, um meinen Kopf klar zu bekommen. Vielleicht sollte ich mal wieder nach Ameland fahren, ich liebe diese Insel. Gute Meeresluft tanken, am Strand spazieren, relaxen und zur Ruhe kommen. Ich glaube, das würde mir etwas bringen.«

»Das ist doch eine gute Idee!«

»Hm, vielleicht sollte ich sogar schon morgen fahren. Lindas Freundin hat morgen Zeit und könnte mich im Buchladen vertreten.«

»Mach die gute Absicht zur guten Tat! Und erzähl mir mehr von Linda!«

Er muß lächeln.

»Sie hat ein sanftes, zartes Wesen, aber sie kann sich auch gut schützen, wenn jemand sie manipulieren oder dominieren will. Sie sagt oft die richtigen Worte zur richtigen Zeit, und sie sagt sie leise. Ich habe sie in all den Jahren kein einziges Mal schreien hören. Sie hat mir noch nie ein vulgäres Wort an den Kopf geworfen. Sie hat so was nicht nötig, sie hat Persönlichkeit. Weißt du, sie ist der wertvollste Mensch, der mir je begegnet ist.«

»Ich habe noch keinen Mann so über seine langjährige Lebensgefährtin reden hören. Warum bist du nicht glücklich, wenn du eine so tolle Freundin hast?«

Jan zuckt mit den Schultern. »Vielleicht bin ich es ja und weiß es nur nicht. Manchmal weiß man ja erst, daß man im Paradies lebte, wenn man von dort verbannt wird.«

»Dann sei glücklich, solange du es bist! Singe, tanze, lache! *Gott achtet dich, wenn du arbeitest, aber er liebt dich, wenn du singst*, schreibt Tagore. Gott achtet und liebt mich zugleich, wenn ich Straßenmusik mache, weil ich dann zugleich singe und arbeite.«

Jan sieht mir in die Augen und fragt: »Glaubst du an Gott?«

»Wenn ich mir den Menschen anschaue, kann ich nicht allzu viel Göttliches an ihm entdecken«, antworte ich. »Es sei denn, der Gott, der uns angeblich nach seinem Ebenbild geschaffen hat, ist nicht nur ein lieber, sondern auch ein böser Schöpfer. Denn der Mensch ist bekanntlich gut und schlecht zugleich. Und nur ein Gott, der selbst so ist, voller Licht und Schatten, voller Zärtlichkeit und Grausamkeit, nur ein solcher Gott kann ein Wesen wie den Menschen nach seinem Ebenbild erschaffen. Warum sollte ein Schöpfer, der frei ist von Fehlern und Widersprüchen, so fehlerhafte und widersprüchliche Geschöpfe ins Leben rufen? Der Apfel fällt nicht weit vom Stamm.«

»Vielleicht«, philosophiert Jan, »weil Gott und Teufel eins sind. Dämonen und Engel sind zwei Seiten derselben Münze. Als Rilke empfohlen wurde, sich einer Psychoanalyse zu unterziehen, hat er den Vorschlag mit der Begründung zurückgewiesen, daß eine solche Therapie zwar seine Dämonen austreiben würde – aber auch seine Engel. Tag und Nacht, Meer und Erde, Luft und Feuer sind eins. Gut und böse, schön und häßlich, Gott und Teufel sind eins. Alles ist eins.«

Das klingt einleuchtend, wenn auch nicht neu. Vielleicht ist es die Wahrheit, vielleicht auch nicht. Mir wäre es lieber, das Gute wäre nur gut und das Böse nur böse. Denn das Gute, das auch böse ist, ist eigentlich nicht mehr gut, ist rettungslos verdorben durch seine Untrennbarkeit von dem Bösen.

»Wenn Gott und Teufel zwei Seiten derselben Münze sind, darf uns nicht wundern, daß die Menschen unter der Last ihrer Widersprüchlichkeiten jammern, schwitzen und stöhnen«, stelle ich fest. »Etwas ist von Anfang an schiefgelaufen.«

»Und was?«

»Ich habe einen metaphysischen Erklärungsversuch. Gott wollte den Menschen große seelische Mülleimer für ihre Probleme mitgeben, denn er ahnte in weiser Voraussicht, in welche Sorgen sich die Menschen gegenseitig bringen und wie groß dadurch ihre Entsorgungsprobleme werden würden. Doch der Teufel, oder von mir aus die dunkle Seite Gottes, hat bei Nacht und Nebel mit diabolischem Grinsen die großen Mülleimer gegen kleine ausgetauscht. Seitdem versuchen die Menschen, sich gegenseitig ihren zu großen psychischen Abfall in ihre zu kleinen seelischen Mülleimer zu quetschen.«

Jan schmunzelt. »Eine interessante Theorie. Hast du auch einen physischen Erklärungsversuch?«

»Schocks, Enttäuschungen, Verletzungen. Mißbrauchtes Vertrauen, enttäuschte Liebe, geschändete Offenheit. Die Menschen laufen so verschlossen durch die Gegend, weil sie aufgrund entsprechender Erfahrungen Angst voreinander haben. Sie trauen dem anderen mehr Schlechtes als Gutes zu. Sie befürchten, daß sie wieder enttäuscht werden, wenn sie sich noch einmal öffnen, daß sie wieder leiden und traurig sein müssen. Sie ahnen, daß mit jeder Enttäuschung das Herz härter, der Wille starrer und die Skepsis größer werden. Ich weiß, daß Menschen sich unheimlich viel Gutes geben können – wenn sie sich nur trauen. Jeder Augenblick, in dem zwei Seelen sich einander öffnen, ist ein wunderbares Licht in einer Welt, die dunkel ist vor Lieblosigkeit.«

»Ja, aber ein gebranntes Kind scheut das Feuer«, bemüht Jan den Volksmund. »Und letztlich sind wir doch alle gebrannte Kinder. Eigentlich klagen doch fast alle über die anderen, fühlen sich frustriert, enttäuscht, unverstanden. Ruth, eine Bekannte von mir, sagte mir neulich, sie erwarte überhaupt nichts mehr von anderen Menschen, weil sie dann doch nur enttäuscht werde. Trotzdem pflegt sie ihre Kontakte weiter und knüpft auch neue, weil sie es allein auch nicht aushält. Und wenn sie sich für jemanden interessiert, öffnet sie sich ein ganz kleines Stück. Auf meinen Einwand, daß man einen Menschen nicht wirklich kennenlernen kann, wenn man sich nur ein wenig öffnet, erwiderte sie, daß sie einfach ein bißchen Nähe, ein bißchen Wärme brauche.«

»Das erinnert mich an ein Gleichnis von Schopenhauer«, sage ich. »Er hat die Menschen mit einer Gruppe von Stachelschweinen verglichen, die sich wegen der bitteren Kälte wärmesuchend aneinanderdrücken, aber durch den Schmerz, den ihre Stacheln ihnen gegenseitig verursachen, wieder auseinandergetrieben werden, bis die Kälte sie erneut dazu zwingt, sich aneinanderzukuscheln. Und so weiter, hin und her, bis ans Ende der Zeit. Ein ewiges, sinnloses Spiel, eine tragische Situation. Wenn sie keine Stacheln hätten, wäre alles ganz einfach. Sie könnten sich wärmen, ohne sich weh zu tun.«

Jan grinst. »Vielleicht hat Gott die Menschen als ganz normale Schweine konzipiert. Aber der Teufel hat ihnen bei Nacht und Nebel Stacheln eingepflanzt.«

Es macht mir Spaß, mit Jan zu reden. Er behandelt ernste Themen mit Humor, ohne sich in Oberflächlichkeit zu flüchten, und das mag ich. Ich empfinde wachsende Sympathie für ihn.

Eigentlich habe ich mich schon lange nicht mehr mit jemandem so gut unterhalten.

»Wie auch immer«, fährt er fort, »ich kann die Einstellung von Ruth zwar nachempfinden, aber nicht gutheißen. Wie willst du einen Menschen wirklich kennenlernen, wenn du dich nur ein bißchen öffnest? Du mußt dich schon ziemlich weit öffnen, um sein Wesen und seinen Wert zu erkennen. Du mußt etwas riskieren, und dazu sind die Leute immer weniger bereit. Sie wollen Sicherheit, dabei gibt es keine Sicherheit. Leben ist ein anderes Wort für Ungewißheit.« Jan kratzt sich am Kinn und fügt hinzu: »Wenn Schopenhauers Gleichnis uns die Wahrheit sagt, sehe ich keinen Ausweg aus dem zwischenmenschlichen Dilemma.«

»Die Lösung ist: Die Stachelschweine müssen in einem Mutationsprozeß der Erkenntnis ihre Stacheln verlieren«, verkünde ich. »Sie müssen die Sabotage des Teufels sabotieren, dann brauchen sie nicht mehr zu frieren und keine Angst mehr voreinander zu haben. Wenn Fische im Lauf der Evolution an Land gehen, muß es doch für Stachelschweine eine lösbare Aufgabe sein, ihre Stacheln aufzugeben.«

Jan schmunzelt. »Der Mensch ist erfinderisch, er entwickelt sich weiter, aber sich selbst gegenüber versagt sein

Erfindungsgeist kläglich. Er hat die ganze Welt radikal verändert, aber er ist der alte geblieben.«

Wir sehen uns in die Augen und nicken uns zu, nicht gerade glücklich über unsere Einsichten, aber doch froh darüber, daß wir sie miteinander teilen.

»Du ziehst also mit Rucksack und Gitarre von Stadt zu Stadt und spielst Songs für die Passanten«, bricht Jan unser Schweigen. »Du bist ein Vagabund, ohne ein festes Dach über dem Kopf.«

»Nicht wirklich«, schränke ich ein. »Ich habe ein kleines Zimmer im Haus meines Bruders, zwei Zugstunden von hier. Ich kann kommen und gehen, wann ich will. Ich bin dort vorwiegend im Winter. Und sonst immer, wenn ich das Gefühl habe, daß ich eine Auszeit brauche. Man muß ja irgendwo einen festen Wohnsitz haben, sonst ist man ein Mensch zweiter Klasse und hat noch weniger Rechte als ohnehin schon. Dies ist *kein* freies Land.«

Jan nickt und spinnt meinen Gedanken weiter: »Es gibt kein einziges freies Land auf dieser Welt, auch wenn alle sich als frei ausgeben. Sie sind nichts weiter als nationale Varianten eines weltumspannenden, undurchschaubaren Machtsystems, das seine dezente Überwachungstechnik immer mehr perfektioniert. Inzwischen kannst du nicht mal mehr auf einer Waldwiese vögeln, ohne von einer Satellitenkamera gefilmt zu werden. Aber die Politiker reden den Leuten auf der ganzen Welt ein, daß sie frei sind. Und die Leute glauben es ihnen, nur weil sie nicht in der offensichtlichen Unfreiheit einer Diktatur leben. Die meisten von ihnen leben inzwischen in Demokratien, die ihnen wesentlich weniger Unfreiheit als die Diktatur aufzwingen, ihnen aber keine wirkliche Freiheit geben, sondern nur die Illusion der Freiheit vermitteln. Andererseits sehe ich keine praktikable Alternative zur Demokratie und stimme Winston Churchill zu, der von ihr gesagt hat, sie sei die schlechteste aller Regierungsformen – mit Ausnahme derer, die man bislang ausprobiert hat. Wie heißt es so schön: In der Demokratie geht die Macht vom Volk aus, um nie wieder zu ihm zurückzukehren.«

Tom Petty ist genauso ein passionierter Sprücheklopfer wie ich. Gleich und gleich gesellt sich gern, denke ich und sage: »Die Macht kehrt nicht zurück, und die Freiheit ist schon lange verschollen, sofern sie je auf dieser Welt existiert hat. Der einzige Ort, wo ich mich wirklich frei fühle, ist meine Seele. Und die Liebe, sofern man sie als einen Ort bezeichnen kann.«

»Ja, die Liebe«, brummt Jan und verzieht den Mund wie jemand, der gerade etwas getrunken hat, von dem er noch nicht weiß, wie es ihm schmeckt. »Was verstehst du eigentlich unter Liebe?«

»Liebe ist das Wasser, in das du springen mußt, ohne daß du vorher weißt, wie kalt oder tief es ist«, sage ich. »Du mußt bereit sein, dich auf das Unbekannte einzulassen, denn du kannst nicht wissen, was passiert, wenn du Liebe zuläßt. Du kannst nichts berechnen, nichts planen, nur darauf vertrauen, daß alles gut wird – oder daß zumindest das Gute überwiegt. Und daß du, wenn der Sprung ins Wasser sich als Schlag ins Wasser herausstellt, auch den Weg ans Ufer zurückfindest.«

»Das ist ein mutiges Liebesverständnis«, findet Jan.

»Leider auch ein seltenes«, behaupte ich. »Die meisten Menschen lassen sich nicht gern auf das Unbekannte ein, sie vertrauen der Liebe nicht. Also stellt sie sich auch nicht ein, denn sie braucht Vertrauen und Mut, und so entsteht ein großer Liebesmangel, der die Türen zu tausend Arten von Ersatzbefriedigungen käuflicher Natur öffnet. Ich sehe in diesem Notstand das Erfolgsgeheimnis des kapitalistischen Systems.«

»Ja«, gibt Jan mir recht, »der allgegenwärtige Liebesmangel wird durch allgegenwärtigen Warenüberfluß kompensiert. Die Maxime *Ich liebe und werde geliebt, also bin ich* wird ersetzt durch *Ich konsumiere, also bin ich*. Und je mehr ich kaufe, je mehr ich besitze, desto mehr bin ich. Nimm einem Vollblutmaterialisten sein Haus, sein Auto, seine finanziellen Rücklagen, und du treibst ihn an den Rand des Selbstmords, denn wenn er nichts mehr hat, ist er nichts mehr.«

»In einer Welt, in der es genügend Liebe gäbe«, führe ich Jans Gedanken weiter, »hätte der Kapitalismus keine Chance. Er basiert auf der Diskrepanz zwischen dem menschlichen Urbedürfnis, Liebe zu erleben, und der Unmöglichkeit, dieses Bedürfnis zu befriedigen. Das unerfüllbare Verlangen nach einem erfüllten Liebesleben treibt die Menschen in den Konsum, aber der Konsum ist wie Meereswasser; je mehr man davon trinkt, desto durstiger wird man. Man könnte sagen, die Basis der Zivilisation ist die Verzweiflung.«

»Ja«, stimmt Jan mir zu, »eine Verzweiflung, die mit Hilfe des Konsums betäubt und verdrängt wird. Der Kapitalismus wird erst dann enden, wenn die Menschen glücklich sind. *Don't worry, be happy* ist ein hochrevolutionärer Aufruf, der beste antikapitalistische Slogan, den ich kenne. Ich nominiere ihn für einen *Grammy* in der Rubrik *Beste Songzeilen aller Zeiten.* Meine anderen vier Nominierungen lauten: *What the world needs now, is love* und *Do your own thing* und *Let love rule* und *If it doesn't come naturally, leave it.* Sie stammen allesamt aus der Popmusik, die von Anfang an das getan hat, was die Philosophie versäumt hat – von Liebe und Lebenskunst zu reden, in einer Sprache, die alle verstehen.«

Jan hat mal wieder recht.

Die Philosophie ist an der chronischen Krankheit ihrer lebensfernen, lieblosen Unverständlichkeit gestorben und in den besten Texten der Popmusik wieder auferstanden. *Everybody needs somebody to love.* So einen Satz hat Kant nicht hingekriegt. Die heutigen Philosophen singen ihre Erkenntnisse, und das ist keine schlechte Entwicklung, zumal die Musik als solche schon eine gute Philosophie ist.

»Neulich habe ich einen ziemlich wilden Roman gelesen«, sagt Jan, »dessen Ich-Erzähler ein hochdotierter

Werber ist, der von sich behauptet, er sei ein Typ, der uns Scheiße verkauft, und von der Werbebranche sagt, daß keiner dort unser Glück will, denn glückliche Menschen konsumieren nicht.«

Nach dieser Definition bin ich definitiv glücklich.

Jan steht auf, geht zu seinem Bücherregal, zieht nach kurzer Suche ein Buch daraus hervor, sagt mir, es sei ein Roman von Michel Houellebecq mit dem Titel *Plattform*, schlägt es auf, blättert ein wenig darin und zitiert: »*Bis zum Schluß werde ich ein Kind Europas, ein Kind des Kummers und der Schande bleiben. Ich habe keinerlei Hoffnungsbotschaft zu verkünden. Ich empfinde keinen Haß auf die westliche Welt, höchstens tiefe Verachtung. Ich weiß nur, daß wir alle, die wir hier sind, von Egoismus, Masochismus und Tod durchdrungen sind. Wir haben ein System geschaffen, in dem es ganz einfach unmöglich geworden ist zu leben; und dieses System exportieren wir noch dazu.*«

»Krebszellen haben den Drang, sich zu vermehren«, konstatiere ich. »Sie wollen ihren destruktiven Wahnsinn so weit wie möglich ausdehnen, um so viel wie möglich zu zerstören.«

Jan nickt traurig, stellt den Roman ins Regal zurück und zieht ein anderes, dünneres Buch hervor. »Eine Novelle von Martin Walser«, erklärt er, während er nach einer bestimmten Stelle sucht. »Hier – dies möchte ich dir noch vorlesen: *Das ist überhaupt das Wichtigste, daß die Zerstörung weit genug geht. Wenn man uns alle bloß halb kaputt machen würde, das gäb eine Mitleidswoge, in der würden wir dann todsicher ersaufen und aus wär's mit der Welt. Als Zerschmetterte aber leben wir fühllos weiter.«*

Mir fehlen die Worte. Manche Erkenntnisse sind so wahr und so traurig, daß man eigentlich nur sagen kann: Ja, so ist es, leider ist es genau so. Und da kann man ebensogut den Mund halten.

Jan klappt die Novelle zu und schiebt sie ins Regal zurück.

»Ich finde es toll, wie du lebst – so frei und mutig«, sagt er und setzt sich wieder zu mir. »Du wehrst dich gegen die Zerstörung.«

»Ich habe ziemlich spät damit angefangen.«

»Mag sein«, erwidert Jan, »aber ich habe den Eindruck, es war nicht *zu* spät.«

»Warum arbeitest du heute nicht?« frage ich ihn.

»Heute ist mein freier Tag. Aber was ist das schon, ein paar geschenkte Stunden.« Er seufzt. »Ich würde gern so leben wie du, und wenn es nur einen Sommer lang wäre. Du erlebst bestimmt unheimlich viel, während ich fast täglich in meinem Geschäft rumhänge und so gut wie nichts erlebe.«

Da hat er recht, ich erlebe viel. Aber dazu ist das Leben ja auch da, oder?

Jan gießt mir und sich Wein nach. Je besser ich ihn kennenlerne, desto sympathischer wird er mir.

»Was hast du eigentlich gemacht, bevor du mit der Straßenmusik angefangen hast?« fragt er mich.

»Ich hatte eine ganz normale geregelte Arbeit, mit der

ich mich jahrelang arrangierte, wie man sich halt mit dem scheinbar Unvermeidlichen abfindet. Aber ich wurde einfach das Gefühl nicht los, daß ich nicht geboren wurde, um mich fünf Tage in der Woche mit Dingen zu beschäftigen, die mit dem Leben, wie ich es verstehe, so gut wie gar nichts zu tun hatten. Und schließlich, nach langem Zögern und schlaflosen Nächten, bin ich ausgestiegen. Ich mußte einen ziemlich weiten Weg gehen, um zu erkennen, daß es mir nicht genügt, nur um des Geldes willen zu arbeiten. Ich muß mich identifizieren können mit dem, was ich tue, ich muß seelisch dahinterstehen.«

»Zu dieser Erkenntnis kommen viele«, stellt Jan fest, »aber die wenigsten haben den Mut, die Konsequenzen daraus zu ziehen.«

»Ich weiß nicht, ob ich besonders mutig war«, sage ich. »Vielleicht war ich einfach nur leichtsinnig, unvernünftig. Aber letztlich konnte ich nicht anders und habe meinen Ausstieg bis heute nicht bereut ... Aber laß uns in der Gegenwart bleiben. Ich rede nicht gern über meine Vergangenheit, ich habe innerlich damit abgeschlossen. Manchmal denke ich, es waren verlorene Jahre.«

Jan nickt verständnisvoll. »Was erlebst du eigentlich so als Straßenmusiker?« will er wissen. »Wo übernachtest du?«

»Wo es am wenigsten kostet. Meistens in günstigen Gästehäusern. Im Sommer rolle ich meinen Schlafsack auch mal in einem Park aus. Gelegentlich lerne ich aufgeschlossene Leute kennen, die in Wohngemeinschaften leben, wo gerade ein Bett frei ist. Manchmal übernachte ich auch bei Frauen, die mich auf der Straße ansprechen. Musik öffnet viele Türen.«

»Man könnte den Eindruck bekommen, daß du dich ein bißchen durchfüttern läßt«, sagt Jan.

»Dieser Eindruck könnte entstehen«, gebe ich zurück, »aber er wäre falsch. Wenn ich irgendwo zu Gast bin, lege ich Geld in die Haushaltskasse. Und ich mache mich in der Wohnung nützlich. Ich mag keine Schmarotzer, die auf Kosten anderer Leute leben, und es würde mich enttäuschen, wenn du mich für einen hältst.«

»Ich halte dich nicht für einen Schmarotzer«, stellt Jan klar. »Ich habe nur gesagt, daß der Eindruck entstehen könnte.«

»Es können viele Eindrücke entstehen«, sage ich. »Die Wahrheit ist, daß ich auf meine eigenen und nicht auf fremde Kosten lebe. Und wenn ich einer Einladung folge, lasse ich mich von Impulsen und Gefühlen leiten, nicht von schmarotzerischen Überlegungen.«

»Und dein Publikum, wie ist es so im allgemeinen?«

»Manche Leute mögen die Songs, bleiben stehen und hören mir zu. Andere gehen vorbei und sehen nicht einmal hin. Im allgemeinen sind sie okay. Klar, es gibt immer mal einen Besoffenen oder Geltungssüchtigen, der sich auf deine Kosten produzieren will, aber man lernt mit der Zeit, mit solchen Typen umzugehen, und meistens hilft das Publikum dabei.«

»Und die Mädels?«

Ich muß lächeln. »Das ist mit das Beste an der Sache. Die Mädels tun etwas, was sie sonst auf der Straße nie tun. Sie sprechen dich an, wenn sie deine Musik oder dich oder beides mögen. Die Musik enthemmt sie. Ich habe Frauke auf diese Weise kennengelernt.«

»Du Glücklicher! Wie erklärst du dir eigentlich das Interesse der Frauen an Straßenmusikern?«

»Ihr Interesse gilt nicht allen Pflasterkünstlern«, erwidere ich. »Du mußt schon eine gewisse Präsenz und Ausstrahlung bieten. Und ohne ein bestimmtes Maß an musikalischer Qualität geht es auch nicht.«

»Und was sind das für Frauen, die dich ansprechen?« will Jan wissen.

»Keine, die nach einem Mann Ausschau halten, mit dem sie zusammenleben und eine Familie gründen wollen. Es sind Frauen, in denen ich schlafende Sehnsüchte nach einem anderen, freieren Leben erwecke, an dem sie mal unverbindlich schnuppern wollen. Sie sind aufgeschlossen und suchen einen *Kick*, ein emotionales Abenteuer mit einem exotischen Mann, der anders zu sein scheint als die, mit denen sie bislang Erfahrungen gesammelt haben. Sie sind neugierig auf die Welt, in der ich lebe, sie versprechen sich Inspiration, Intensität, einen außergewöhnlichen Flirt – und womöglich auch mehr. Angeblich kursiert das Gerücht unter Frauen, daß Musiker zärtliche und leidenschaftliche Liebhaber seien.«

»Und sind sie es?«

Ich zucke mit den Schultern. »Woher soll ich das

wissen? Was mich betrifft: Ich kann einer Geliebten nur so viel Zärtlichkeit und Leidenschaft zeigen, wie sie in mir hervorruft.«

»Wirst du nach jedem Straßenauftritt angesprochen?«

»Fast nach jedem. Aber beileibe nicht immer von attraktiven Damen – auch von unattraktiven Herren, albernen Kindern, stotternden Verklemmten und bierseligen Beschwipsten.«

Jan sieht auf seine Uhr und verzieht das Gesicht. »Schade – ich würde gern noch länger mit dir reden, aber ich habe einem Freund versprochen, ihn zu besuchen. Eigentlich müßte ich jetzt schon bei ihm sein. Was machst du heute abend?«

»Ich gehe mit Frauke ins Kino. In den Film *Die Weisheit der Unvernunft.*«

»Ich glaube, der wird dir was bringen ... Es war gut, mit dir zu reden. Sorry, daß ich das Gespräch so abrupt beenden muß, aber es war hoffentlich nicht unser letztes.«

Das hoffe ich auch, als ich mich von Jan verabschiede, denn ich würde ihm gern noch so manches erzählen, zum Beispiel von einem kleinen Problem, das ich mit der Straßenmusik habe – von der Überwindung, die es mich immer wieder kostet, mich auf die Straße zu stellen und den ersten Song zu spielen.

Irgendwann wird wohl der Tag kommen, an dem es mir keine Freude mehr macht, Passanten mit meinen Songs von ihren Einkäufen abzuhalten. Irgendwann werde ich die Gitarre nach dem ersten oder zweiten Stück wieder einpacken und eine neue Art des Lebensunterhalts finden.

Aber das ist im Moment noch Zukunftsmusik. Mich interessiert vor allem die Gegenwart, denn nur in der Gegenwart entscheidet sich, ob ich lebe oder das Leben verpasse.

9

Das Leben ist ein Rätsel,
das der Verstand nicht lösen kann,
sondern allein die Intuition,
die unmittelbare Erkenntnisfähigkeit,
die in vielen Menschen nur schläft,
weil sie nie geweckt wurde,
weil sie immer wieder
vom Verstand unterdrückt wird,
der zwar die einzelnen Teile sieht,
aber nicht ihren inneren Zusammenhang,
der aus ihnen ein Ganzes macht.

Jan hat recht, der Film *Die Weisheit der Unvernunft* bringt mir etwas, das spüre ich schon nach kurzer Zeit. Die atmosphärisch dichte, bilderreiche Handlung zieht mich in ihren Bann.

Nach der Vorstellung sitze ich mit Frauke im Kino-Café und gebe meinen Kommentar ab: »Ein wirklich guter Film, der latent die Botschaft transportiert, daß die Menschen, geblendet von ihrer Vernunft, am wahren Leben vorbeigehen. Das bekräftigt die uralte spirituelle Erkenntnis, daß die Menschen schlafen, tags und nachts, und deshalb das wirkliche Leben gar nicht wahrnehmen … Oft kommt es mir tatsächlich so vor, wenn ich durch die Straßen gehe und in die Gesichter der Passanten sehe, als würden sie nicht wirklich leben, nicht wirklich wach sein, als seien sie zwar körperlich und geistig anwesend, aber seelisch dauerabwesend.«

Frauke sieht mich befremdet an. »Ich weiß nicht«, sagt sie, »das klingt ziemlich abgehoben.«

Ich bin enttäuscht, daß sie so reagiert, zeige es ihr aber nicht. Offenbar ist meine Wahrnehmung zu weit von ihrer entfernt, als daß sie meine Eindrücke nachempfinden könnte.

Ich spüre eine unbehagliche Distanz zwischen Frauke und mir, was mir die Freude über die Verbesserung des zwischen uns kühl gewordenen Klimas trübt. Eben hatte ich noch Lust, schwungvoll weiterzusprechen über meine Betrachtungsweise der sogenannten Wirklichkeit und die seelische Schwindsucht des modernen Menschen, aber etwas bremst mich – vielleicht die Befürchtung, daß sich dabei eine Kluft zwischen Frauke und mir auftun könnte, die noch überbrückt ist von dem, was wir nicht voneinander wissen.

Ich muß an Silke denken, eine blonde Studentin, mit der ich vor einem Monat in einem Freibad einen kleinen, harmlosen Flirt hatte. Wir haben uns zwei Stunden lang gut unterhalten. Ihre Offenheit machte sie mir sehr sympathisch.

Was mich von allem, was sie sagte, am meisten beeindruckte, war der Grund, warum ihr Freund, mit dem sie drei Jahre lang zusammengelebt hatte, sich von heute auf morgen von ihr getrennt hatte: Ihm war durch einen dummen Zufall ihr sorgfältig verstecktes Tagebuch in die Hände gefallen.

»Das heißt«, folgerte Silke, »er hat nicht mich geliebt, denn im Tagebuch war ich ganz ich selbst. Er hat das Bild geliebt, das er sich von mir gemacht hat. Meine Tagebuchaufzeichnungen haben dieses Bild zerstört.«

»Dann hast du nicht viel verloren, nur eine Illusion über dich im Bewußtsein eines Mannes, der dich nicht geliebt hat«, stellte ich fest.

»So sehe ich es heute auch«, stimmte sie mir zu, »aber als es passierte, hat es mich total schockiert. Inzwischen weiß ich, daß viele Menschen so sind wie mein Ex-Freund. Sie lieben ihr Bild von dem anderen mehr als seine Wirklichkeit, denn das Bild stammt von ihnen selbst, aber die Wirklichkeit gehört dem anderen. Sie lieben sich letztlich selbst in der Illusion, die sie sich vom anderen gemacht haben, und glauben, sie würden den anderen lieben. Verweht der Wind der Wahrheit den Nebel ihrer Illusion, verweht er auch ihre Selbstliebe, die sie für Liebe hielten. Das nehmen sie der Wahrheit übel – und dem Menschen, der sie ihnen zeigt.«

Silke gab mir beim Abschied ihre Telephonnummer, aber ich habe sie verloren.

Und nun verliere ich mehr und mehr meine Unbefangenheit Frauke gegenüber. Vielleicht hat auch sie sich ein Bild von mir gemacht, eine Illusion, auf deren trügerischem Boden ihre Verliebtheit steht?

Und womöglich habe auch ich mir ein Bild von ihr gemacht, das ihrer Wirklichkeit nicht entspricht. Was weiß ich schon von ihr? Wir stellen uns keine Fragen über unsere Vergangenheit, führen keine tiefschürfenden

Gespräche über Gott und die Welt. Wir genießen die Gegenwart, die Leichtigkeit, mit der alles zwischen uns geschieht. Wir genießen unser gemeinsames Schweigen. Aber das Schweigen kann täuschen, ebenso wie die Sprache. Alles kann täuschen, deshalb gibt es so viele Enttäuschungen.

Zwei Tische weiter sitzt ein junges Paar und schweigt. Es ist ein bedrückendes Schweigen, das ihre Gesichter ernst und starr gemacht hat. Etwas Ungutes muß zwischen ihnen passiert sein, und nun fehlen ihnen die Worte – und die Kraft zu gehen. Sie sollten aufstehen und zahlen. Jede Minute, die sie länger so gelähmt sitzen bleiben, raubt ihnen ein weiteres Stück von der Kraft, die sie bräuchten, um sich aus der Lähmung zu befreien, die sie gefangenhält.

»Was ist?« fragt Frauke. »Hast du ein Problem?«

Ich habe durchaus eins, aber ich antworte: »Die beiden dort am Fenstertisch haben eins.«

Frauke wirft einen Blick auf das unglückliche Paar. »Ja«, sagt sie, »die haben ein Problem. Viele Paare haben Probleme, und manchmal sieht man es ihnen an.«

Ich bemühe mich um einen entspannten Gesichtsausdruck, um meine Angst vor Frauke zu verbergen, daß unsere Verliebtheit ein Kind ihrer (oder auch unserer) Illusionen ist. Mir kommt ein Satz in den Kopf, den ich irgendwo gelesen habe: *Das Glück tanzt am längsten zur Musik der Illusion*. Ich will, daß mein Glück mit Frauke so lange wie möglich tanzt, egal zu welcher Musik. Aber ich habe so ein mulmiges Gefühl, daß die Wirklichkeit unseren Tanz schneller beenden könnte, als ich mir vorstellen kann.

Manchmal habe ich Vorahnungen, und oft haben sie sich im nachhinein als richtig herausgestellt. Hoffentlich liege ich diesmal falsch. Vielleicht hat die stille Verzweiflung des stummen Paares am Fenstertisch mich negativ beeinflußt.

»Laß uns gehen«, schlage ich vor.

»Ich muß vorher noch für kleine Mädchen.« Frauke steht auf und geht zur Toilette. Ich finde diese Redensart blöd. Auch große Mädchen müssen mal.

Kaum ist Frauke weg, sagt der Mann am Fenstertisch etwas zu seiner Freundin. Etwas, das mich unangenehm berührt: »Ich hätte auf meinen Verstand hören sollen, nicht auf deine sogenannte Intuition.«

Ich spüre, daß er das nicht hätte sagen sollen, nicht in diesem aggressiven, vorwurfsvollen Tonfall, nicht in dieser Situation. Ich weiß nicht, was zwischen den beiden geschehen ist, aber jetzt hat er alles noch schlimmer gemacht. Die Frau erstarrt, scheint nicht mehr zu atmen. Plötzlich steht sie ruckartig auf und geht.

Als sie an meinem Tisch vorbeikommt, treffen sich kurz unsere Blicke. Ich sehe, daß ein Tränenschleier über ihren Augen liegt. Ihr Mund hat sich verzerrt, ihre Lippen zittern. Ihr Blick ist ein einziger Hilfeschrei, der sich seiner Vergeblichkeit bewußt ist.

Etwas in mir will, daß ich aufstehe und sie in den Arm

nehme. Daß ich ihr wenigstens zuflüstere, sie solle ihrer Intuition weiterhin vertrauen. Aber ich bleibe schweigend sitzen und sehe ihr nach, wie sie mit immer schneller werdenden Schritten aus dem Café flüchtet.

Ihr Begleiter hockt bewegungslos auf seinem Stuhl. Er hätte auf seine Intuition hören sollen (sofern er eine hat), dann hätte er nicht die Worte gesagt, die etwas zerstört haben, was vielleicht noch zu retten gewesen wäre.

Wer in der Liebe auf seinen Verstand hört, hat nicht verstanden, was Liebe ist. Er hat auch nicht verstanden, was der Verstand ist.

Der Verstand ist wie ein Fahrrad. Du kannst damit die Wege befahren, auf denen die große Mehrheit radelt, aber nicht durch die freie Natur deiner eigenen Seele. Die mußt du schon zu Fuß erkunden, und die einzige Orientierung, die du hast, ist deine Intuition. Sie ist so etwas wie eine höhere Intelligenz, die das Ganze mit einem Blick erfaßt, während der Verstand immer nur Teilbereiche erkennen kann und daraus seine (naturbedingt falschen) Schlüsse auf das Ganze zieht.

Die Intuition hat den Panoramablick. Sie sieht alles auf einmal und erkennt die Zusammenhänge zwischen den Teilen. Sie schwebt über dem Wald, den der Verstand vor lauter Bäumen nicht sieht. Und sie sieht den Verstand so, wie er ist: ein berechnender, informationssüchtiger und detailversessener Angeber, der sich für den Größten hält, aber aus den vielen Mosaiksteinen seiner Eindrücke kein einziges Bild zusammensetzen kann, das dir die eigentliche Wahrheit zeigt.

Mit den typischen Verstandesmenschen, die sich für realistisch und aufgeklärt halten, weil sie nur das als wirklich akzeptieren, was ihr Verstand genehmigt und abgestempelt hat, kann ich nichts anfangen. Ihre Gefühlsarmut, ihre Seelenlosigkeit und ihre Angst vor dem rational Unerklärlichen treiben mich in die Flucht. Im Grunde sind sie selbst ständig auf der Flucht vor ihren eigenen Gefühlen und Sehnsüchten, vor ihrem eigentlichen Leben. Sie sitzen auf dem Fahrrad des Verstandes und radeln so schnell sie können, während ihr wirkliches Leben ihnen keuchend hinterherläuft und sie immer wieder anfleht, endlich anzuhalten und abzusteigen. Aber sie tun so, als würden sie nichts hören. Oder sie hören wirklich nichts.

Der Typ, der meinem Gefühl nach soeben seine Freundin verloren hat, hockt noch immer reglos auf seinem Stuhl und glotzt vor sich hin. Plötzlich dreht er sich zu mir, als hätte er meinen Blick gespürt.

Im selben Augenblick kommt Frauke von der Toilette zurück, und sein Blick fällt sofort auf sie. Starkes Interesse leuchtet in seinen Augen auf. Er hat bereits vergessen, daß er vor wenigen Minuten eine Frau, die ihm nahestand, sehr verletzt hat. Er hat keine Seele.

Frauke setzt sich zu mir. Ich winke der Bedienung zu. Auch sie scheint ihre Seele an der Garderobe abgegeben zu haben. Alles an ihr wirkt mechanisch, funktionsorientiert. Sie legt die Rechnung wortlos auf den Tisch und nimmt das Geld wortlos entgegen.

»Puh, ist die schlecht drauf!« sagt Frauke leise.

»Die ist überhaupt nicht drauf«, antworte ich, »die ist drunter.«

Frauke muß lachen, und ich lache mit. Die Serviererin wirft uns einen finsteren Blick zu, als spürte sie, daß sie gemeint ist.

Wir stehen auf und gehen.

Als ich neben Frauke im Auto sitze, versuche ich, meine wieder einsetzende Angst vor einem vorschnellen Ende unserer Verliebtheit zu verdrängen, aber es gelingt mir nicht wirklich, da ich noch nie ein guter Verdrängungskünstler war.

Ich weiß, wie schnell und radikal sich im Leben und in der Liebe alles ändern kann, ich habe es noch vor drei Monaten erlebt, als nach einem Pflasterauftritt eine Frau mit dem edlen Namen Patricia spontan auf mich zukam – Mitte Zwanzig, wuscheliges Haar, braune Augen, groß wie Untertassen, und ein Lächeln, das einen Schwulen heterosexuell machen konnte.

»Kommt gut, deine Musik«, sagte sie und strahlte mich an. »Hat mir viel gegeben. Ich möchte mich revanchieren. Hast du Lust, heute abend meine Kochkünste zu testen?«

Um acht Uhr stand ich bei ihr auf der Matte.

Sie brachte ein tolles Menü auf den Tisch, mit Kerzenlicht und Blumen. Es war eine richtig schöne, romantische Atmosphäre, Verwöhnung pur für Leib und Seele.

Nach dem Essen bat mich Patricia, etwas für sie zu spielen. Ich begann, nicht ohne Hintergedanken, mit *Let's spend the night together* von den Stones. Und danach sang ich die Ballade *Thunder road* von Bruce Springsteen. Ich legte alles in den Song hinein, was ich fühlte, und das war nicht wenig.

Als ich zu Ende gesungen hatte, nahm sie mir lächelnd die Gitarre aus den Händen, legte sie zur Seite und umarmte mich so zärtlich und intensiv, daß ich bunte Lichtpunkte sah, als ich die Augen schloß.

Ich hatte *Let's spend the night together* für Patricia gesungen, und das taten wir dann auch. Ich habe in dieser wunderbaren Nacht kein Auge zugemacht, Patricia auch nicht. Wir ließen uns ineinanderfallen, als gäbe es keine Ängste, wir schwebten auf Wolke neun hoch zehn und schenkten uns gegenseitig so viel Liebe und Freude, daß wir am nächsten Morgen frisch waren wie die Sonnenstrahlen, die uns durch den Spalt zwischen den Vorhängen ins Gesicht fielen. Meine Finger wurden nicht müde, in ihrem Wuschelhaar zu wühlen. Wir kannten uns erst eine Nacht und hatten uns völlig aufeinander eingestimmt. Die Harmonie zwischen uns war so schnell so tief geworden, daß ich es kaum glauben konnte. Erst am späten Nachmittag überfiel uns schlagartig die Müdigkeit, und wir schliefen Arm in Arm ein.

Eine Woche lang feierten wir unser stürmisches Glück,

und ich hatte das berauschende Gefühl, am Anfang einer wunderbaren Liebe zu stehen.

Doch dann tauchten unvermittelt Falten auf Patricias makelloser Stirn auf, und ich spürte, daß etwas sie beschäftigte, was nicht förderlich für unsere Zukunft war. Einmal führte sie ein längeres Telephonat, als ich in ihrer Badewanne saß, und ich hörte aus ihrem Tonfall heraus, daß sie mit jemandem sprach, der ihr sehr nahestand. Als ich aus dem Bad kam, wirkte sie nachdenklich und sagte nichts. Und ich fragte nicht.

Zu Beginn der zweiten Woche rückte sie schließlich damit heraus, daß sie schon seit drei Jahren einen festen Freund hatte, der in drei Tagen von einem halbjährigen Studienaufenthalt in den USA zurückkommen würde. Und daß sie nicht wüßte, wie sie ihre Gefühle zu mir und zu ihm dann unter einen Hut bringen sollte. Für einen von uns beiden entscheiden wollte sie sich aber auch nicht. Erschwerend kam noch hinzu, daß ihr Freund zu heftiger Eifersucht neigte, selbst wenn er keinen wirklichen Grund dazu hatte. Und ich war weiß Gott ein wirklicher Grund.

Als ich meinen Schock verkraftet hatte, wurde mir klar, daß ich mit Patricia die Ruhe vor dem Sturm erlebt hatte. Und es war eine so wunderschöne Ruhe gewesen, daß ich mich dem Sturm nicht aussetzen wollte.

Also ging ich, einen Tag bevor ihr Freund kam, was alles andere als eine leichte Entscheidung für mich war. Aber es wäre nicht richtig gewesen, wenn ich geblieben wäre, um mitzuerleben, wie etwas so Schönes wie das zwischen Patricia und mir von den Wölfen der Eifersucht zerfetzt werden würde.

Vielleicht war ich feige, aber ich glaube eher, ich war weise. Wer weise ist, lebt so, daß er möglichst glücklich ist. Dazu gehört auch die Fähigkeit, etwas Schönes loszulassen, bevor es unschön wird.

Patricia weinte beim Abschied und fand das Leben zu schwierig. »Jeder Abschied zwischen Liebenden ist ein Tod«, flüsterte sie.

Und jeder Tod führt zu einem neuen Leben, dachte ich. Aber ich habe es nicht gesagt. In manchen Situationen ist es furchtbar unsensibel, einen sinnigen Spruch zu klopfen. Da hält man besser den Mund. Ich hätte alles mögliche sagen können, aber ich schwieg. Ich hätte Patricia fragen können, warum sie mir die Existenz ihres Freundes verschwiegen hatte, aber das hätte sie als Vorwurf empfinden können, und ich konnte ihr nichts vorwerfen. Sie hatte mir alles gegeben, was sie für mich empfunden hatte, sie hatte mich reich beschenkt, und dafür war ich ihr dankbar.

Ich habe mich später gefragt, ob ich geblieben wäre, wenn sie mich ausdrücklich darum gebeten hätte. Aber sie hatte es nicht getan. Vielleicht war ihr meine Entscheidung im Grunde recht. So konnte sie ihren Freund empfangen und so tun, als sei während seiner Abwesenheit nichts passiert.

Auch wenn der Abschied für uns beide sehr traurig war

und ich noch Tage danach von heftigen Bluesanfällen heimgesucht wurde – für solche Erlebnisse wie die Begegnung mit Patricia lebe ich. Für das Erleben von Liebe, Harmonie, Zärtlichkeit und Sinnlichkeit.

»Du wirkst nachdenklich«, sagt Frauke, als wir vor einer Ampel warten müssen. »Läßt du mich in deinen Kopf sehen?«

»Ich habe nur einen kleinen Ausflug in die jüngere Vergangenheit gemacht«, antworte ich. »Bin schon wieder hier.«

Wir verbringen den Rest der Fahrt schweigend.

Als wir in ihrer Wohnung sind, verschwindet sie schnurstracks im Bad. Sie hatte nicht duschen können, bevor wir ins Kino fuhren, weil wir sonst zu spät gekommen wären.

Ich gehe auf den Balkon und zünde mir eine Zigarette an. Frauke mag es nicht, wenn ich in der Wohnung rauche.

Unten auf dem Bürgersteig gehen eine Frau und ein Mann entlang, die sich streiten. Sein Tonfall ist gereizt, ihrer nicht minder.

»Das hättest du nicht tun sollen!« wirft er ihr vor. »Das war voll daneben!«

Ich erwäge, den beiden zuzurufen, daß mein heutiger Bedarf an unglücklichen Paaren gedeckt ist.

»Was denkst du eigentlich, wer du bist?« knallt sie ihm an den Kopf – in einem Tonfall, der ihm die Sprache verschlägt. Ein kalter, verächtlicher Tonfall, der ihm unmißverständlich deutlich macht, daß er in ihren Augen ein paar Nummern kleiner ist als in seinen eigenen.

Schweigend laufen sie weiter, nebeneinander – und meilenweit voneinander entfernt.

Ich gehe in die Wohnung zurück und lege mich aufs Bett. Warum höre ich immer streitende Paare, wenn ich auf Fraukes Balkon bin?

Ich werde das Gefühl nicht los, daß die Zeit meines Glücks mit Frauke sich ihrem Ende nähert.

Aber dann sage ich mir, daß ich gerade durch diese Angst sein vorzeitiges Ende provozieren könnte, und bemühe mich um Gelassenheit.

Frauke kommt in ihrem roten Kimono aus dem Bad, legt sich neben mich und gibt mir zu meiner Freude einen Kuß auf die Lippen.

»Du hast geraucht«, sagt sie mißbilligend. »Und du wirkst noch immer grüblerisch. Bedrückt dich irgendwas?«

»Ich habe gelegentlich Anfälle lebensphilosophischer Nachdenklichkeit«, antworte ich. »Das fing bei mir schon mit dreizehn an. Da habe ich altklug in mein Tagebuch geschrieben, daß die Menschen bei der Gestaltung der Weltordnung fatale Fehler gemacht haben. Daß sie noch einmal ganz von vorne anfangen müßten. Aber ich habe schon damals nicht daran geglaubt, daß sie es jemals tun würden, und heute weiß ich den Grund dafür.«

»Und was ist der Grund?«

»Die Leithammel des Herdentieres Mensch«, antworte ich, »die Reichen und Mächtigen, die grauen Eminenzen und anonymen Drahtzieher, haben ihre Arbeit so gut gemacht, daß die meisten davon überzeugt sind, es ginge nicht anders als so trostlos, wie es ist. Sie nehmen es als naturgegeben hin und vergessen, daß all das von Menschen gemacht wurde. Von Menschen, die sich Macht nahmen, weil sie keine oder nicht genug Liebe empfanden und erweckten. Macht ist die harte Droge ungeliebter und liebloser Seelen. Wenn sie schon nicht lieben können, wollen sie wenigstens herrschen. Wenn sie schon nicht geliebt werden, wollen sie wenigstens gefürchtet werden.«

»Gesetzt den unmöglichen Fall, wir könnten noch einmal von vorn anfangen, was müßten wir anders machen?« fragt Frauke.

»Alle Formen von Gewalt und Unterdrückung aus unserem Wortschatz und Leben streichen. Liebe und Freiheit über alles stellen. Unsere Träume und Sehnsüchte ernst nehmen. Das Geld abschaffen oder ihm zumindest die übermächtige Bedeutung nehmen. Tolerant, respektvoll und freundlich miteinander umgehen. Das tun, was uns an anderen gefällt, und das sein lassen, was uns an anderen enttäuscht oder abstößt.«

»Hm«, macht Frauke wie jemand, den das Thema eigentlich nicht interessiert, der aber nicht unhöflich wirken will. Wahrscheinlich sind ihr meine Gedanken zu idealistisch, zu weltfremd.

»Wir sollten erkennen«, rede ich trotzdem weiter, »daß alles Leben hinter den Kulissen seiner zahllosen Erscheinungsformen eins ist, und diese Erkenntnis in Verhalten umsetzen. Die Erkenntnis, daß ich mich im Grunde selbst verletze, wenn ich den anderen verletze. Daß ich mich selbst schädige, wenn ich den anderen schädige. Diese intuitive Weisheit, über die der Verstand spöttisch grinst, existierte immer schon, in vielen Kulturen der Welt, aber sie wurde niedergewalzt von den seelenlosen Armeen der Machtgier.«

Frauke kuschelt sich an mich. »Ich mag deine Stimme«, flüstert sie.

Ich frage mich, ob sie überhaupt den Sinn meiner Worte aufgenommen oder nur dem Klang meiner Stimme gelauscht hat. Offensichtlich ist ihr jetzt nicht nach Zivilisationskritik. Oder prinzipiell nicht?

Als ich ihre Lippen und ihren Atem auf meinem Hals spüre, frage ich mich das nicht mehr. Ich bin unheimlich empfindlich dort, und Frauke hat das sehr schnell herausgefunden. Meine philosophische Nachdenklichkeit hat keine Chance gegen die Finessen ihrer Zärtlichkeit.

Aber später, als Frauke neben mir eingeschlafen ist, kommt die Nachdenklichkeit zurück und hält mich von dem Schlaf ab, in den Frauke versunken ist.

Seit ich eigenständig denken kann, gibt es für mich drei Fragen, von deren möglichst guter Beantwortung im

Grunde alles abhängt: *Wer bin ich? Was ist das für eine Welt, in der ich lebe? Wie lebe ich am besten in dieser Welt?*

Mit der Zeit habe ich meine Antworten darauf gefunden: Ich bin ein Mensch, der sich nach Glück und Liebe sehnt und dabei auf seiner Freiheit besteht. Die Welt ist eine organisierte Katastrophe voller Leid, Dummheit und Irrsinn. Ich lebe in dieser Welt am besten spontan, intuitiv, aus dem Bauch heraus. So habe ich die größten Chancen, Liebe und Glück zu finden, ohne meine Freiheit zu verlieren. Und ich lebe achtsam, bewußt, damit ich nicht die kleinen Zeichen übersehe, die das Leben mir schickt.

Das Leben gibt allen Menschen Winke, die ihnen helfen sollen, ihren Weg richtig zu gehen. Doch viele laufen an diesen Zeichen vorbei, ohne ihre Bedeutung zu erkennen, womit sie sich selbst und anderen schaden. Sie wollen bestimmte Dinge einfach nicht sehen, selbst wenn sie direkt vor ihnen stehen, weil sie nicht in ihr Weltbild passen. Ihr Weltbild könnte kaum oberflächlicher und finsterer sein, aber sie verteidigen es energisch gegen jedes Eindringen von Einsicht und Licht. Sie leben lieber im dunklen Keller des Irrtums, als unter dem offenen Himmel der Wahrheit.

Ich leide unter all dem Haß, der Gewalt und Ungerechtigkeit in dieser Welt, aber ich bestehe auf meiner Lebensfreude. Welchen Sinn hat mein Leben, wenn es mir keine Freude macht, wenn ich es mit mir herumtrage wie eine schwere Last und einen seelischen Buckel davon bekomme? Ich bevorzuge den aufrechten Gang. *In einer Welt, die sich durch Haß selbst zerstört, bestehe ich auf Liebe,* sagt Anaïs Nin, womit sie mir wortwörtlich aus der Seele spricht.

Wenn man sich die geschichtliche Entwicklung der Zivilisation aus einer gewissen Höhe ansieht, kann man nicht umhin festzustellen, daß die Menschen schon immer das Schlechte dem Guten vorgezogen haben. Sie können auf einen sehr langen Holzweg zurückblicken. Die Verkennung des Lebens und ihrer eigenen Natur ist bei ihnen zu einer chronischen Krankheit geworden.

Wer den wahren Charakter unserer Zivilisation erkennen will, braucht sie nur mit den Augen einer Kultur zu betrachten, die von ihr zerstört wurde. Um das Wesen des Hais zu verstehen, muß man ihn aus den Augen des Fisches betrachten, den er zerfleischt.

Ein solcher Fisch war Häuptling Charlot vom Stamm der nordamerikanischen Flathead-Indianer. Charlot hatte schon im Jahr 1860 die Gewalttätigkeit, Zerstörungswut und den Verschmutzungsdrang der zivilisierten Menschheit angeprangert: *Riecht nicht der weiße Mann nach Tod? Er hat Gräber um Gräber mit unseren Knochen gefüllt. Es ist sein Wesen, alles zu zerstören. Alles, was der Große Geist, der uns dieses Land gab, schön und sauber geschaffen hat, beschmutzt und besudelt er.*

Charlot hatte schon damals hellseherisch auf den Punkt gebracht, wohin der Weg einer Gesellschaft führt, deren Religion der Materialismus ist – ein fataler Irrglauben, der

Dinge über Menschen, Geld über Liebe und Macht über Gerechtigkeit stellt, der das Herz verschließt und die Seele abtötet. Charlots bemerkenswerte Einsichten sind unentwegt von der Geschichte bestätigt worden.

Die Zivilisation hat den Menschen um eine naturgemäße Entfaltung seines Lebens gebracht. Sie hat ihn verunsichert, verängstigt und seines natürlichen Urteilsvermögens beraubt. Und was wohl das Schlimmste ist: Die Zivilisation hat die Entfaltung der Liebe sabotiert. Aus Angst vor der Einsicht, die der Liebe folgt. Aus Angst vor dem Mut, den die Liebe macht, vor der Kraft, die sie gibt.

Es gibt keinen besseren und vielleicht sogar keinen anderen Weg zum Glück als den der Liebe. Zerstöre die Liebesfähigkeit der Menschen, und du zerstörst ihr Glück. Und sind sie erst unglücklich, kannst du sie manipulieren, wie es dir paßt, denn ihnen fehlt die seelische Stärke, die nur das Glück geben kann.

Ich sehe dieses Unglück in den Gesichtern so vieler Menschen. Es begegnet mir auf Schritt und Tritt, wenn ich durch die Einkaufszone einer Großstadt gehe. Es hat sich in die Mienen der Leute eingefressen, ihre Blicke getrübt, ihre Mundwinkel nach unten gezogen, ihre Seelen entleert. Es sieht und hört mir zu, wenn ich auf der Straße singe und spiele.

Und manchmal vergißt es sich selbst, abgelenkt von meiner Musik, und ein trauriges Gesicht beginnt unwillkürlich zu lächeln.

Ich liebe diese Augenblicke, diese kleinen Siege meiner bescheidenen musikalischen Kraft über das große, allgegenwärtige Unglück, das die Menschen als unabänderlich hingenommen haben.

So ist das Leben, sagen sie. So ist es nicht, möchte ich ihnen zurufen. So ist das verhinderte Leben.

10

Oberflächliche Gespräche
sind Zeitvergeudung;
in der Tiefe
liegt die Wahrheit.

Leben muß Leben begegnen,
sonst lenken Worte nur ab
von der inneren Leere
des Zusammenseins.

Am nächsten Morgen erwartet mich das gewohnte Bild. Ich erwache gegen zehn Uhr allein im Bett, und auf dem Tisch liegt ein Zettel von Frauke, diesmal mit den Worten: »Die Pflicht ruft. Ich werde so gegen neunzehn Uhr zurück sein. Ich küsse Dich. Frauke.«

Sie küßt mich – das lese ich gern! Aber: Die Pflicht ruft – wie sich das anhört! Die Pflicht, die für Goethe angeblich süßer als die Liebe war und für mich saurer als Essig ist.

Warum springt Frauke immer, wenn die Pflicht ruft? Sie könnte ruhig mal so tun, als würde sie nichts hören. Der Liebe zuliebe.

Ich erinnere mich an einen intensiven, wunderbaren Traum, den ich vor dem Aufwachen hatte.

In diesem Traum war ich Gast eines Maskenballs, der in einer prunkvollen Villa mit großen, geschmackvoll eingerichteten Räumen stattfand. Es lag etwas Geheimnisvolles und zugleich Heiteres in der Luft. Während ich meinen Blick über die zahlreichen Gäste schweifen ließ, fiel mir eine schlanke Frau auf, die mich auf magische Weise anzog. Sie hatte lange hellbraune Haare und volle, fein gezeichnete Lippen, trug ein glitzerndes weißes Abendkleid und eine wunderschöne Maske, die wie ein Pfauenauge aussah.

Ich ging, einer tiefen Sehnsucht folgend, auf sie zu, während sie regungslos stand und mich durch die Augenschlitze ihrer Schmetterlingsmaske ansah.

Ich spürte mit jedem Schritt, den ich ihr näher kam, wie ein Gefühl der Freude und Zärtlichkeit mich mehr und mehr erfüllte.

Als ich ihr gegenüberstand, konnte ich nicht anders, als sie zu umarmen. Dabei wurde ich von einem starken, reinen Glücksgefühl überwältigt, das sich noch steigerte, als sie meine Umarmung auf innigste Weise erwiderte und mir das Empfinden schenkte, daß unsere Seelen miteinander verschmolzen. Ich weiß nicht, wie lange wir uns innerlich vereinten, es erschien mir wie eine Ewigkeit.

Als wir uns schließlich voneinander lösten, konnte ich meinem Verlangen nicht widerstehen, ihr Gesicht zu sehen. Ich führte meine Hände zu der Maske, um sie ihr behutsam abzunehmen, aber ich hätte es nicht tun sollen – denn als ich ihren Kopf berührte, begann die wunderbare Frau sich wie eine Vision zu verflüchtigen, während ich sie noch flüstern hörte: »Sei nicht ungeduldig.«

Das letzte, woran ich mich erinnere, war meine tiefe

Traurigkeit und meine Entschlossenheit, die Schmetterlingsfrau zu suchen, sie wiederzufinden.

Ich wohne jetzt schon über eine Woche bei Frauke. Und es sieht so aus, als würde die zweite Woche genauso verlaufen wie die erste. Sie fährt zur Uni, bevor ich wach werde, und kommt am frühen Abend nach Hause. Der Tagesablauf ist so geregelt und berechenbar, als wären wir schon ein altes Paar. *Love changes everything?* Nicht Fraukes studentischen Fleiß.

Obwohl unsere erotische Harmonie nicht unter der Distanz gelitten hat, die zwischen uns entstanden war, wächst mein Gefühl, daß wir am Abend unserer Rückkehr von der Spießersiedlung etwas Wesentliches verloren haben, das wir vielleicht nicht wiederfinden werden.

Ich stehe auf, ziehe mich an, gehe auf den Balkon und spitze die Ohren. Kein streitendes Paar in Hörweite. Die Sonne versteckt sich hinter einer dichten, tief schwebenden Wolkendecke, die Luft ist zu kühl für die Jahreszeit.

Ich fände es schön, wenn Frauke hier wäre und wir gemeinsam frühstücken und unbeschwert in den Tag hineinleben könnten. Dann hätten wir Zeit genug für gute Gespräche. Ich kenne Fraukes Augen, ihre Haut, ihren Geruch, ihre Hände, ihre Ausstrahlung, aber von der Welt in ihrem Kopf weiß ich im Grunde ziemlich wenig.

Ich glaube, daß sie vernünftiger ist als ich, organisierter, ehrgeiziger, zielstrebiger. Ihre Lebensphilosophie unterscheidet sich in vielen Punkten grundlegend von meiner.

Vielleicht ist es in gewisser Weise gut, daß wir so wenig miteinander reden. Ein intensives Gespräch könnte uns bewußtmachen, daß wir geistig-seelisch in zwei verschiedenen Welten leben, und das hätte mit Sicherheit keine positiven Effekte auf unsere Gefühle füreinander.

Ich gehe in die Wohnung zurück und stelle das Radio an. Ein guter Sänger, den ich nicht kenne, singt einen Blues. Der Blues ist nicht gerade eine meiner beliebtesten Musikrichtungen, denn er ist Ausdruck des Leidens, aber wenn jemand ihn gut singt, kann ich mich seinem Bann nicht entziehen.

Wenn ich mich schlecht fühle, weil ich den Blues habe, kann ich keine Musik machen. Wenn ich leide, ist mir absolut nicht nach Singen und Gitarrespielen. Deshalb bin ich kein wirklicher Blues-Musiker, denn der spielt den Blues, um ihn loszuwerden – und wird ihn auch los, womit er einen Beweis für die These liefert, daß es möglich ist, den Teufel mit dem Beelzebub auszutreiben.

Es geschieht immer mal wieder, daß ich den Blues kriege. Nicht jeder Tag ist gut, und das ständige Umherreisen ist manchmal tückisch und rauh. Dann und wann brauche ich ein bißchen Geborgenheit oder Trost, wenn es nicht so gut läuft, weil jemand mich enttäuscht hat oder meine Sterne ungünstig stehen oder meine Biorhythmen in einer heiklen Phase sind. Aber kein Trost weit und breit, und ich liege allein auf einer von schon zu vielen Leuten benutzten Matratze in einem renovierungsbedürftigen Zimmer einer öden Herberge. In einem solchen Zustand finde ich keine Hilfe in der Musik. Dann hilft nur Gelassenheit und Geduld. Ich liege einfach da, starre Löcher in die Tapete, denke an gar nichts und warte darauf, daß dieses miese Gefühl der Traurigkeit, Schwäche und inneren Leere vorbeigeht. Es ist wie ein Schnupfen, es braucht seine Zeit, manchmal ein paar Stunden, manchmal ein paar Tage.

Ich betrachte meine gelegentlichen Blues-Anfälle als seelische Erkältungen. Nichts Chronisches, nichts Schlimmes, jeder hat seine schwarzen Tage. Ich kann mit meinen leben, denn ich habe eine robuste Lebensfreude in mir, die letztlich immer wieder die Oberhand gewinnt und mich auf meinen Weg zurückführt. Meine Lebensfreude würde ich für alles Geld der Welt nicht hergeben. Ohne sie wäre ich der zwischenmenschlichen Klimakatastrophe wehrlos ausgeliefert. Ohne sie würde der Blues wahrscheinlich zu meiner bevorzugten Musikrichtung.

Jemand, der Trübsinn mit Tiefsinn verwechselte, hat mich einmal gefragt, fast schon vorwurfsvoll: »Wie kannst du dich in einer so schlechten Welt so gut fühlen?«

»Du kannst in der Hölle glücklich sein und im Paradies Depressionen bekommen. Es liegt an dir – in dir«, habe ich ihm geantwortet.

Er sah mich befremdet an und schüttelte unwillig den Kopf.

Ich habe in meinem Leben schon viele solcher befremdeten Blicke gesehen, wenn ich sagte, was ich empfand oder dachte. Schon als ich noch ein Junge war, hatte ich damit öfter Probleme. Es ist nicht leicht zu akzeptieren, daß man das Leben anders sieht und empfindet als die Mehrheit, daß man ein Außenseiter ist. Man sucht nach Bestätigung, Anerkennung und erntet meistens nur Unverständnis und Kopfschütteln. Doch mit der Zeit lernt man damit zu leben.

Das Leben ist eine Wundertüte. Du findest darin die roten Wunder der Liebe und Freundschaft, die grünen der Hoffnung und Zuversicht, die goldenen der Freude und Schönheit, aber auch die blauen der Enttäuschung, des Verlustes, der Ernüchterung.

Ich lebe gern, weil in meiner Wundertüte die blauen Wunder bislang in der Minderzahl waren. Ich hatte Erlebnisse, die so überwältigend waren, daß sich der Versuch verbietet, sie in Worte zu fassen. Ich weiß, wie es ist, völlig verzaubert zu sein, auf einer Wolke zu schweben, bis in die Haarspitzen erfüllt von Glückseligkeit. Ich weiß, wie es ist, wenn man einander so sehr liebt, daß die Rhythmen der Herzschläge und Atemzüge unwillkürlich eins werden – in der Magie einer Umarmung, die keine Zeit kennt, keine Welt außer der des wunschlosen Glücks.

Ich lebe für einen guten Zweck: um möglichst glücklich zu scin. Das ist merkwürdigerweise sowohl ein egoistisches als auch ein altruistisches Motiv – denn du mußt glücklich sein, um andere glücklich zu machen, und du mußt andere glücklich machen, um glücklich zu bleiben.

Das mag banal klingen, aber die Wahrheit klingt oft banal.

Ich bin noch relativ jung, aber wenn Gevatter Tod heute an meine Tür klopfen würde, um mich abzuholen, könnte ich mir nicht vorwerfen, daß ich nicht gelebt habe, daß ich das Leben nicht geliebt habe. Wenn du das Leben nicht liebst, erkennst du nicht den unschätzbaren Wert des Geschenks, das dir gegeben wurde.

Am meisten Angst vor dem Sterben müßten eigentlich die Leute haben, die am wenigsten gelebt haben, die ihr Leben verpaßt, verspielt und nicht seinem ureigenen Sinn gewidmet haben, denn sie haben am meisten zu verlieren: eine Fülle von nicht genutzten Chancen.

Beim Frühstück überlege ich, was ich mit dem Tag anfangen könnte. Als ich gerade den Abwasch gemacht habe, klingelt es.

Es ist Jan!

»Hallo«, begrüße ich ihn mit einem Lächeln, schnappe mir seine Hand und ziehe ihn über die Türschwelle.

Er freut sich über den herzlichen Empfang, setzt sich und bringt mich gleich auf den aktuellen Stand der Dinge. »In einer Stunde fahre ich nach Ameland! Lindas Freundin vertritt mich im Buchladen. Ich habe schon das Hotelzimmer gebucht und meinen Koffer ins Auto gepackt. Drück mir die Daumen, daß ich gutes Wetter erwische. Ich will in der Sonne liegen, im Meer baden und die Seele baumeln lassen … Wahrscheinlich werden nostalgische Gedanken in mir aufsteigen, wenn ich am Strand spazierengehe. Ich war in den frühen Siebzigern zum ersten Mal auf Ameland, mit meinen damaligen Freunden. Das waren verdammt gute Zeiten damals, vielleicht die besten meines Lebens.«

»Ich hätte diese Zeit gern miterlebt. Es muß toll gewesen sein, damals.«

»Ja, das war es.« Jans Augen glänzen nostalgisch auf. »Es war eine Zeit, in der viele junge Leute erheblich mehr Interesse an Abenteuern, Selbsterfahrung, Kommunikation und Bewußtseinserweiterung hatten als an Ausbildung, Berufsalltag, Bausparplänen und Heiratswünschen. Das stinknormale Bürgerleben erschien ihnen als tragikomischer Holzweg. Für sie kam es darauf an, sich möglichst bunt, individualistisch und phantasievoll den verstaubten Zwängen, Ritualen und Normen einer Leistungsgesellschaft zu entziehen, die es sich geleistet hatte, sich am Leben vorbei zu entwickeln.«

Jan lächelt versonnen. »Und ich war einer von ihnen, auf meine Art. Jeder war er selbst, und trotzdem fühlten wir uns als Teil einer verschworenen Gemeinschaft. Man erkannte einander auf den ersten Blick und ging sensibel und offen miteinander um. Kommunikation wurde als ein Akt der Lebensfreude empfunden, des Improvisierens und Experimentierens, der Verbindung mit dem wahren Leben, das wir damals suchten – denn wir wußten, das gewöhnliche, sich in festen Bahnen bewegende Leben konnte auf keinen Fall das wahre sein. Wir verschlangen die Romane von Jack Kerouac, die Gedichte von Allen Ginsberg und die verrückten Geschichten von Richard Brautigan, hörten die Platten von Pink Floyd, Santana, The Doors, Cat Stevens und Bob Dylan.«

Jans Gesicht hat einen schwärmerischen Ausdruck bekommen: »Das waren aufregende Zeiten! Wir waren hungrig nach Leben und Liebe, nach neuen Erfahrungen, nach dem Unbekannten. Wir lasen mit Begeisterung Hermann Hesse, indische Weisheitslehrer und sammelten Erfahrungen mit Yoga und Meditation, als diese Begriffe noch Fremdwörter für den Massenmenschen waren. Es waren Jahre des inneren Aufbruchs, der Hoffnung auf eine bessere Welt. Jahre der Naivität, wenn du so willst. Oder auch Jahre der Weisheit, denn Naivität kann eine Form der Weisheit sein. Leider gingen sie viel zu schnell vorbei, und aus Individualisten wurden Konformisten, aus Rebellen wurden Mitmacher. Alle wurden sie zu Rädchen im Getriebe des Establishments, das sie so vehement verachtet hatten. Alle meine damaligen Freunde endeten im öden Hafen der Bürgerlichkeit. Einer wurde Beamter, andere wurden Lehrer, Werbetexter, Psychologen oder Unternehmer, und einer versackte sogar in der Politik. Es war traurig mit anzusehen, wie sie ihre Träume verrieten.«

»Das kann ich mir vorstellen. Und wie ist es dir ergangen?«

»Das siehst du doch. Ich verkaufe Bücher, die zum allergrößten Teil nicht lesenswert sind. Ich bin ein Teil der sozialen Maschinerie geworden. Ich habe wie alle Idealisten der siebziger Jahre erfahren, daß man von Luft und Liebe nicht leben kann. *All you need is love* klingt toll, man darf es nur nicht glauben … Heutzutage gibt es kaum noch Idealisten unter den jungen Leuten. Du bist wirklich untypisch für deine Generation! Du hättest dich wohler gefühlt Anfang der siebziger Jahre. Wir haben über Gott und die Welt geredet, aber auch viel geschwiegen und in die Tiefen der Stille im Raum hineingelauscht, in einer Art spontaner, gemeinsamer Meditation. Weißt du, wie toll es sein kann, im Kreis von lieben Menschen entspannt zu sitzen, sich rundum gut zu fühlen, die Augen zu schließen und einfach nur zu spüren, welche subtilen Energien sich entfalten, weil sie nicht totgeredet werden?«

Jans Augen glänzen, ein sanftes Lächeln liegt auf seinen Lippen. »Es war eine schöne Zeit, die mich seelisch geprägt hat. Abgesehen davon, daß auch ich mich dem Zwang des Gelderwerbs gebeugt habe, bin ich meinen damaligen Überzeugungen weitgehend treu geblieben. Ich habe keine Familie gegründet, keine Eigentumswohnung angezahlt, und du findest keine einzige Krawatte in meinem Kleiderschrank. Wenn ich eine Zeitmaschine hätte, würde ich mich so oft wie möglich in die frühen Siebziger zurückversetzen … Hat dir der Film *Die Weisheit der Unvernunft* gefallen?«

»Ja, das hat er. Hinter seinem beeindruckenden Bilderreichtum verbirgt sich eine uralte spirituelle Botschaft an die Menschheit: Ihr glaubt, ihr lebt, aber ihr schlaft in Wirklichkeit und träumt nur, daß ihr lebt.«

»Ja, so sehe ich es auch«, stimmt Jan mir zu. »Unser soziales und wirtschaftliches System saugt den Menschen aus, stiehlt ihm seine Wärme, seine Liebesfähigkeit, sein wirkliches Leben und gibt ihm dafür ein Scheinleben voller Sachzwänge, Pflichten und Streß, das er für das wahre Leben hält.«

»Erzähle das einem normalen Menschen«, behaupte ich, »und er erklärt dich für verrückt.«

»In einer verrückten Welt gelten die Verrückten als normal und die Normalen als verrückt.«

»Ist das von Goethe?« frage ich schmunzelnd.

»Garantiert nicht«, antwortet Jan grinsend und fährt sich über die spärlichen Haare, als wolle er sich vergewissern, daß sie noch da sind.

»Das Normale hat mir immer schon Angst und Schrekken eingejagt«, sinniert er. »Das Problem mit der Normalität besteht darin, daß es immer ein paar Leute gibt, die darüber entscheiden, was normal ist und was nicht. Aber wer sagt dir, daß diese Leute normal sind? An den Schulen des antiken Griechenland war es Usus, daß die Lehrer ihre männlichen Schüler sexuell beglückten, niemand nahm daran Anstoß, es gehörte quasi zur Schulbildung. Im vorrevolutionären Frankreich war es üblich, daß senile Adelige, die schon mit einem Bein im Grab standen, Mädchen im Alter von neun oder zehn Jahren heirateten, um sich für ihre letzten paar Jahre einen Jungbrunnen ins Bett zu holen. In den USA vor dem Bürgerkrieg war es gang und gäbe, Sklaven zu besitzen, die man ungestraft ausbeuten, peitschen oder umbringen konnte, wenn sie sich der Zwangsarbeit widersetzten oder aus ihrem Elend zu flüchten versuchten. Diese Liste ließe sich endlos fortsetzen, nicht nur mit historischen, sondern auch mit aktuellen Beispielen, die alle unter Beweis stellen, daß Normalität nur ein anderes Wort für die Interessen der Mächtigen ist. Normal ist, was den Herrschenden dient – solange sie herrschen. Wenn sie weg vom Fenster sind, gilt das einst Normale plötzlich als kriminell und verabscheuungswürdig. Das alles ist ziemlich trostlos und zeigt auf eindrucksvolle Weise, wie konfus und orientierungslos die Menschheit ist und schon immer war.«

Ich spüre, ich habe in Jan einen geistig-seelischen Bruder gefunden. Er sagt Dinge, die ich selbst so ähnlich schon gedacht oder gesagt habe, er bestätigt mich in meiner Sicht der Welt und der seltsamen Rasse namens Mensch, die sie beherrscht beziehungsweise verwüstet.

»Mich hat mal ein Typ in seinem Auto mitgenommen, mit dem ich mich während der Fahrt gut unterhalten habe«, erzähle ich. »Ein junger Psychologe, witzig und intelligent. Dem habe ich mit anderen Worten das erklärt, was du eben gesagt hast. Er hörte mir zu, schwieg eine Weile und fragte mich, ob ich eine tragfähige Alternative zu dem bestehenden System wüßte. Ich wußte keine. Und ich weiß auch heute keine.«

»Es gibt wohl keine«, brummt Jan. »Die Struktur unseres Zusammenlebens ist ein ausbruchsicheres Gefängnis, weil die absolute Mehrheit seiner Insassen es gar nicht als solches wahrnimmt. Und die wenigen, die es als solches erkennen, die bewußt Unangepaßten, die freiwilligen Außenseiter, sind zwar durch ihre Einsicht befreit, aber ihre Freiheit wird von den Unfreien nicht als solche erkannt. Und wenn sie Gefahr laufen, ihre Freiheit zu erkennen, flüchten sie so schnell wie möglich, um sich nicht ihre Unfreiheit eingestehen zu müssen, die sie tagtäglich verdrängen. *Das Heilende kann ein Gift sein, das nicht jeder erträgt*, sagt Jung.«

»Ja«, stimme ich ihm zu, »sie flüchten. Es gibt eine große Flüchtlingsbewegung auf der Welt, von der die Medien nie berichten, obwohl die allermeisten Menschen ihr angehören. Sie flüchten vor der Wahrheit über sich selbst, weil sie die Konfrontation mit ihr nicht ertragen können. Sie wollen sich nicht eingestehen, was das System aus ihnen gemacht hat. Was sie in ihrer Mutlosigkeit und Trägheit dem System erlaubt haben, mit ihnen zu machen.«

»Die Regisseure des Weltgeschehens haben die Menschen schon vor langer Zeit zu Statisten eines Horrorfilms gemacht«, sagt Jan, »wohl wissend, daß Menschen sich mit der Zeit an alles gewöhnen. Und so erscheint ihnen der Horror, in dem sie leben und der in ihnen lebt, längst als Normalität. Schlimmer noch, als Realität. Die Menschheit gleicht einem Schläfer, der seinen Alptraum für wirklich hält. Ein Dauerschläfer, der sich selbst daran hindert zu erwachen, weil er lange genug daran gehindert wurde. Aber man darf den seelenlosen Manipulatoren nicht die Schuld an allem geben. Ein Führer ist nichts ohne Anhänger, die sich führen lassen. Ein Herrscher ist nichts ohne Untertanen, die sich beherrschen lassen.«

»Das bedeutet ...«, fange ich einen Satz an, aber Jan nimmt mir das Wort aus dem Mund.

»Das bedeutet«, sagt er, »daß die Menschheit mitverantwortlich dafür ist, was sie ihren Führern und Verführern erlaubt hat, mit ihr und aus ihr zu machen. Sie läßt es zu, daß die Atmosphäre, in der sie lebt, immer mehr aus ihrem natürlichen Gleichgewicht gebracht wird, sie kollaboriert mit ihren Totengräbern – und ist noch stolz auf ihren vermeintlichen Fortschritt, den der amerikanische Dichter Cummings als *bequeme Krankheit* entlarvt hat. Es hat ihr schon immer an Mut, Rückgrat und Durchblick gefehlt. Sie hat zu wenig Liebe und zu viel Angst im Blut, zu viel Herdentrieb und zu wenig Persönlichkeit, zu viel Opportunismus und zu wenig Idealismus. Sie hat sich in Kriege gestürzt, für deren Greuel es keine Worte gibt. Sie steigert ihre fatalen Anstrengungen, ihren Lebensraum zu verwüsten. Ihr innerer Zustand offenbart sich in ihren Taten. Sie ist eine intelligent wirkende, aber dumm agierende Rasse, die sich in grotesker Eitelkeit für die Krone der Schöpfung hält. Nehme sie ernst, wer es noch kann! Sie existiert schon so lange und hat immer noch nicht verstanden, was es eigentlich ist, das Leben. Und sie hat die besten Chancen, es nie zu verstehen.«

Dem ist nichts hinzuzufügen. Jan hat recht, und es ist

mir auf eine angenehme Weise fast unheimlich, wie groß die weltanschauliche Übereinstimmung zwischen uns ist.

Die Zustände auf der Welt sind so traurig, daß ich mich manchmal wundere, warum ich überhaupt noch glücklich sein kann. Vielleicht, weil ich den Manipulatoren entkommen bin. Weil ich durch eine Lücke der Netze geschlüpft bin, mit denen sie die Seelen der Menschen fangen wie Fische. Frag mich nicht, wie ich das gemacht habe. Ich wollte mich einfach nicht fangen lassen.

Auf die Gefahr hin, daß es naiv klingt: Die Menschen sollten sich endlich ihrer seelischen Verwüstung stellen und konstruktive Konsequenzen ziehen! Die Ordnung der Manipulatoren ist mächtig, aber nicht allmächtig. Wer genug Mumm, Phantasie und Einsicht entfaltet, kann ihr widerstehen. Wer genug Geduld und Selbstvertrauen aufbringt, kann seine sabotierte innere Orientierung zurückgewinnen und sich von dem Zwang befreien, vor sich selbst davonzulaufen. Er kann sein verlorenes Leben wiederfinden.

Jan und ich sehen uns in dem intensiven Gefühl unserer geistigen Harmonie schweigend in die Augen, und ich spüre, daß unsere Seelen miteinander reden. Ich weiß nicht, was sie sich sagen, aber es ist etwas Wesentliches. Seelen sagen sich immer Wesentliches, wenn man sie zu Wort kommen läßt.

»Erzähl mir noch ein bißchen von damals«, bitte ich Jan schließlich, »von den frühen Siebzigern, als deine Haare noch voller waren.«

»Nicht nur meine Haare, auch das Reservoir meiner Hoffnungen und Träume. Wir glaubten in unserer damaligen Naivität, daß eine neue Zeit angefangen hatte, das Zeitalter des Wassermanns, daß sich das Bewußtsein der Menschen ändern würde und mit ihm die Welt.«

»Glaubten damals viele junge Leute daran?« frage ich.

Jan schüttelt den Kopf. »Die meisten waren genauso angepaßt, wie sie es heute sind, vielleicht nicht ganz so kraß. Aber nicht wenige ließen sich von der inspirierenden Aufbruchstimmung anstecken, die damals in der Luft lag, wenn auch auf unterschiedliche Weise. Die einen wollten sich selbst verändern, die anderen die Gesellschaft, das *System*, wie wir es damals nannten. Es gab auch welche, die es zu anstrengend fanden, selbständig zu denken, und sich irgendwelchen indischen Gurus anschlossen, sich Schreine mit deren Photos bastelten und von morgens bis abends erleuchtungsfördernde Räucherstäbchen abbrennen ließen. Ich gehörte zu denen, die ihr eigenes Bewußtsein verändern wollten. Wenn ich mich mit meinen Freunden traf, diskutierten wir nicht über politische Themen. Wir lebten einfach den Augenblick aus, so offen und intensiv wie möglich. Wir versuchten, dem wahren Leben auf die Spur zu kommen. Wir gingen hinter die Kulissen der Realität, wo wir das Geschwätz der ewigen Schauspieler nicht hörten.«

»Das hört sich richtig poetisch an.«

»Ich kann es auch prosaisch ausdrücken. Die meisten meiner Freunde waren Studenten, die wie ich ihr Studium nicht ernster als eben nötig nahmen. Wir hörten und machten viel Musik, trommelten uns mit marokkanischen Bongos in Ekstase, feierten ausgelassene Feten. Musik war unverzichtbar, sie war eine der tragenden Säulen unseres Lebensgefühls. Wir versuchten, aus jedem Zusammensein eine Feier werden zu lassen, etwas Einmaliges, Sprühendes, Unvergeßliches. Indem wir unsere Lebensfreude miteinander teilten, steigerten wir sie. Wir hatten keine Scheu davor, uns offen in die Augen zu sehen, wir waren experimentierfreudig, mutig und improvisationslustig. Improvisation war für uns der Weg ins wirkliche Leben, Planung und Übung schafften nur Künstlichkeit. Die Chancen des Augenblicks erkennen und sie leben – darauf kam es an ... Klar, es gelang uns nicht immer. Aber es gelang uns oft. Oft genug, um mir zu beweisen, daß Menschen sich gegenseitig unheimlich viel Freude, Glück und Einsicht schenken können, wenn sie mutig genug sind, über ihre seelischen Schutzmauern zu klettern.«

»Ich hätte diese Zeit gern miterlebt.«

»Dann wärst du jetzt so alt wie ich. Sei froh, daß du noch nicht so viele Jahre auf dem Buckel hast, auch wenn du unter der Fuchtel eines Zeitgeistes lebst, der weder besonders viel Zeit noch Geist hat.«

Jan gefällt mir immer besser. Er hat Charakter, er ist ehrlich, geistig unabhängig, ein sympathischer und vertrauenerweckender Freigeist, den ich gern meinen Freund nennen würde.

»Ach ja – es war ein schöner Traum damals«, sagt er, »nein, es war eine schöne Wirklichkeit, die wie ein Traum verging. Wir träumten von einem freien, selbstbestimmten Leben ohne Manipulation, Entfremdung, ohne Unterdrückung und Zwänge. Wir fühlten uns als Pioniere, als Wegbereiter eines neuen, besseren Lebensverständnisses und glaubten in unserer Blauäugigkeit, die Gesellschaft würde uns mit der Zeit schon folgen. Aber sie dachte nicht im Traum daran, sofern sie überhaupt träumen kann. Sie warf uns die Lassos ihrer Sachzwänge hinterher und zerrte uns in ihre seelentötenden Mechanismen.«

»Traurig«, sage ich.

»Ja, es endete traurig, aber es fing so gut an, als würde es nie aufhören. Wir waren keine wirklichen Blumenkinder, aber wir teilten manche ihrer Ideale. Wir entdeckten unsere Innenwelt, halfen uns gegenseitig dabei, mit viel Wärme, Sensibilität, mit Ehrlichkeit und einem Hauch Mystik. Natürlich hatten wir auch unsere Probleme und Konflikte miteinander, ich will unsere Kommunikation nicht schönreden. Aber wir wagten Nähe, wir riskierten Offenheit, und wenn wir mal auf die Nase fielen, versuchten wir uns so schnell wie möglich wieder aufzurappeln, anstatt in Selbstmitleid zu erstarren und uns Schutzpanzer zuzulegen, in denen letztlich genau das erstickt, was du zu schützen versuchst.«

Er blickt auf seine Uhr. »Es wird Zeit. Ich gehe jetzt noch in den Buchladen und verabschiede mich von

Linda, und anschließend fahre ich los«, sagt er und steht auf. »Manuel, das war wieder ein gutes Gespräch.«

Ich gehe mit ihm zur Tür, wünsche ihm eine gute Zeit auf der Insel und lege ihm beim Abschied die Hand auf die Schulter.

Ich kann toll mit Jan reden! Besser, als ich es mit Frauke je könnte, denn sie nimmt die Welt und die Zustände, wie sie sind, ohne sich zu fragen, warum sie so sind. Sie hat kein philosophisches Bewußtsein, kein Bedürfnis, hinter die Kulissen des globalen Theaters zu blicken, und ich finde das schade. Aber den Menschen, der alles hat, was ich gern an ihm hätte, werde ich wohl nie treffen.

Als ich einmal versuchte, Frauke behutsam zu erklären, daß ich die sogenannte Realität als ein Theaterstück empfinde, das die Menschen spielen, weil sie nicht wissen wollen, daß hinter den Kulissen des Theaters eine Wirklichkeit existiert, bremste sie mich mit den Worten: »Manuel, das ist mir zu hoch. Wir leben nicht in einer scheinbaren, sondern in einer sehr realen Welt. Und sie ist im Prinzip so, wie sie immer schon war. Es gibt die Reichen und Mächtigen, es gibt die Armen und Ohnmächtigen. Es gibt überall Hierarchien, Bosse und Angestellte, Generäle und Soldaten. Der Mensch braucht hierarchische Ordnungen und Gesetze, sonst würde ein unvorstellbares Chaos ausbrechen. Der Mensch braucht Verbote, Zwänge, Pflichten, festgelegte Funktionen. Wer würde sonst den Müll abholen? Wer würde öffentliche Toiletten reinigen?«

Auf gewisse Art hatte Frauke durchaus recht mit ihrer Argumentation, die jeder vernünftige Mensch als vernünftig empfinden würde. Da ich aber ein unvernünftiger Mensch bin, weil mir die Grenzen der Vernunft zu eng sind, fühlte ich mich unverstanden und spürte zugleich, daß jeder weitere Versuch, mich Frauke gegenüber verständlich zu machen, zum Scheitern verurteilt sein würde. Ich spüre schnell, wenn ich gegen eine Mauer rede.

Ich habe den Scheincharakter der sogenannten Realität durchschaut und das wirkliche Leben gesehen – oft genug, um mir meiner Sache sicher zu sein. Realität nenne ich das, was das Leben verhindert. Für Frauke ist diese Realität das Leben.

»Ich frage mich«, sagte Frauke noch und sah mich dabei etwas seltsam an, »warum du eigentlich nicht *mehr* aus deinem Leben machst. Du hast doch viel mehr drauf, als die Leute in den Einkaufspassagen für Kleingeld mit Songs zu unterhalten.«

Ich wußte nicht, was ich antworten sollte. Irgendwie enttäuschte mich ihre Frage, vor allem die darin enthaltene Geringschätzung meiner jetzigen Lebensweise, die mir als das Optimale erscheint, was ich zur Zeit aus meinem Leben machen kann.

Für Frauke stehe ich als Straßenmusiker wohl auf einer der untersten Stufen der sozialen Leiter. Sie erkennt nicht, daß ich überhaupt nicht auf dieser Leiter stehe, und zwar freiwillig. Ich stehe daneben, sehe mir mit einer Mischung aus Schrecken und Amüsement das wüste Treiben auf der Leiter an und stelle immer wieder fest, daß ich nicht daran teilnehmen will. Ich erwarte nicht viel von meinem Leben, aber meins soll es schon sein.

»Jeder Mensch hat sein individuelles Bedürfnisprofil«, erwiderte ich schließlich. »Ich habe ein besonders stark ausgeprägtes Freiheitsbedürfnis, was mich zu einem Antikarrieristen prädestiniert. Was in den Augen vieler Leute ein erstrebenswertes Leben ist, also ein guter Job mit Aufstiegsmöglichkeiten und so weiter, ist für mich ein verpaßtes Leben.«

Sie sah mich skeptisch an und sagte: »Vielleicht machst du dir was vor.«

Ich schüttelte den Kopf. »Nein, ich mache mir nichts vor und ich mache niemandem etwas nach.«

Das saß! Manchmal fallen mir die richtigen Worte zur richtigen Zeit ein, manchmal leider nicht.

Frauke verzog ihr Gesicht und ging ins Badezimmer. Unser Gespräch war damit beendet. Ich stand auf und setzte mich auf den Balkon.

Als ich zurückkam, habe ich versucht, mir meine Enttäuschung über ihre Äußerungen nicht anmerken zu lassen. Frauke ist hübsch und zärtlich, sie hat wunderschöne Augen und eine erotische Ausstrahlung, das ist viel auf einmal, sagte ich mir, da darf man nicht mehr verlangen – wie etwa spirituelle Offenheit, philosophische Leidenschaft, geistig-seelische Flugsehnsucht.

Aber frustriert war ich trotzdem, zumal ich einfach nicht mehr verdrängen konnte, daß wir in zwei verschiedenen Welten lebten, was uns in keiner Weise daran hinderte, tollen Sex miteinander zu haben. Im Grunde war es das, was uns zusammenhielt, die natürliche Harmonie zwischen unseren Körpern, die Ekstasen unserer Umarmungen – ein starkes und zugleich schwaches Band.

Ich weiß allerdings auch nicht, wer den Müll wegräumen und die öffentlichen Toiletten reinigen sollte, wenn alle Menschen frei wie die Vögel wären. Andererseits (und das hätte ich Frauke sagen sollen) würden wirklich freie Menschen solche Probleme in den Griff bekommen. Aber ich glaube (und deshalb habe ich nichts gesagt), daß die Menschheit niemals wirklich frei sein wird. Wahrscheinlich kann sie, so paradox und hoffnungslos das auch klingen mag, nur überleben, wenn sie sich um das wahre Leben betrügt. Vielleicht ist sie nur lebensfähig, solange sie nicht wirklich lebt.

Ich sehe auf die Uhr. Jan wird jetzt schon auf dem Weg zu seiner Insel sein.

Ein Blick in Fraukes so gut wie leeren Kühlschrank bringt mich auf die Idee, neuen Lebensmittelvorrat herbeizuschaffen, und so gehe ich in den Supermarkt an der Ecke und kaufe für uns ein. Nachdem ich den Kühlschrank aufgefüllt habe, mache ich den Abwasch und sauge den Teppichboden. Danach nehme ich mir vor, heute abend für Frauke ein delikates Abendessen auf den Tisch zu zaubern.

Aber was mache ich jetzt? Ich gehe auf den Balkon und rauche eine Entscheidungszigarette. Wenn ich nicht weiß, was ich unternehmen soll, ist das immer ein hilfreiches Ritual. Während ich den sich schnell verflüchtigenden Qualm betrachte, entschließe ich mich zu einem weiteren Ausflug in die Innenstadt, diesmal allerdings ohne Gitarre.

Vorsichtshalber nehme ich einen Regenschirm mit, da ich heute nicht euphorisch genug bin, um lächelnd im potentiellen Regen zu lustwandeln und *Raindrops keep falling on my head* zu singen.

Ungute Vorahnungen sind Wasser ins Feuer der Verliebtheit, und ich kann mich nicht so gut gegen sie wehren, wie ich es aus lebenskünstlerischen Erwägungen vielleicht sollte.

Als ich auf die Straßenbahn warte, erregt ein Teenie-Pärchen auf einer Bank auf der anderen Straßenseite meine Aufmerksamkeit, denn es küßt sich heiß und innig, zumindest sieht es auf den ersten Blick so aus. Ich freue mich über dieses rare Gastspiel leidenschaftlicher Liebe in der Öffentlichkeit, aber meine Freude endet abrupt in dem Augenblick, als die beiden sich voneinander lösen und ihre Köpfe zur Seite drehen, um den Speichel, den sie eben gemeinsam erzeugt und ausgetauscht haben, auf den Boden zu entsorgen – um sich dann, als sei nichts geschehen, weiter zu küssen oder das zu tun, was sie für Küssen halten.

Ein Gefühl von Ekel kommt in mir auf, und ich muß wegsehen. Von wegen leidenschaftliche Liebe! Ich hoffe, es gibt nicht viele Paare, die sich so küssen.

Die beiden Teenies auf der Bank an der Haltestelle (ich sehe inzwischen wieder hin, sie haben gerade wieder zeitgleich ausgespuckt) knutschen wohl nur aus Langeweile. Oder um es mal auszuprobieren. Um es so zu machen wie die Schauspieler in den Kinofilmen. Das Ausspucken ist ihre individuelle Note, gibt ihren Küssen das Unverwechselbare. Eins ist sicher: Sie lieben sich nicht, sonst würden sie nicht ausspucken. Liebende trinken ihre Küsse! (Vielleicht haben diese irgendwie widerlichen Teenies gelesen, daß bei jedem Kuß krankheitserregende Substanzen ausgetauscht werden – und sind, zur Freude der Krankenkassen, nur um ihre Gesundheit besorgt. *Safer kissing*, ist das der neue Trend?)

In der Straßenbahn halte ich vergeblich nach einer für mich liegengelassenen Zeitung aus. Vielleicht habe ich auf der Rückfahrt mehr Glück. So richtig Lust, mich wieder in das seelenlose Getümmel der Innenstadt zu stürzen, habe ich eigentlich nicht, aber das ist immer noch ein kleineres Übel, als in Fraukes Wohnung zu sitzen und auf ihre Rückkehr zu warten.

Aber dann gefällt es mir in der Stadt auch nicht. Die Passanten mit ihren zeitsparenden Schritten und vermauerten Blicken ermüden und deprimieren mich. Alles dreht sich hier nur ums Kaufen und Verkaufen, und die daraus entstehende und alles durchdringende Atmosphäre hat mich schon immer angeödet.

Verzweifelt suche ich nach Straßenmusikern, aber die tiefliegende, dunkelgraue Wolkendecke scheint sie abzuschrecken. Es gibt Tage, die mit dem linken Fuß aufgestanden sind, die etwas an sich haben, das den Menschen nicht bekommt – etwas Leeres, Entmutigendes, das sie lustlos und verschlossen macht, und heute ist so ein Tag.

Nach einer halben Stunde setze ich mich wieder in die Bahn und fahre resigniert zurück. Gegen einen solchen Tag ist kein Kraut gewachsen. Da gibt es nichts zu erleben, die Türen ins Unverhoffte sind verriegelt, an ihnen zu rütteln wäre bloße Zeitvergeudung. Die Leute sind kontaktunfreudig, ihre Blicke kurz und abweisend, jeder scheint tief in unlösbare persönliche Probleme verstrickt zu sein. Wenn man keinen Menschen hat, mit dem man sich vor der omnipräsenten Negativatmosphäre hinter einer Wand aus Wärme und Nähe verstecken kann, bleibt nur die Flucht in die Musik oder in ein gutes Buch.

Und so sitze ich nun wieder auf Fraukes Couch, und auf dem Tisch liegen fünf Romane, die ich mir aus ihrem Regal herausgefischt habe.

Die meisten Bücher sind bekanntlich nicht lesenswert. Ein lesenswertes Buch zu finden ist also Glückssache, und man darf auf der Suche nach den guten Büchern nicht zu viel Zeit mit der Ausmusterung der schlechten verlieren.

Ich gebe jedem Buch eine faire Zehn-Prozent-Chance. Wenn es mich nach zehn Prozent seiner Seitenzahlen in den Bann gezogen hat, lese ich es treu bis zum Ende. Wenn nicht, kommt es in die Kiste der Dinge, die nicht mehr gebraucht werden.

Es ist wie verhext, keiner der fünf Titel fesselt mich, und so habe ich rund hundert Seiten gelesen, ohne mehr davon gehabt zu haben als die Gewißheit, daß ich meine Zeit vergeudet habe.

Ich lege eine CD aus Fraukes Sammlung in den Player und nehme sie nach dem zweiten Song wieder heraus.

Offensichtlich gönnt das Leben mir heute keine inspirierende Ablenkung von der düsteren Tagesatmosphäre. Will es mich zum Grübeln zwingen? Ich denke oft genug nach und bin mir keines Nachholbedürfnisses bewußt.

Mein Blick fällt unwillkürlich auf den Wecker auf dem Nachttisch. Es ist kurz vor eins, also müßte Linda gleich ihre Mittagspause beginnen.

Spontan verlasse ich die Wohnung und mache mich auf den Weg zu dem Eckladen mit dem naheliegenden Namen *Buchecke*. Nach der zufälligen Begegnung mit Linda in der Innenstadt bin ich neugierig auf sie geworden.

Ich komme gerade rechtzeitig. Als ich den Laden erreiche, verabschiedet sie sich mit einer Umarmung von einer rothaarigen Frau, wahrscheinlich ihrer Freundin. Dann schließt sie die Tür ab, dreht sich um, sieht mich auf sie zukommen – und lächelt.

»Hallo, Manuel«, begrüßt sie mich, »ich wußte, daß wir uns wieder treffen würden.«

Es ist mir unmöglich, ihr Lächeln nicht zu erwidern. »Aber diesmal ist es kein Zufall. Ich weiß, daß ihr den Laden zwischen eins und drei schließt, und möchte dich fragen, ob ich dich zum Essen einladen kann.«

»Gern«, sagt sie spontan. »Fünf Minuten von hier gibt es einen guten Italiener. Gehen wir dorthin?«

Und schon sitzen wir in dem italienischen Restaurant an einem blumengeschmückten Fenstertisch und sehen uns in die Augen, während der fröhliche, schmalzlockige, authentisch italienisch aussehende Kellner der Romantik zuliebe die Kerze auf unserem Tisch anzündet.

Linda hat schöne klare Augen, die, wenn sie der Spiegel ihrer Seele sind, eine schöne Seele widerspiegeln. Ich frage mich, wie alt sie wohl sein mag. Sie scheint mir höchstens dreißig zu sein, aber dann wäre sie zwanzig Jahre jünger als Jan, und das ist schon ein großer Altersunterschied.

»Was beschäftigt dich?« fragt Linda, die nicht nur einen schönen, sondern auch aufmerksamen Blick hat.

»Eine Frage, deren Taktlosigkeit mich daran hindert, sie zu stellen.«

Sie muß grinsen.

»Jan ist auf dem Weg nach Ameland«, sage ich. »Warum bist du nicht mitgefahren?«

»Jemand muß sich um den Laden kümmern«, antwortet sie, »und am Wochenende bekomme ich Besuch von meiner Schwester. Ich glaube, die Tage auf der Insel werden Jan guttun. Er mußte einfach mal raus aus dem Alltagstrott. Entspannen und zu sich kommen. Er ist nicht jemand, der sich einsam fühlt, wenn er ein paar Tage allein ist.«

»Ich bin froh, daß ich ihn kennengelernt habe«, sage ich.

Der fröhliche italienische Kellner tänzelt herbei und fragt uns nach unseren Wünschen. Er wirkt, als sei er noch nie unglücklich gewesen, als sei das Leben ein einziger Grund zur Heiterkeit. Vielleicht ist er verliebt. Von verliebten Kellnern droht kein Ungemach, im Gegensatz zu verliebten Köchen.

Linda bestellt eine Pizza, ich entscheide mich für Pasta. Er nimmt unsere Bestellung so euphorisch entgegen, als hätten wir ihm damit eine große persönliche Freude gemacht.

»Wenn es hier so gut schmeckt, wie der Kellner drauf ist, wird es ein phantastisches Essen«, prophezeie ich. »Wie war es heute morgen im Buchladen?«

»Relativ ruhig, es kamen nicht so viele Kunden, und so konnte ich ein paar Neuerscheinungen auf die Tische legen. Wir können uns vor lauter Neuerscheinungen nicht mehr retten. Die Kurzlebigkeit unserer Zeit hat längst auch den Buchhandel erfaßt. Die Bücher, die im Frühjahr herauskommen, sind im Herbst schon Schnee von gestern ... Jan hat mir erzählt, daß du letzte Woche unser Gespräch auf dem Balkon mitbekommen hast.«

»Mehr oder weniger unfreiwillig«, sage ich, »und es hat mir einen ziemlich falschen Eindruck von Jan vermittelt, von euch beiden. Ich habe euch für ein festgefahrenes altes Paar gehalten und Jan für einen wehleidigen armen Kerl.«

Linda lacht wieder. Ich mag ihr Lachen. »Und wie siehst du ihn jetzt?«

»Er ist sympathisch, offen, vertrauenerweckend und der beste Gesprächspartner, den ich seit langem hatte. Wenn ich mit ihm rede, vergesse ich die Zeit, und ich fühle mich getragen von einer Welle geistiger Harmonie.«

»Ja«, sagt Linda, »man kann wunderbar mit ihm reden. Und auch schweigen. Ich bin auch froh, daß ich ihn kennengelernt habe.«

Mich interessiert immer, wie Liebespaare sich gefunden haben, also frage ich Linda danach.

»Auf sehr originelle Weise, allein schon vom Outfit her«, sagt sie grinsend. »Er trug ein gelbes T-Shirt, Turnschuhe, Jeans und darunter rote Boxershorts. Und ich war nackt.«

»Wie konntest du erkennen, daß er unter den Jeans rote Boxershorts trug?«

»Weil er sie auszog. Seine Jeans«, antwortet sie.

Der Kellner bringt uns die bestellten Getränke, wir trinken auf Jan, und ich bin gespannt auf die Fortsetzung ihrer Erzählung.

»Es war im Sommer, an einem Badesee am Stadtrand«,

sagt Linda. »Ich war mit dem Rad hingefahren, lag schon eine Weile am Ufer, allein an einer kleinen Sandbucht, und aalte mich in der Sonne. Bevor ich ins Wasser ging, zog ich mir den Bikini aus, weil ich am liebsten nackt schwimme, was an diesem See auch möglich war. Ich blieb ziemlich lange im Wasser, und als ich wieder zu meinem Badetuch gehen wollte, stellte ich fest, daß es nicht mehr da war. Ich war schockiert und schrie irgendeinen Fluch, denn auch alle meine Klamotten, inklusive Bikini, waren verschwunden. Nur meine Handtasche lag noch da. Und mein Fahrrad hatte man mir auch gelassen. Ich schaute in die Tasche – nichts fehlte, nicht mal eine Münze im Portemonnaie. Es war also kein gewöhnlicher Diebstahl, sondern ein Streich, den ich einem perversen Kerl zu verdanken hatte, der wahrscheinlich in irgendeinem Gebüsch hockte und sich über meine Empörung amüsierte.«

»Und sich an deiner Nacktheit weidete«, ergänzte ich.

»Und sich den Bauch vor Lachen darüber hielt, daß mir nichts anderes übrigblieb, als nackt mit dem Fahrrad nach Hause zu fahren«, ergänzte Linda. »Aber es kam anders. Mein Empörungsschrei hatte einen anderen Mann alarmiert, der sich durch die Gebüsche am Ufer zwängte und mich fragte, ob alles in Ordnung sei. Ich erklärte ihm mein Mißgeschick, und er zog sich Jeans und T-Shirt aus und reichte mir beides wortlos. Ich zog seine Sachen an. Die Jeans waren zu groß, aber saßen fest, als ich den Gürtel enger schnallte, das T-Shirt war ein bißchen schlabberig, aber ich fühlte mich auf wunderbare Weise aus meinem Dilemma gerettet und sah mir meinen Retter, der in Turnschuhen und Boxershorts vor mir stand, genauer an. Er grinste und sagte: ›Ich habe dir soeben mein letztes Hemd und meine letzte Hose gegeben.‹ Ich mußte lachen, während dem Spanner, der mir die Klamotten geklaut hatte, in seinem Gebüsch wohl das Lachen vergangen war. ›Ich heiße Jan‹, stellte er sich vor und streckte mir seine Hand entgegen.«

»Offensichtlich eine schicksalhafte Begegnung«, konstatiere ich.

»Ja, das sollte wohl alles so kommen«, stimmt sie mir zu. »Ich nahm Jans Hand, drückte sie herzlich und verriet ihm meinen Namen. Auf meine Frage, wann und wo ich ihm seine Sachen zurückgeben könnte, nannte er mir seine Adresse. Wir stellten fest, daß wir im selben Stadtviertel wohnten, also radelten wir erst zu seiner Wohnung, in die er kurz ging, um sich etwas mehr anzuziehen. Dann fuhren wir zu mir, und ich lud ihn zu einem Drink ein. Zum einen, um mich zu bedanken, zum anderen, weil er mir auf den ersten Blick sympathisch gewesen war. Seit diesem Tag sind wir ein Paar.«

»Bist du nie auf den Gedanken gekommen, daß Jan Dieb und Retter in einer Person gewesen sein könnte?« spreche ich einen Gedanken aus, dessen Brisanz ich mit einem Augenzwinkern abmildere.

»Ja, bin ich. Aber Jan wäre zu so etwas gar nicht imstande, dafür ist er zu anständig, zu ehrlich. Er ist damals auf dem Feldweg geradelt, der sich um den See schlängelt, und hat meinen Empörungsschrei gehört. Er hat mir später einmal gesagt, es sei der Schrei seines Lebens gewesen.«

Leichthändig und mit entzückter Miene stellt der Kellner unsere Mahlzeiten auf die blütenweiße Tischdecke und wünscht uns auf italienisch einen guten Appetit. Dann geht er ab und beginnt plötzlich vor sich hin zu singen, irgendeinen italienischen Schlager, und eigentlich singt er gar nicht schlecht.

Linda und ich grinsen uns amüsiert an. Ein gutes Gespräch, ein leckeres Essen, Kerzenlicht und spontaner italienischer Gesang an einem grauen Tag – was will man mehr?

»Jan hat mir später gesagt, es sei ihm unmöglich gewesen, sich nicht auf den ersten Blick in mich zu verlieben. Ich habe etwas länger gebraucht.«

»Er hatte ja auch einen besonderen, einen beneidenswert besonderen ersten Blick auf dich. Dieser Typ, der dir deine Klamotten geklaut hat, war eindeutig ein übler Zeitgenosse, aber mit seinem Diebstahl hat er unfreiwillig etwas Gutes bewirkt: Er hat Jan und dich zusammengeführt. Das ist der Segen der bösen Tat.«

»Ja«, sagt Linda, »ich bin ihm auch dafür sehr dankbar. Ich werde diesen Tag am See nie vergessen, zumal es mein dreißigster Geburtstag war.«

Linda ist also schon vierzig! Ich kann es nicht fassen. Das muß ich erst mal sacken lassen. Diese Frau ist ein beeindruckendes Argument gegen die These, daß Attraktivität und Ausstrahlung Privilegien der Jugend sind!

Wir essen schweigend, weil ich mir meistens auf die Lippen oder Zunge beiße, wenn ich beim Essen rede, und Linda hat ein ähnliches Problem oder gehört einfach zu den Menschen, die gern schweigend ihre Mahlzeiten genießen. Und durch den Raum gleiten immer mal wieder die fröhlichen Schallwellen italienischer Lieder.

Beim Dessert gestehe ich Linda: »Wenn ich dich ansehe, kann ich nicht nachempfinden, daß Jan sich nach jungen Frauen sehnt.«

»Ach, das hat mehr mit ihm als mit mir zu tun. Es ist wohl ein typisch männliches Problem. Er ist halt in die Jahre geraten, in denen viele Männer so etwas wie Torschlußpanik bekommen. Ich verstehe seine Sehnsucht und habe auch kein Problem damit, zumal er ihr keine Taten folgen läßt. Er ist schon ein Treuer.«

»Ihr seid ein richtig gutes Paar«, stelle ich fest.

Sie lächelt und nickt. »Ja, das sind wir, auf unsere Weise. Und wie läuft es mit Frauke?« fragt sie. »Jan hat gesagt, du bist sehr verliebt.«

»Ja ...«, antworte ich ohne rechte Begeisterung.

»Aber?« hakt sie nach.

»Na ja, am Wochenende hat sie eine Neckerei von mir in den falschen Hals bekommen, und seitdem ist alles nicht mehr so wie am Anfang, obwohl es schon wieder etwas besser geworden ist.«

»Oh, schade. Aber bestimmt wird es wieder gut.«

»Hm«, mache ich, »ich weiß nicht. Ich glaube, ich werde nie erleben, was du mit Jan hast, obwohl ich es gern würde.«

»Warum denkst du so?«

»Ich bin wohl für das tägliche Miteinander nicht geeignet. Ich fürchte den Alltag, der den Gefühlen die Intensität nimmt, den Gesprächen die Spannung, den Geschehnissen das Überraschende.«

»Ich fürchte ihn auch«, sagt Linda, »denn er ist mächtig. Aber er ist nicht unbesiegbar. Er kann seinen Staub auf die Liebe rieseln lassen, aber wenn sie sich oft genug wäscht, verfehlt er sein Ziel.«

»Ihr habt also eine Liebe, die sich gewaschen hat«, gehe ich meiner Neigung zu Wortspielen nach.

»Und die sich regelmäßig wäscht. Es kommt einfach darauf an, sich immer aufs neue bewußtzumachen, daß es nicht selbstverständlich ist, daß man sich schon so lange liebt, daß man schon zehn Jahre zusammenlebt. Man muß versuchen, den anderen immer aufs neue zu entdecken. Es ist ein Geschenk, und nur wenn man sich dessen bewußt ist, wird es ein Geschenk bleiben.«

Linda beeindruckt mich. Ihr hübsches Gesicht, ihre klaren Augen haben mich in den Bann gezogen. Ich kann mir vorstellen, daß ich mich in sie verlieben könnte, was ich aber nicht tun würde, da sie Jans Freundin ist und ich Jan inzwischen als einen Freund empfinde. Und in die Freundin eines Freundes verliebt man sich nicht. (Zumindest tut man alles, um dies zu verhindern. Und wenn alle Gegenmaßnahmen wirkungslos bleiben und man sich trotzdem verliebt, dann ist es eben Schicksal.)

Wir verlassen das Restaurant in guter Stimmung und gehen mit langsamen Schritten zum Buchladen zurück. Ich fühle mich sehr wohl in Lindas Gegenwart – und stelle fest, daß ich mit ihr unverhofft eine Wand aus Wärme und Nähe gefunden habe, hinter der ich mich vor der tristen Atmosphäre dieses Tages verstecken kann.

Vor dem Buchladen bleiben wir stehen und sehen uns in die Augen.

»Es war ein schönes Gespräch und ein gutes Essen. Dank dir für die Einladung«, sagt sie und schenkt mir ein charmantes Lächeln.

»Ich danke *dir*. Du hast mich vor einem Tag gerettet, den ich fast schon aufgeben wollte.«

Wir umarmen uns kurz, aber herzlich, sie schließt den Buchladen auf und geht hinein. Ich bleibe vor der Glastür stehen, die sich hinter ihr schließt. Nach ein paar Schritten bleibt sie stehen, dreht sich um und winkt mir zu.

Ich winke zurück.

Frauke wird erst in vier Stunden nach Hause kommen. Mir fällt ein uralter Song der englischen Band The Kinks ein, den ich ihr unbedingt vorspielen sollte: *So tired, tired of waiting, tired of waiting for you.*

Ich habe keine Lust, in ihre Wohnung zurückzugehen, und schlage impulsiv den Weg zum Park ein.

Als ich in seine friedliche Atmosphäre eintauche, in der die Großstadtgeräusche verstummen und einer wohltuenden Stille weichen, stelle ich zu meiner Freude fest, daß der große Stadtgarten so gut wie menschenleer ist.

Es zieht mich zu dem Platz am Ufer eines der kleinen Seen, an dem ich letzte Woche das unverhoffte Gefühl perfekten Friedens und wunschlosen Glücks genossen habe – vielleicht in der Hoffnung, dieses wunderbare Empfinden noch einmal nacherleben zu können, zumindest einen Hauch davon.

Als ich die Stelle erreiche, sitzt dort ein älterer Mann, hockt völlig bewegungslos im Gras, läßt den Kopf hängen und strahlt maßlose Traurigkeit aus.

Normalerweise suche ich nicht den Kontakt zu deprimierten Menschen, aber etwas an diesem Mann berührt mich in besonderer Weise, setzt irgend etwas in mir in Bewegung. Dennoch frage ich mich, warum ich nach kurzem Zögern auf ihn zugehe. Vielleicht, weil er an derselben Stelle so bedrückt sitzt, wo ich letzte Woche so beglückt saß?

Er scheint meine Schritte nicht zu hören. Ich bleibe stehen und frage mich, ob es wirklich richtig ist, meinem Impuls zu folgen und ihn anzusprechen. Unentschlossen stehe ich ein paar Meter hinter ihm und blicke auf sein schütteres graues Haar. »Seltsam«, höre ich mich sagen, »genau dort, wo Sie sitzen, habe ich vor ein paar Tagen gesessen.«

Der Mann verharrt in seiner Erstarrung, als hätte er

meine Worte nicht gehört – als hätte ich sie nicht einmal gesagt. Er will offensichtlich nicht gestört werden.

Warum gehe ich nicht weiter? Warum sage ich: »Manchmal kann ich nicht einfach an einem Menschen vorbeigehen, wenn ich das Gefühl habe …«

Zu meiner Überraschung bewegt er sich. Langsam (als würde er aus einem inneren Schlaf erwachen) wendet er sich mir zu, sieht mir aber nicht in die Augen und fragt mit matter Stimme: »Was für ein Gefühl?«

Ich zucke mit den Schultern. In diesem Moment kommt es mir nicht richtig vor, daß er sitzt und ich stehe, also hocke ich mich zu ihm ins Gras und antworte: »So ein Gefühl, daß ich irgendwie helfen könnte – daß ich helfen *müßte*.«

»Gefühle können täuschen«, murmelt er mit unbewegter Miene.

»Sicher«, stimme ich ihm zu. »Aber das ist kein Grund, ihnen nicht zu folgen.«

Er sieht mir zum ersten Mal in die Augen, mit einer tiefen Traurigkeit, die mich gleichzeitig erschreckt und berührt. »Warum sprichst du mich an? Du hast dein Leben noch vor dir, ich habe meins hinter mir.«

»Wie meinen Sie das?«

»Willst du es wirklich wissen?«

»Ja.«

»Vor zwei Wochen starb Amelie bei einem Unfall. Und ich starb innerlich mit ihr. Wir waren dreißig Jahre lang ein Liebespaar – nicht nur Eheleute. Wir waren glücklich miteinander. Am Ufer dieses Sees haben wir gern gesessen. Deshalb bin ich heute hier.«

Er spricht leise, langsam, monoton.

»Meine Freunde versuchen, mir zu helfen. Wenn ich ihnen sage, daß ich tot bin, antworten sie mir, das Leben gehe weiter. Das Leben geht aber *nicht* weiter, weil ich den einzigen Menschen verloren habe, den ich wirklich geliebt habe, mehr als alles auf der Welt ... Sie alle meinen es gut mit ihren Ratschlägen, aber es wäre besser, sie würden mich in Ruhe lassen. Und jetzt kommst du, ein Fremder, und bietest mir deine Hilfe an. Willst du mir auch sagen, daß das Leben weitergeht?«

Es fällt mir schwer, der Traurigkeit in seinen Augen standzuhalten. Er ist vielleicht sechzig und hat ein feingeschnittenes und zugleich markantes Gesicht.

»Nein«, antworte ich, »das will ich Ihnen nicht sagen. Nur – manchmal kann ein Fremder helfen. Gerade, weil er ein Fremder ist ... Lohnt es sich nicht, für die Erinnerung an dreißig glückliche Jahre zu leben? Für die Hoffnung, daß Liebe stärker sein könnte als der Tod?«

Er sieht mich eine Weile an und sagt schließlich. »Du denkst mit dem Herzen ... Du könntest mein Sohn sein, und wenn du es wärst, wäre ich stolz auf dich. Aber Amelie und ich wollten keine Kinder, unsere Liebe hat uns immer ganz erfüllt.«

Ich bekomme ein warmes Gefühl im Bauch. Daß er stolz auf mich sei, hat mein eigener Vater nie zu mir gesagt.

»Ich danke dir für deine Hilfsbereitschaft, so etwas ist heutzutage selten. Aber du kannst mir nicht helfen. Niemand kann mir helfen. Es gibt einen Tod vor dem Tod, den Tod des Herzens. Danach lebt man nicht mehr wirklich. Man steht morgens auf und geht abends ins Bett, man ißt und trinkt, aber man weiß nicht mehr, welchen Sinn das alles noch hat. Man weiß nur, daß es so bleibt, daß sich nichts ändern wird.«

»Alles ändert sich«, sage ich leise.

Er schüttelt den Kopf. »Manches nicht. Dies nicht ... Und ich habe ihr noch einen Tag vor der Reise gesagt, sie solle mit der Bahn fahren. Nimm einen Zug, Amelie, da kannst du während der Fahrt ein Buch lesen, habe ich ihr gesagt, aber sie wollte lieber das Auto nehmen. Wenigstens hat sie nicht gelitten. Sie war auf der Stelle tot.«

Er atmet tief durch und legt eine Hand auf sein Herz, wie um zu fühlen, ob es noch schlägt.

Ich muß schlucken und weiß nicht, was ich sagen soll. Daß es mir leid tut? Das sagt man oft in solchen Situationen, es ist erste Wahl im üblichen Reaktionsrepertoire, aber man sollte lieber schweigen und den anderen fühlen lassen, was man fühlt. Ich empfinde Mitleid mit diesem armen Mann, bin entsetzt von der Brutalität, mit der das Schicksal ihn zu Boden geschmettert hat. Und ich frage mich, wer ich bin, daß ich glaube, ihm helfen zu können. Ich werde aufstehen und schweigend weitergehen, denn alle weiteren Worte von mir würden hohl, wenn nicht sogar schmerzhaft für ihn klingen. Seine Trauer ist ein

Zustand, in dem jedes noch so gut gemeinte Wort sich in ein Salzkorn verwandelt, das in eine offene Wunde fällt.

Gerade als ich aufstehen will, sagt er: »Mein Arzt hat mich arbeitsunfähig geschrieben. Diagnose: Posttraumatische Depression. Er hätte mich lebensunfähig schreiben sollen … Ich habe nicht geahnt, wie leblos und verloren man sich fühlen kann. Als stände man ganz allein auf einer grenzenlosen Schneedecke, umgeben und durchdrungen von eisiger Leere.«

Er wendet sich von mir ab und legt die Hände auf sein Gesicht.

Ich stehe impulsiv auf, gehe zu ihm und lege meine Hand auf seine Schulter. Er zuckt zusammen, aber läßt meine Berührung zu. Ich spüre überrascht, wie plötzlich ein warmer Strom durch meine Hand in seinen Körper fließt – und weiß, warum ich ihn angesprochen habe. Eine höhere Macht, die mich gelegentlich als Instrument ihres unergründlichen Wirkens einsetzt, hat mich zu ihm geführt. Sie wollte, daß ich diesem Mann die Hand auflege, um ihm durch meine Berührung etwas zu senden, was er brauchte: vielleicht einen Anflug von Hoffnung, einen Hauch von Zuversicht.

Etwa nach einer Minute ziehe ich meine Hand zurück.

Der Mann wendet sich mir zu, Verwunderung in seinen Augen. »Was hast du gerade gemacht?« fragt er.

»Ich weiß es nicht. Ich glaube nicht, daß *ich* etwas gemacht habe. Ich war nur der Bote.«

Zu meiner Überraschung scheint er zu verstehen.

Zumindest nickt er, und einen Moment lang glaube ich, einen Funken von Hoffnung in seinen Augen zu sehen. Aber vielleicht täusche ich mich.

Ich verabschiede mich wortlos von ihm und gehe weiter.

11

Ein Unglück kann sich
als Glück herausstellen,
ein Glück kann Unglück bringen.
Das Schlechte kann den Weg
ins Gute öffnen,
das Gute kann schlecht werden.
Gewiß ist nur die Ungewißheit,
verläßlich allein der Wandel.

Das Leben weiß es besser als wir –
es sei denn, wir sind eins mit ihm.

Gegen sieben Uhr kommt Frauke nach Hause. Irgend etwas an ihrem Blick ist seltsam, und da ist ein unangenehmer, herber Geruch in ihrem Haar, den ich noch nie an ihr wahrgenommen habe.

»Ich gehe duschen«, sagt sie und löst sich schnell aus unserer Begrüßungsumarmung.

Als sie die Badezimmertür hinter sich schließt, identifiziere ich den Geruch im nachhinein. Er stammt eindeutig von einem Herrenparfüm. Unter welchen Umständen hat Fraukes Haar diesen Geruch angenommen? Soll ich sie danach fragen? Ich beschließe, nichts zu beschließen und aus dem Augenblick heraus zu handeln.

»Wie war dein Tag?« frage ich sie, als sie aus dem Bad zurückkommt und sich zu mir an den Tisch setzt.

»Leider nicht so effizient, wie ich es mir vorgestellt habe. Ich bin nicht fertig geworden mit dem, was ich mir vorgenommen hatte. Morgen um elf muß ich das Referat halten. Das heißt, ich muß noch weiter daran arbeiten.«

»Den ganzen Abend lang?«

»Ja. Ich schätze, so bis Mitternacht.«

Ich kann meine Enttäuschung nicht verbergen. »Ich habe eingekauft und wollte etwas Leckeres für uns kochen.«

»Lieb von dir«, sagt sie und schenkt mir ein Lächeln, »aber laß uns das auf morgen verschieben. Heute geht es einfach nicht.« Sie steht entschlossen auf. »Tut mir leid, Manuel. Ich werfe jetzt die Kaffeemaschine an und setze mich an den Computer.«

Ich höre sie in der Küche hantieren, während der Frust an mir nagt. Besteht vielleicht ein direkter Zusammenhang zwischen der mangelnden Effizienz ihrer Vorbereitung auf ihr Referat und dem herben Geruch in ihrem Haar?

Ich habe keine Lust, ihr den ganzen Abend beim Arbeiten zuzusehen und einen Verdacht in mir rumoren zu spüren, den ich nicht aussprechen mag. Also gehe ich zu ihr in die Küche und verkünde spontan: »Ich stürze mich ins Abendleben.«

»Okay«, murmelt sie geistesabwesend, während die Kaffeemaschine blubbert. »Dann bis später.«

Traurig folge ich meinem Impuls, möglichst schnell die Wohnungstür von außen zu schließen, um der beklemmenden Atmosphäre zu entkommen.

Auf diesen Abend hatte ich mich definitiv zu früh gefreut.

Die Dinge verändern sich. Doch manchmal verändern sie sich so schnell und so enttäuschend, daß es eine Kunst ist, sich darauf einzustellen. Eine Kunst, die ich noch nicht so gut beherrsche, wie ich es gern würde.

Auf dem Weg zur Straßenbahnhaltestelle versuche ich mit wechselhaftem Erfolg, meinen mißtrauischen Gedanken die Aufmerksamkeit zu verweigern. Haare nehmen schnell Gerüche an. Vielleicht hat Frauke in der Unibibliothek neben einem Kommilitonen gesessen, der sich zu viel Duft auf die Haut getan hatte? Man soll nicht immer gleich das Schlimmste denken.

Doch der herbe Geruch, an den ich nicht mehr denken will, verfolgt mich. In der Bahn setzt sich an der ersten Haltestelle ein Mann in meinem Alter neben mich – und riecht nach einem Herrenparfüm, dessen Wirkung an olfaktorische Umweltverschmutzung grenzt. Unverzüglich wechsele ich den Sitzplatz.

Ich steige in dem Stadtviertel aus, wo abends am meisten los ist. Hier sind die angesagten Kneipen, Cafés, Kinos und Diskos, hierhin zieht es die Nachtschwärmer, Kontaktsuchenden, Erlebnishungrigen und Frustrierten, die auf einen *Kick* hoffen. Hier tummeln sich die Alltagsflüchtlinge, auf der Jagd nach dem prickelnden Flirt, dem diskreten *One-night-stand*, der vielversprechenden Begegnung – die hoffnungsvollen Abenteurer im Großstadtdschungel, die in den meisten Fällen am nächsten Tag mit einem fetten Kater statt mit einem netten Partner aufwachen.

Im Moment tummelt sich allerdings noch nicht soviel, es ist wohl noch ein bißchen zu früh. Ich setze mich an einen freien Tisch vor einem Café und bestelle ein Baguette und ein Glas Rotwein. Um mich herum sitzen Leute und reden miteinander oder hocken einfach nur da wie ich und beobachten die Passanten.

Hier läuft jeder so herum, wie er sich mag, und deshalb fällt eigentlich niemand auf, auch wenn er grüne Haare, einen Ring in der Nase oder in der Lippe hat oder so geht, als würde er sich auf dem Deck eines im Wellengang schlingernden Schiffes befinden.

Ich sitze gern in Straßencafés und sehe mir die vorbeikommenden Passanten an, ihre Outfits, ihre Art zu gehen, ihre Figuren und Frisuren. Aber vor allem ihre Gesichter. Das Gesicht ist der Körperteil des Menschen, der am meisten über ihn verrät.

Inzwischen habe ich das Baguette gegessen, den Wein getrunken und dabei Hunderte von Passantengesichtern auf mich wirken lassen. Nicht ein einziges hatte das gewisse Strahlen, mit dem das Glück sich verrät. Viele hingegen verrieten gewisse Qualen und wiesen noch frische Spuren der jüngsten Niederlagen und Enttäuschungen auf.

Solche Beobachtungen könnten meine Bereitschaft fördern, all jenen recht zu geben, die behaupten, daß der Mensch nicht existiere, um glücklich zu sein. Daß sein Leben eher einem Kampf gleiche, bei dem es darum gehe, möglichst wenige Verletzungen zu erleiden, *sich möglichst gut durchzuschlagen*.

Nun sehe ich aber den Sinn des Lebens (zumindest meines) darin, so oft wie möglich glücklich zu sein. Allein schon deshalb kann ich eine Philosophie nicht akzeptieren, die den Menschen als Kämpfer unter Kämpfern im Alltagskrieg betrachtet, der mit der Waffe in der Hand lebt und stirbt. So eine Anschauung muß sich die Frage gefallen lassen, woran es liegt, daß die Menschen im allgemeinen keine glücklichen Spieler, sondern unglückliche Kämpfer sind.

Liegt der Grund dafür in der menschlichen Natur? Oder eher in deren Vergewaltigung durch ein soziales und wirtschaftliches System, dessen hochorganisierte Sachzwänge von Leuten erfunden wurden, in deren Augen die menschliche Seele allenfalls ein Störfaktor des sogenannten Fortschritts ist, den man der Genauigkeit halber *fortschreitenden Wahnsinn* nennen sollte?

Nietzsche hat auf diese Fragen eine bemerkenswerte Antwort: *Der Irrsinn ist bei einzelnen etwas Seltenes, aber bei Gruppen, Parteien, Völkern, Zeiten die Regel.*

Am Tisch neben mir sitzen eine Frau und ein Mann in meinem Alter und flirten, was das Zeug hält. Gerade piept sein Handy. Er hebt bedauernd die Hände und nimmt das Gespräch an.

»In einem Café«, knurrt er ungehalten. »Anne, warum fragst du mich andauernd, wo ich bin? Das *nervt* ... Ja, es geht mir gut ... Ich weiß noch nicht ... Nein, ich habe einen Freund getroffen, wir quatschen ein bißchen. Ja, ich ruf dich an ... Frag mich was Leichteres ... Ja, ich melde mich. Jaaa, *versprochen!* Tschüs.« Er stöhnt und steckt das Handy in die Tasche.

»So, ich bin also *ein Freund*«, sagt seine Begleiterin.

Er lacht. »Sicher, wir sind doch Freunde, oder?«

Er legt seine Hand auf ihren Po. Sie stimmt in sein Lachen ein.

Ich liebe es, fröhliche Menschen um mich zu haben.

Der Handy-Boom ist spurlos an mir vorbeigegangen. Ich mag diese omnipräsenten Piepdinger nicht. Sie haben ihren weltweiten Erfolg der überschwenglichen Schwatzlust der Menschen zu verdanken, denen es nicht darauf ankommt, was sie sich sagen, sondern *daß* sie sich etwas sagen, wo immer sie auch sind, so überflüssig es auch sein mag. Außerdem haben Handys die ohnehin schon haarsträubende zwischenmenschliche Verlogenheit noch gesteigert, wie ich gerade ein weiteres Mal feststellen mußte. Ständige Erreichbarkeit ermöglicht ständige Kontrolle. Und ständige Kontrolle provoziert Lügengeschichten.

Ich versuche, nicht an Frauke zu denken. Aber die Gedanken an sie sind aufdringlich wie junge Schäferhunde. Sie wollen, daß ich ihnen Beachtung schenke. Einer ist besonders hartnäckig und will mir unbedingt einreden, daß Frauke beim Nachhausekommen immer so schnell im Bad verschwunden ist, weil sie sich nicht den Mief der Uni, sondern den Geruch eines anderen Mannes von der Haut duschen wollte. Daß sie nur morgens an der Uni und nachmittags immer bei ihm war. Süß ist die Pflicht, aber süßer noch sind zwei Liebhaber.

Ich verbiete mir, weiter an Frauke zu denken. Alles wird sich schon so ergeben, wie es sich ergeben soll. Ich werde tanzen gehen! Werde sie mit deutscher Gründlichkeit wegtanzen, die unguten Gefühle, die unwillkommenen Zweifel und Verdachtsmomente.

Ich zahle und mache mich auf den Weg zur Musik. In der ersten Disko läuft Techno, in der zweiten Disko laufen die falschen Leute herum, aber in der dritten habe ich Glück. Der Diskjockey versteht etwas von seinem Job, und die Tanzfläche ist geräumig und so gut wie frei. Ich lege meine Jacke auf einen Stuhl und begebe mich ins Reich der Rhythmen, spüre das seelische Aufatmen, die emotionale Befreiung, die ich immer erlebe, wenn ich mich so sehr auf die Musik einlasse, daß mein Körper zu ihrem Instrument wird, die Welt um mich herum zu existieren aufhört und ich Teil einer besseren, höheren Wirklichkeit werde.

Als ich kurz nach Mitternacht zu Frauke zurückkomme, sitzt sie vor dem Monitor und sieht mich mit müden Augen an.

»Hast du die ganze Zeit gearbeitet?« frage ich sie.

»Ja, aber jetzt habe ich es geschafft. Und es hat mich geschafft. Ich wollte gerade aufhören und ins Bett gehen.«

»Dann komme ich ja richtig.«

Sie steht auf und streckt sich stöhnend. Ihre Augen wirken ein bißchen traurig. Oder sind sie einfach nur überanstrengt?

»Ich hab Kopfdruck und Rückenschmerzen. Was hast du gemacht?«

»Ich hab getanzt. Hat mir gutgetan.«

»Schön.«

Sie kommt zu mir, gibt mir einen flüchtigen Kuß auf die Wange und verschwindet im Bad.

Eine Viertelstunde später liegen wir im Bett.

»Träum schön«, murmelt sie, vergräbt gähnend den Lockenkopf in ihrem Kissen und ist eingeschlafen, bevor ich bis zehn zählen kann.

12

Wenn das Leben deine Leidensfähigkeit prüft,
bewahre deine innere Ruhe
und begegne allen Problemen
mit der unbeugsamen Kraft der Gelassenheit,
die sogar das Schicksal beeindrucken –
und vielleicht umstimmen kann.

Du bist ein aktiver Teil deines Schicksals
und kannst einen positiven Einfluß
auf deine Zukunft ausüben.

Am nächsten Morgen erwartet mich das gewohnte Bild – bis auf ein beunruhigendes Detail: Frauke hat zum ersten Mal *keinen* Zettel für mich geschrieben.

Da sie bislang immer gegen sieben Uhr nach Hause gekommen ist, gehe ich davon aus, daß es auch heute so sein wird.

Ich habe gerade mein Frühstück gegessen, als das Telephon piept. Eigentlich habe ich keine Lust ranzugehen, aber dann überwiegt die Neugier.

Es ist Frauke – und sie wirkt irgendwie seltsam. Ich frage sie, ob ihr Referat nicht gut angekommen ist.

»Nein, es ist alles gut gelaufen. Ich muß dir etwas sagen, Manuel.«

Ich erschrecke über ihren ernsten, nüchternen Tonfall und setze mich vorsichtshalber hin.

»Ich habe gestern mittag zufällig meinen Ex-Freund in der Mensa getroffen«, eröffnet sie mir. »Wir haben zwei Jahre zusammengewohnt und uns nach einem heftigen

Streit vor vier Monaten getrennt. Eigentlich dachte ich, daß ich nichts mehr für ihn empfinde, daß alles für immer aus und vorbei ist, aber als ich ihn vor mir stehen sah, ist mir klargeworden, daß ich mir was vorgemacht habe. Und ihm ging es genauso. Es kam total überraschend und hat uns ziemlich verwirrt … Ich habe über alles nachgedacht, und ich meine, es ist am besten, wenn du und ich uns für eine Weile nicht sehen. Ich brauche Zeit, um Klarheit zu gewinnen.«

Fraukes Tonfall ist so sachlich wie der einer Nachrichtensprecherin. Ich erstarre innerlich und weiß nicht, was ich sagen soll. Vor zwei Wochen habe ich noch gedacht: Irgendwann wird Frauke mich vor die Tür setzen oder ich werde sie hinter der Tür sitzenlassen. Jetzt realisiert sich die Variante vor dem *oder*, und zwar schneller, als mir lieb ist.

»Schweig doch nicht so! Ich will dir nicht das Gefühl geben, daß ich dich rausschmeiße. Aber ich muß jetzt einfach eine Weile allein sein, um Klarheit über meine Gefühle zu bekommen.«

»Mußt du mir das ausgerechnet am Telephon sagen? Kannst du mir dabei nicht in die Augen sehen?«

»Ich habe in einer halben Stunde ein Seminar, das ich nicht verpassen darf.«

Ich frage sie, wie lange sie allein sein möchte.

»Ich weiß es nicht. Bis ich Klarheit habe.«

Ich bin geschockt, und wie immer, wenn ich geschockt bin, gehen mir die Worte aus.

»Bist du noch da?« fragt sie.

»Okay«, höre ich mich sagen. »Ich packe gleich meinen Rucksack und bin weg.«

»Habe ich dich verletzt?«

»Ja ... Aber wenn du Zeit brauchst, sollst du sie haben.«

»Es tut mir leid ... Wohin willst du gehen?«

»Ich fahre wohl zu meinem Bruder.«

»Schreibst du mir seine Nummer auf? Damit ich dich anrufen kann, wenn sich der Nebel in mir aufgelöst hat. Bitte ruf mich nicht an, das würde mir alles nur noch schwieriger machen. Und vergiß nicht, die Schlüsselduplikate auf den Tisch zu legen. Ich ruf dich bald an.«

Bald ist ein schwammiges Wort. Es kann *ein paar Tage* oder auch *ein paar Wochen* bedeuten. Und im schlimmsten Fall bedeutet es *nie mehr.*

»Es wird nicht allzu lange dauern«, sagt sie und legt auf.

Nicht allzu lange sind gleich drei schwammige Wörter.

Ich schreibe die Nummer von Tobias auf ein Blatt Papier und lege es zusammen mit den Schlüsseln der Wohnung, in der ich nicht mehr willkommen bin, auf den Tisch. Dann packe ich meine Sachen.

Ich würde mich gern von Jan verabschieden, aber der ist nun auf Ameland. Linda arbeitet jetzt in der Buchhandlung und wäre erreichbar, aber nach unserem guten, fröhlichen Gespräch im Restaurant ist mir nicht danach, ihr mit traurigen Augen zu sagen, daß Frauke mich ausquartiert hat. Ich will ihr und mir die Erinnerung an unser schönes Mittagessen nicht verderben.

Ich fühle mich zu deprimiert, um per Autostop zu reisen, zumal es zu regnen beginnt. Also fahre ich zum Bahnhof und nehme den nächsten Zug.

Zweieinhalb Stunden später schließe ich die Tür des Hauses meines Bruders auf und stelle Rucksack und Gitarre an der Garderobe ab. Tobias ist noch nicht da, normalerweise arbeitet er bis sieben Uhr in seiner Praxis. Ich gehe in mein kleines Zimmer hoch und lasse mich aufs Bett sinken – mit dem sicheren Gefühl, daß die nächsten Tage für mich eine schwierige Zeit sein werden.

Obwohl ich versuche, es zu vermeiden, muß ich immer wieder an Frauke denken. Vielleicht ruft sie heute abend an – und alles ist wieder gut. So denkt meine Hoffnung. Aber meine Intuition sagt mir, daß Frauke mindestens eine Woche brauchen wird, wenn nicht länger, um herauszufinden, was ihr Herz will. Und meine Angst flüstert mir ein, daß sie sich überhaupt nicht mehr melden wird.

Mir wird bewußt, daß ich nicht mal ein Photo von Frauke habe, daß ich gar nichts von ihr habe, außer meinen Erinnerungen. Mir ist übel an Leib und Seele. Ich starre die Decke an und habe das Gefühl, daß alles Leben erschrocken aus mir flüchtet. Der Blues streckt gierig seine kalten Hände nach mir aus, und ich spüre, daß ich mich seinem Zugriff nicht entziehen kann. Ich habe das Gefühl, als müßte ich weinen, aber es kommen keine Tränen.

Plötzlich steht Tobias im Zimmer, sieht mich erschrocken an und fragt: »Manuel – was ist los?«

»Liebeskummer.«

»Oje … Schlimm?«

»Schlimm genug.«

Tobias setzt sich zu mir aufs Bett und legt seine Hand auf meine Schulter. »Das wird schon wieder.«

»Sicher wird es wieder. Die Frage ist nur, wie und wann.«

»Du weißt genausogut wie ich, daß du nicht allzu lange leiden kannst. Dazu bist du psychisch nicht geeignet. Wenn ich dir irgendwie helfen kann, sag es mir.«

Ich nicke, und er geht. Tobi kennt mich gut genug, um zu wissen, daß ich am liebsten allein bin, wenn ich mich seelisch von allen guten Geistern verlassen fühle. Andere gehen in einem solchen Fall unter Leute oder besaufen sich bis zum Umfallen oder schlucken Tabletten oder heulen wie ein Schloßhund oder jammern ihren Freunden oder Verwandten was vor oder machen irgendwas völlig Verrücktes. Ich liege wie gelähmt auf dem Bett und will am liebsten niemanden und nichts sehen.

Hermann Hesses Einsicht, daß wir uns nur im Alleinsein selber finden können, tröstet mich nicht. Und zu seinen Worten *Alleinsein ist nicht Einsamkeit, sie ist das größte Abenteuer!* fällt mir nichts ein – außer daß ich mich allein und einsam zugleich fühle und diesen Zustand nicht als Abenteuer, sondern als Heimsuchung empfinde. Wenn es mir richtig mies geht, helfen mir all die weisen Worte und tollen Sätze, die ich mit glänzenden Augen gelesen und mir eingeprägt habe, keinen Schritt weiter.

Ich kann nicht mehr lächeln und über nichts mehr lachen. Ich mag nicht Gitarre spielen, Musik hören oder lesen oder fernsehen. Ich kann nur wie gelähmt daliegen.

Wenn ich an Frauke denken muß, versuche ich (mit wechselndem Erfolg) meine Erinnerungen an sie zu verscheuchen, weil sie alles nur noch schlimmer machen. Ich werde den Gedanken nicht los, daß die Frau, in die ich mich verliebt habe, und die Frau, die mich fernmündlich bis auf unbestimmte Zeit aus ihrem Leben verbannt hat, zwei verschiedene Personen in einem Körper sind.

Wenn ich in den Spiegel sehe, erschrecke ich über die Leere meines Blicks. Ich leide wie ein ausgesetzter Hund, während Frauke wahrscheinlich in den Armen ihres Ex-Freundes die Welt (und mich) vergißt. Ich ahne, daß meine Gefühle zu ihr eine Krankheit bekommen haben, die nicht mehr zu heilen ist.

Nachts erwache ich schweißgebadet und mit klopfendem Herzen aus wirren Alpträumen. Es geschieht etwas sehr Trauriges, Schmerzhaftes in mir, und mir bleibt nichts anderes übrig, als so lange zu warten, bis es überstanden ist. Das Leid, das auf jeden lauert, der sich verliebt, hat mich erwischt. Widerstand oder Flucht wären sinnlos, das Leid ist stärker und schneller als ich und kennt alle meine Verstecke.

Das einzige, was mir hilft, ist mein Wissen, *daß* ich es überstehen werde, weil ich bislang noch jede Verletzung und Enttäuschung weggesteckt habe. Das gibt mir die nötige Gelassenheit, um nicht in sinnloses Selbstmitleid abzudriften, was alles nur noch schlimmer machen würde.

So geht es tage- und nächtelang, und es sind verdammt lange Tage und Nächte. Liebeskummer verlangsamt das Zeitempfinden. Ich fühle mich lahmgelegt, aus dem Verkehr der Lebenden gezogen. Ich existiere nur noch am Rande.

Es ist eine besondere Folter für mich, daß mein sonst so zuverlässiges Refugium, das magische Reich schöner Träume, sich mir verschlossen hat. Ich bin in einem Teufelskreis gefangen. Ich träume nicht gut, weil meine Tage schlecht sind, und meine Tage sind schlecht, weil ich nicht gut träume. Der Zugang zu der Lebensenergie, die meine Seele aus einem guten Schlaf und zauberhaften Träumen gewinnt, ist mir versperrt.

Es gibt keinen sicheren Hafen, wenn ich den Blues an Bord habe. Ich muß mitten durch den Sturm, und ich hasse es, weiß aber keine anderen Mittel dagegen als Geduld, Leidenstoleranz und Hoffnung. Irgendwann wird der Spuk vorbei sein. So war es bislang immer. Warum sollte es diesmal anders sein? Irgendwann werde ich wieder mit einem Lächeln aufwachen, das ich aus einem wunderbaren Traum mit in den Tag nehme.

Ich brauche meine guten Träume, weil ich in ihnen Erlebnisse habe, die ich im »realen« Leben niemals haben könnte. Manchmal sind es Träume von einem solchen Zauber, einer solchen Schönheit, daß ich mich erschrekke, wenn ich aufwache und mir bewußt wird, in was für einer Welt ich lebe. Meine Seele fühlt sich wie eine Fremde in dieser Welt, und nachts, in meinen magischen Träumen, reist sie immer wieder dorthin, wo sie zu Hause ist – in ein Reich, wo es keinen Haß und keine Gewalt gibt, wo die Naturgesetze aufgehoben sind und Wunder geschehen.

Wenn du mich fragst, woher ich komme und wohin ich gehöre, dann sage ich dir: Dort, wohin meine Seele nachts reist, wenn mein Körper schläft.

Zur Zeit reist sie allerdings in Gebiete, in die ich definitiv nicht gehöre, führt mich in sinnlose Kämpfe, die ich verliere, zwingt mich zu absurden Sisyphusarbeiten, bringt mich in Kontakt mit übelwollenden Kräften – und das habe ich Frauke zu verdanken. Sie hat mich auf diese psychische Geisterbahnfahrt geschickt, obwohl ich ihr dazu nicht den geringsten Grund gegeben hatte. Sie hat mich ohne Vorwarnung und ohne sichtliche Skrupel ausquartiert, als meine Präsenz ihr unbequem wurde, hat mich auf ein Wartegleis geschickt, um Wichtigeres zu erledigen – trocken, nüchtern, schnörkellos.

Mir wird immer deutlicher bewußt, daß sie mit der kalten und sachlichen Art, wie sie mich vor die Tür gesetzt hat, unwiederbringlich etwas zwischen uns zerstört hat. Mehr und mehr wird es mir egal, ob sie mich noch anruft.

Hätte sie sich am ersten, zweiten oder auch noch dritten Tag gemeldet, wäre vielleicht noch etwas zu retten gewesen – aber jetzt, nach vier Tagen, ist es zu spät. Auch wenn sie vielleicht nicht anders handeln konnte – ich könnte ihr nie wieder mit derselben Offenheit in die Augen sehen, sie mit demselben Vertrauen umarmen. Mein Blues hat einen Abgrund zwischen ihr und mir geschaffen, der nicht mehr zu überbrücken ist.

Trotzdem bedauere ich nicht, daß ich mich in sie verliebt habe, und bereue keine Stunde, die ich mit ihr verbrachte. Es war eine schöne, leider nur kurze Zeit, die ich nicht missen möchte, auch wenn ich jetzt einen hohen Preis dafür zahlen muß.

Am fünften Tag fühle ich mich immer noch angeschlagen, habe mich aber schon so weit gefangen, daß ich endlich wieder fähig bin, Lust auf irgendwas zu empfinden – und es ist die Lust zu lesen.

Ich überlege, welches Buch es sein soll, und entscheide mich für die *Aphorismen zur Lebensweisheit* von Schopenhauer.

Ich ziehe das Werk aus dem kleinen Regal neben dem Bett, in dem meine besten Bücherfreunde stehen wie *Der Abschiedswalzer* von Milan Kundera, *Siddharta* von Hermann Hesse, die *Meisternovellen* von Stefan Zweig, *Farm der Tiere* von George Orwell – und andere Goldstücke, die ich mir mit der Zeit mühsam aus dem Fluß der Weltliteratur herausgesiebt habe.

Ich schlage Schopenhauers Buch irgendwo in der Mitte auf und lese die Worte, auf die mein Blick zuerst fällt: *Überhaupt aber zeigt der, welcher bei allen Unfällen gelassen bleibt, daß er weiß, wie kolossal und tausendfältig die möglichen Übel des Lebens sind; weshalb er das jetzt eingetretene ansieht als einen sehr kleinen Teil dessen, was kommen könnte.*

So betrachtet ist meine Enttäuschung über Fraukes Verhalten und der bittere Blues, in den sie mich gestoßen hat, nur ein sehr kleiner Teil dessen, was hätte geschehen können. Frauke hätte beispielsweise eine psychopathische Serienmörderin sein können, die sich auf Straßenmusiker spezialisiert hat und sie verführt, um sie nachts, wenn sie glücklich neben ihr schlafen, heimtückisch zu meucheln.

Schopenhauer hat recht, Gelassenheit ist Gold wert, sie ist in vielen Lebenslagen hilfreich, und sie ist erlernbar. Ich blättere noch ein bißchen, bleibe an der einen oder anderen Passage hängen, bis ich auf eine Stelle über die Freundschaft stoße, und dabei kommt mir Jan in den Sinn.

Ich stelle das Buch ins Regal zurück, lasse mir Jans Nummer von der Auskunft geben und wähle sie.

»Manuel! Schön, daß du anrufst!« Er freut sich, was mir guttut. »Was ist los? Ich wollte dich besuchen, aber Frauke sagte mir, daß du letzten Donnerstag zu deinem Bruder gefahren bist.«

»Mehr hat sie nicht gesagt?«

»Nein. Sie hatte Besuch, wirkte gestreßt und war kurz angebunden. Ganz anders als sonst. Das hat mich so irritiert, daß ich vergessen habe, sie nach deiner Telephonnummer zu fragen. Ich habe in den Tagen danach noch zweimal bei ihr geklingelt, um es nachzuholen, aber sie hat nicht aufgemacht, obwohl ich einmal genau wußte, daß sie zu Hause war. Manuel, was ist passiert?«

»Sie hat ihren Ex-Freund zufällig wieder getroffen und ist dadurch in einen emotionalen Nebel geraten, wie sie sagt. Und in diesem Nebelfeld war ich ein störendes Element. Also hat sie mich kalt und trocken vor die Tür gesetzt. Telephonisch.«

»O nein!«

»O doch. Obwohl ich wußte, daß es mit Frauke und mir früher oder später vorbei sein würde, war ich geschockt, wie hart und abrupt es endete. Ich lag tagelang wie im Koma auf dem Bett, wie aus dem Leben verstoßen.«

»Vielleicht wird das wieder. Vielleicht ruft sie dich morgen an, und alles ist wieder gut.«

»Bis jetzt hat sie noch nicht angerufen, und gut wird es bestimmt nicht mehr. Inzwischen ist es mir eigentlich schon egal, ob sie sich noch meldet oder nicht. Es ist ohnehin zu spät.«

»Das tut mir leid«, sagt Jan mitfühlend. »Kann ich dir irgendwie helfen?«

»Ach, in solchen Situationen bin ich ein Einzelkämpfer. Aber ich danke dir für dein Angebot. Ich brauche wohl einfach noch ein bißchen Zeit, um meine Wunden zu lecken. Wenn ich wieder auf dem Damm bin, melde ich mich«, verspreche ich und gebe ihm meine Telephonnummer.

Eine Woche nach meinem Rausschmiß aus Fraukes Wohnung wache ich endlich mit dem Gefühl auf, das Schlimmste hinter mir zu haben. Der Blues hat ein quälendes Marathonkonzert auf meine Kosten gegeben, aber jetzt hat er anscheinend ausgespielt. Hoffentlich verzichtet er auf eine Zugabe.

Ich wage mich zum ersten Mal aus meinem Zimmer heraus und setze mich auf Tobis Terrasse, esse und trinke ein bißchen und lasse die Sonne auf meine Haut scheinen. Ein Schmetterling (mein Lieblingstier) flattert vorbei, und ich ertappe mich bei einem kleinen Lächeln.

Noch fühle ich mich nicht ganz sicher vor einem Rückfall, aber es sieht so aus, als sei ich über den Berg. Ich lege mich auf eine Gartenliege und sauge dankbar die Wärme und Heiterkeit der Sonne in mich auf.

Als ich abends ins Bett gehe, spüre ich, daß ich es geschafft habe. Zum ersten Mal schlafe ich, ohne von üblen Träumen malträtiert zu werden.

13

Wir alle sind gebrannte Kinder
und wurden schon enttäuscht und verletzt.
Viele werden deshalb ängstlich
und verhärten sich,
ziehen einen Zaun um ihr Herz
und eine Mauer um ihre Seele.

Bleibe offen und befürchte nicht ständig,
daß deine Enttäuschungen
sich wiederholen werden –
denn es ist möglich,
daß du schon morgen
einem Menschen begegnest,
der dir so viel Gutes gibt,
daß er damit deine schlechten Erfahrungen
entkräftet und in Frage stellt.

Ich stehe am Fenster meines Zimmers und blicke ein bißchen wehmütig auf die Bäume im Garten, deren Blätter sich zu verfärben beginnen. Der Sommer neigt sich dem Ende zu, was mich immer etwas melancholisch stimmt.

Zwei Monate sind vergangen, seit Frauke sich von mir abgewandt hat. Der düstere Blues, in dem ich versunken war, hat Spuren in mir hinterlassen. Ich merke es an meiner mangelnden Bereitschaft, mich wieder seelisch zu öffnen – als hätte ich Angst davor, aufs neue verletzt zu werden.

Es klingelt. Ich gehe die Treppe hinunter und öffne die Haustür. Es ist der Postbote, der ein Paket für Tobias bringt, das ich für ihn annehme. Als ich es auf seinen antiken Sekretär lege, fällt mir ein farbenfrohes Faltblatt ins Auge – wahrscheinlich, weil ein Schmetterling darauf abgebildet ist. Ich nehme den Prospekt in die Hand und lese, daß der Botanische Garten seit kurzem eine neue Attraktion hat – ein Schmetterlingshaus.

Ich bin ein Mensch, an dem die Werbeindustrie keine Freude hat, aber da ich Schmetterlinge über alles liebe, weil es für mich keine schöneren und anmutigeren Geschöpfe auf der Erde gibt als diese zarten Tänzer der Lüfte, deren Farbenpracht und verspielte Leichtigkeit mich schon als Kind verzaubert haben, beschließe ich spontan, zum Botanischen Garten zu fahren.

In der Straßenbahn studiere ich den Prospekt genauer und erfahre, daß ich auf dem Weg zu einem achthundert Quadratmeter messenden *Tropenparadies* bin, in dem ich bei einer Temperatur von sechsundzwanzig Grad und einer Luftfeuchtigkeit von achtzig Prozent mehr als zweihundert verschiedene Schmetterlinge und Falter beobachten kann. Eine üppige Pflanzenpracht mit blühenden Urwaldgewächsen, die in eine exotische Landschaft aus Bachläufen und Teichen eingebettet ist, erwartet mich.

Neben dem großen tropischen Schmetterlingshaus gibt es noch ein kleines, in dem der Besucher heimische Schmetterlingsarten betrachten kann, wie das Tagpfauenauge, den Zitronenfalter und den Schwalbenschwanz.

Auf der Rückseite des Faltblattes finde ich Wissenswertes über mein Lieblingstier, über das Wunder seiner Metamorphose, der magischen Wandlung einer blätterfressenden Raupe zu einem Schmetterling, der sich von Blütennektar ernährt. Es erschien mir schon immer folgerichtig, daß ein so duftiges Geschöpf seinen Hunger an Blüten und Blumen stillt.

Was dort über das Liebesspiel der Schmetterlinge steht,

überrascht mich: Es kann nämlich bis zu zehn Stunden dauern; und die Schmetterlinge sind dabei immer noch in der Lage zu fliegen.

Das ist unglaublich – und andererseits nur logisch. Denn es liegt nahe, daß diese außergewöhnlichen Lebenskünstler, die schwerelos von Blume zu Blume gaukeln, auch außerordentliche Liebeskünstler sind, die fast einen ganzen Tag lang im Rausch der Paarung versinken – und dabei auch noch fliegen können.

Ich bewundere Schmetterlinge jetzt noch mehr, falls dies überhaupt möglich ist, und empfinde es als eine angenehme Vorstellung, in meinem nächsten Leben als einer der ihren wiedergeboren zu werden, auch wenn meine Lebenserwartung dann nur etwa zehn Tage betragen würde. Vielleicht empfindet ein Schmetterling diese zehn Tage wie ein Mensch hundert Jahre.

Der Prospekt hat nicht zuviel versprochen. Als ich das riesige Glashaus betrete, fühle ich mich in eine andere Welt versetzt. Die feuchtwarme Luft, die exotischen Pflanzen, die fremden und doch auf seltsame Weise vertrauten Gerüche – und vor allem natürlich die prächtigen Schmetterlinge, die durch die Lüfte fliegen oder auf Blättern und Blüten sitzen, ziehen mich in den Bann.

Ich bin ganz Auge, vergesse mehr und mehr, daß ich mich auf einer künstlichen Insel im Ozean einer Großstadt befinde, und erkunde das Terrain mit immer offener werdenden Sinnen. Das einzige, was mich in diesem idyllischen Ambiente gelegentlich stört, sind die Stimmen anderer Besucher, die sich gegenseitig auf Sehenswertes aufmerksam machen oder ihre Bewunderung artikulieren.

Wenn die Bewunderung wirklich groß ist, schweigt man, rufe ich ihnen in Gedanken zu – und beschließe, sie so gut wie möglich zu ignorieren.

Die Zeit steht still. Ich kann mich nicht satt sehen an der überwältigenden Muster- und Farbenpracht der vielen tropischen Schmetterlinge und Falter, werde wieder zu einem staunenden Kind, das selbstvergessen im Augenblick aufgeht. Ich atme die Schönheit um mich herum in tiefen Zügen ein und fühle mich so gut wie lange nicht mehr.

Nach meinem Rundgang besichtige ich das Kleine Schmetterlingshaus. Mit langsamen Schritten gehe ich den schmalen Weg durch die Gartenlandschaft, der sich nach kurzer Zeit gabelt. Ich wähle die linke Abzweigung, hinter der sich mir ein überraschender Anblick bietet.

Etwa fünf Schritte vor mir steht eine Frau mit langen, hellbraunen Haaren und wendet mir den Rücken zu. Sie trägt ein ärmelloses weißes Kleid und hat ihren linken Arm leicht angehoben, als würde sie auf ihre Uhr blicken. Aber sie hat keine Uhr am Handgelenk – ein Pfauenauge hat ihren Unterarm für würdig befunden, sich darauf niederzulassen.

Meine ganze Wahrnehmung hat sich in Sekundenschnelle auf die Frau konzentriert, die so versunken in die Betrachtung des Pfauenauges auf ihrer Haut ist, daß sie mein Kommen nicht bemerkt hat. Sie steht wie eine Statue, um den prachtvollen Schmetterling nicht zu verscheuchen. Ich halte unwillkürlich den Atem an, denn es geht etwas Faszinierendes von dieser Frau aus, das mich in eine seltsame Erregung versetzt.

Plötzlich fliegt der Schmetterling von ihrem Arm auf – direkt auf mich zu. Um seinem Flug mit ihrem Blick zu folgen, dreht die Frau sich zu mir, und es geschieht etwas Seltsames: Das Pfauenauge flattert einmal im Kreis um mich herum – und verschwindet hinter einem mannshohen Rhododendron.

Unsere Blicke begegnen sich. Sie hat klare blaue Augen, die mich auf der Stelle verzaubern. Eine glückselige Lähmung erfaßt mich. Ich könnte und möchte nichts anderes, als so zu stehen und zu spüren, wie unsere Blicke mehr und mehr ineinanderfließen.

Je länger wir so verharren, desto stärker wird das Empfinden, das sich schon in mir regte, als sie mir noch den Rücken zukehrte – ein unbenennbares, kostbares Gefühl, das an die Wurzeln meiner Sehnsucht nach dem Wunderbaren rührt.

Wie in Trance gehen wir schließlich langsam aufeinander zu – und bleiben erst stehen, als unsere Körper sich fast berühren. Unsere Hände finden sich und halten einander, während unsere Blicke immer tiefer ineinanderfließen.

Ich will ihr so viel sagen, aber Worte würden nur den beglückenden Zauber unserer Begegnung schwächen –

und wären ohnehin nicht nötig, da ich ihr nichts mitteilen könnte, was sie nicht ohnehin schon weiß. Auch sie schweigt, doch ihre Augen sagen mir, daß meine Gefühle auch ihre sind.

Während wir Hand in Hand das Schmetterlingshaus verlassen, wird mir bewußt, daß ich mein ganzes Leben lang auf diese Frau gewartet habe, ohne es zu ahnen.

Als ich Zoë zum ersten Mal küsse, habe ich das Gefühl, noch nie eine Frau vor ihr *wirklich* geküßt zu haben. Mir ist, als würde ich erst jetzt erfahren, was ein Kuß sein kann, und das ist eine überwältigende, unglaubliche Überraschung.

Während Zoës Herz schnell gegen meins klopft, spüre ich hauchzarte und zugleich starke, wilde Wellen purer Ekstase durch alle Zellen meines Körpers fließen, die mich vor Glück erschauern lassen. Es ist weit mehr als das erregende Spiel von Zärtlichkeit, Intimität und Nähe – es ist rückhaltlose Hingabe an eine wunderbare Kraft, die mich bis in die Fingerspitzen erfüllt, es ist eine Offenbarung, eine nie erlebte und nie für möglich gehaltene Erfahrung, eine magische Reise ins Wunderland überschäumender, großer Gefühle.

Wir drücken uns so fest, als wollten wir uns nie wieder loslassen, während unsere Seelen höher und höher in den Himmel ungeahnter Möglichkeiten steigen.

Ich spüre, daß wir nie wieder die Menschen sein werden, die wir einmal waren – denn wir sind die geworden, die wir in Wahrheit sind: Liebende, unverhofft befreit von allen Beschränkungen, Enttäuschungen und Irrtümern, erlöst durch einen alles verwandelnden Kuß.

Als ich in Zoës Augen sehe, spüre ich, daß ich ihr vertraue wie noch nie einer Frau zuvor. Ich weiß, daß sie die Frau ist, die ich schon immer gesucht habe, und auch, daß ich der Mann bin, den sie schon immer gesucht hat, weil ich in ihren Augen lesen kann wie in einem offenen Buch.

Mein Blick sinkt tiefer und tiefer in Zoës Augen, findet keinen Grund, keine Beschränkung, keine Grenze, sinkt und steigt zugleich ins Endlose, Zeitlose. Ich sehe nichts als eine klare, wunderbare Weite voller Freiheit, Schönheit, voller Liebe und Wärme.

Ich spüre, daß mein Leben erst jetzt wirklich beginnt.

14

Alles kann warten,
nur die Liebe nicht.
Wer die Liebe warten läßt,
beleidigt den wichtigsten Gast
seines Lebens
und sieht ihn vielleicht nie wieder.

Etwa drei Monate nachdem sie mich weggeschickt hat, ruft Frauke an und begrüßt mich so, als wäre nichts gewesen. »Hallo, Manuel! Schön, daß du da bist. Ich würde dich gern sehen. Hast du Lust, mich zu besuchen?«

Ich bin sprachlos. Eigentlich hatte ich nicht mehr daran geglaubt, daß sie sich noch melden würde.

»Warum sagst du nichts? Geht es dir nicht gut?«

»Doch, es geht mir gut. Sogar sehr.«

»Schön! Gibt es einen besonderen Grund dafür?«

»Ja. Ich habe mich verliebt.«

»Du hast dich verliebt?« murmelt sie verwirrt.

Diese Möglichkeit hatte sie offensichtlich nicht einkalkuliert. Ich allerdings auch nicht. »So sehr, wie ich es nicht für möglich gehalten hätte«, ergänze ich.

»Und wann?«

»Vor einem Monat.«

»Empfindest du nichts mehr für mich?« fragt sie.

»Ich weiß nicht. Vielleicht empfinde ich noch etwas für dich, aber …«

»Aber?«

»Es wäre nur ein Schatten dessen, was es einmal war.«

»Warum läßt du es nicht auf einen Versuch ankommen?« schlägt sie vor.

»Ich habe seelisch einen Schlußstrich unter unsere Beziehung gezogen. Und ich bin bis über beide Ohren verliebt, in eine Frau, die mich wunschlos glücklich macht. Der Versuch würde scheitern.«

»Bist du dir sicher?«

»Ja … Es tut mir leid.«

»Mir auch … Falls es dich noch interessiert: Mit meinem Ex-Freund ist es aus, und diesmal endgültig. Aber ich mußte mich noch einmal auf ihn einlassen, um das herauszufinden. Es war sehr wichtig für mich. Ich hatte gehofft, du würdest das tolerieren. Thomas und ich hatten wieder einen schrecklichen Streit. Schade, daß du nicht warten konntest.«

»Hast du dich eigentlich mal gefragt, wie ich mich gefühlt habe, nachdem du mich fortgeschickt hast?« frage ich sie. »Ohne mir mehr zu lassen als die Aussicht, daß du mich irgendwann anrufen würdest? Vielleicht nur, um mir zu sagen, daß du dich wieder mit deinem Ex-Freund versöhnt hast und glücklich bist.«

»Mir war klar, daß es schwierig für dich sein würde, aber ich habe gehofft, du würdest mich verstehen.«

»Verstehen ist nicht so schwer. Aber Gefühle haben

ihr eigenes Leben. Die ersten Tage nach unserer Trennung waren einfach schrecklich. Wenn du mich in dieser Zeit angerufen hättest, und sei es nur, um mir zu zeigen, daß du noch an mich denkst, hätte mir das bestimmt geholfen. Aber von dir kam gar nichts. Und ich durfte dich nicht anrufen. Ich habe viel an dich gedacht und festgestellt, daß ich eigentlich nie gewußt habe, wer du wirklich bist.«

»Hast du überhaupt versucht, es herauszufinden?«

»Ich hatte das Gefühl, du wolltest gar nicht, daß ich es herausfinde.«

Sie schweigt, scheint nicht zu wissen, wie sie reagieren soll. »Vielleicht wollte ich es«, sagt sie schließlich, »auch wenn ich es nicht gezeigt habe.«

»Warum zeigst du nicht, was du willst?«

Sie stöhnt. »Ich weiß es nicht. Manchmal bin ich mir selbst ein Rätsel.«

»Du solltest nicht von anderen erwarten, daß sie dich verstehen, wenn du dich selbst nicht verstehst. Jeder ist seines eigenen Rätsels Lösung.«

»Wie meinst du das?«

»Erkenne dich selbst, und die anderen werden dich erkennen!«

»Aber manchmal braucht man die anderen, um sich selbst zu erkennen.«

»Ja«, stimme ich ihr zu, »aber man muß ihnen auch zeigen, daß man ihre Hilfe *will*. Und das hast du nicht getan, in keiner Weise.«

Sie stöhnt erneut und sagt in gequältem Tonfall: »Es hat keinen Sinn. Wir drehen uns im Kreis.«

Wir schweigen jetzt ziemlich lange, und im Grunde ist unser Gespräch beendet.

Also sage ich, als das anhaltende Schweigen mich zu bedrücken beginnt: »Frauke, ich wünsch dir viel Glück.«

Ich höre, wie sie schlucken muß. Dann atmet sie tief durch, räuspert sich und sagt schließlich: »Dir brauche ich es ja nicht zu wünschen. Du hast es schon.«

»Du wirst es bestimmt bald auch wieder haben.«

»Ach«, sagt sie, und dieses *Ach* hat etwas, das mir unter die Haut geht, so etwas Zu-Tode-Betrübtes, Resigniertes.

»Hast du mich eigentlich geliebt?« fragt sie leise.

»Ich weiß nicht ... Ich war auf jeden Fall in dich verliebt.«

Sie schweigt wieder. Ihr Schweigen umkreist mich wie ein Schiff eine kleine Insel, um nach dem besten Anlegeplatz zu suchen, aber es findet keinen.

Ich spüre, daß es sinnlos ist, unser Gespräch zu verlängern, und sage: »Frauke, mach es gut!«

Sie bleibt stumm, will sich nicht von mir verabschieden. Ihr Schweigen wird mir immer unangenehmer, es bekommt etwas Beklemmendes, Saugendes. Ich will es nicht mehr fühlen, wünsche ihr viel Glück und warte erneut auf eine Antwort, die nicht kommt.

Schließlich lege ich auf.

Eine Minute später piept das Telephon wieder. Ich

lasse es piepen, bis der Anrufbeantworter sich einschaltet, und höre Fraukes Stimme, die mit einer Mischung aus Traurigkeit und Wut »Feigling!« sagt.

Fraukes Vorwurf erreicht mein Herz nicht. Den Weg dorthin hat sie sich verbaut – mit ihrer gefühlskalten Art, mich telephonisch aus ihrer Wohnung und ihrem Leben in die Ungewißheit zu entlassen. Kein Zögern, keine Unsicherheit, nicht einmal ein Anflug von Zweifeln. Stattdessen nur: *Ich will dir nicht das Gefühl geben, daß ich dich rausschmeiße.* Wie soll man eigentlich nicht das Gefühl haben, daß man rausgeschmissen wird, wenn man rausgeschmissen wird?

Ich bin nicht allzu nachtragend, ich kann verzeihen, aber wenn etwas in mir unwiederbringlich zerstört worden ist, finde ich mich konsequent damit ab. Und ich bin kein Feigling, ich weigere mich nur, Sinnloses zu versuchen. Wenn es Frauke hilft, mich als Feigling zu betrachten, soll es mir recht sein.

Wir hätten ohnehin keine Zukunft gehabt. Die lebensanschauliche Kluft zwischen uns war einfach zu groß. Wir wären früher oder später daran gescheitert.

Auch wenn ich zwei Wochen lang das Bett mit ihr geteilt habe, weiß ich nichts Wesentliches über sie. Sie ist in gewisser Weise eine Fremde für mich geblieben. Ich kenne einige ihrer Meinungen und Anschauungen, sie hat sich mir geöffnet – emotional und körperlich, aber sie hat mir nie ihre Seele offenbart.

Manchmal kam es mir so vor, als hätte sie eine hohe

Mauer um ihre Psyche gebaut, vielleicht als Folge einer schweren Enttäuschung. Sie hat nie ein Wort über ihre Vergangenheit verloren. Mehrmals dachte ich, daß sie sich vor einer zu großen Nähe zwischen uns in ihre Unibüffeleien geflüchtet hat, aus Angst, ich könnte ihre innere Wirklichkeit entdecken.

Ihre Zärtlichkeit und Leidenschaft waren echt, doch sie hatte selbst in der innigsten Umarmung etwas Vages, Ungreifbares – wie ein schwindender Traum, der sich dir um so schneller entzieht, je intensiver du versuchst, dich an ihn zu erinnern.

Ich frage mich, ob ich Frauke und mir noch eine Chance geben würde, wenn ich Zoë nicht kennengelernt hätte, und antworte mir mit einem leisen, aber klaren Nein. Eigentlich muß ich Frauke dankbar sein, denn wenn sie mich nicht fortgeschickt hätte, wäre ich wohl nie Zoë begegnet. Manchmal führt ein scheinbares Unglück in ein wirkliches Glück.

Ich setze mich auf die Couch. Mein Blick fällt auf drei Bücher, die Tobias auf den Tisch gelegt hat – vermutlich die Auswahl für seine nächste Abendlektüre.

Tobi ist ein Gewohnheitsmensch. Wenn er aus seiner Praxis kommt, duscht er, dann ißt er etwas, nimmt sich ein Glas Wein ins Wohnzimmer mit und liest ungefähr eine Stunde. Er sagt, wenn er nicht täglich mindestens eine Stunde in einem guten Buch lese, würde er geistig veröden.

Was hat er sich herausgefischt? *Alice im Wunderland*

von Carroll, *Die Gärten des Mulay Abdallah* von Kaminski und *Menschliches, Allzumenschliches* von Nietzsche. Keine schlechte Wahl.

Unwillkürlich greife ich nach dem dicken Nietzsche-Band und blättere ein bißchen darin, lese die eine oder andere Stelle, bis ich auf eine Passage stoße, die mir wie eine mögliche Antwort auf meine Frage erscheint, was für ein Mensch Frauke sein mag: *Es gibt Frauen, die, wo man bei ihnen auch nachsucht, kein Inneres haben, sondern reine Masken sind. Der Mann ist zu beklagen, der sich mit solchen fast gespenstischen, notwendig unbefriedigenden Wesen einläßt, aber gerade sie vermögen das Verlangen des Mannes auf das stärkste zu erregen: er sucht ihre Seele – und sucht immerfort.*

Warum habe ich Fraukes Seele nicht gesucht? Vielleicht aus Angst vor der Erkenntnis, zu der Nietzsche gelangt ist?

15

Unterwegs
zu sich selbst
ist man ein Leben lang
jeden Tag aufs neue.

Und in den
Momenten wunschlosen Glücks
ist man bei sich angekommen.

Ich brauche tiefe, intensive Gefühle, sie sind der süße Sauerstoff meiner Seele. Ich bekomme Atemnot in der staubigen Luft der alltäglichen Oberflächlichkeit.

Ich brauche die Liebe – und lebe in einer Welt, die sie nicht versteht, sondern verdreht und immer aufs neue mit Füßen tritt.

Wirklich gelebt habe ich nur, wenn ich von Liebe erfüllt war. Ich war es nie lange genug, nie tief genug, obwohl ich immer alles getan habe, um im Zauber der Liebe zu bleiben. Mehr als einmal ging sie so überraschend, wie sie zu mir gekommen war, und ließ mich am Boden zerstört zurück. Vielleicht gab sie mir immer nur so viel von sich, wie ich verdient hatte.

Ich habe viele Stunden meines Lebens verloren, in denen ich nicht lebte, nur älter wurde, weil die Liebe nicht bei mir war. Ich habe gelernt, die Schreie meiner Verzweiflung darüber mit Gelassenheit zu dämpfen. Vielleicht hätte ich ihnen besser freien Lauf lassen und mir die

Seele aus dem Leib schreien sollen? Wahrscheinlich ist das eine überflüssige Frage. Die Liebe kommt weder zu dem leisen noch zu dem lauten Verzweifelten, sondern zu dem Hoffenden. Sie kommt zu dem, der den Glauben an sie nicht aufgibt.

Zoë ist der schönste Name, den ich mir vorstellen kann. Zoë hat die schönsten Augen, in die ich je gesehen habe. Zoë ist die schönste Seele, der ich je begegnet bin. Ihr Wesen ist klar wie ein Bergsee. In ihrer Nähe fühle ich ein Vertrauen, wie ich es noch nie empfunden habe. Sie ist natürlich, liebevoll, ganz ohne Berechnung. Wenn wir uns küssen, bin ich immer aufs neue überwältigt.

Bei jeder Frau, in die ich mich bislang verliebt habe, ahnte ich von Anfang an, daß meine hochfliegenden Gefühle früher oder später abstürzen oder in einen unaufhaltsamen Sinkflug übergehen würden. Bei Zoë bleibt diese Intuition aus. Ich kann mir nicht vorstellen, daß sie mich jemals enttäuschen wird, und ich bin ein Mensch, der Worte wie *jemals* oder *niemals* mit größter Vorsicht verwendet. Wir kennen uns erst seit drei Monaten, aber es erscheint mir wie ein Jahr. Vielleicht vergeht die Zeit unseres Glücks so langsam, weil unsere Ewigkeitsgefühle im Zauber zeitloser Augenblicke sie immer wieder aufhalten.

Gestern nacht hatte ich einen unglaublichen Traum, aus dem ich ebenso beglückt wie verwirrt erwachte.

Es war zunächst wie eine Wiederholung des Traums von dem Maskenball und der Frau mit der Pfauenaugenmaske, den ich hatte, kurz bevor Frauke in ihren emotionalen Nebel geriet. Dieselben Gäste wie damals amüsierten sich in derselben Villa – und dieselbe Atmosphäre von Geheimnis und Heiterkeit erfüllte die Räume.

Mir war bewußt, daß ich zum zweiten Mal denselben Traum träumte, fand daran aber nichts Ungewöhnliches. Und ich war auch nicht überrascht, als ich die Frau mit der Schmetterlingsmaske an derselben Stelle stehen sah, wo ich mit ihr in dem ersten Traum eine magische, wunderbare Umarmung erlebt hatte.

Dann aber änderte sich das Geschehen, denn als ich auf die Frau zuging, kam sie mir ohne Zögern entgegen, und wir trafen uns auf halbem Weg. Eine Weile standen wir uns schweigend gegenüber, während mein Glücksgefühl darüber, daß ich sie wiedergefunden hatte, über die Ufer trat.

Wir lächelten uns an, und die Zeit stand still. Zärtlich streichelte ich ihr Haar – und wir versanken in einem wundervollen Kuß. Schließlich nahm ich ihr behutsam die Maske ab – und sah in Zoës strahlendes Gesicht.

Ich erwachte, bis in die Haarspitzen mit Glück erfüllt. Zoë lag neben mir. Ich gab ihr einen zarten Kuß auf die Stirn, um sie nicht zu wecken, und lauschte eine Weile ihren leisen, regelmäßigen Atemzügen, während ich mich fragte, ob sie mir in dem ersten meiner Träume unsere Begegnung angekündigt hatte.

Als ich ihr am nächsten Morgen von den beiden Träumen erzählte und ihr dieselbe Frage stellte, sah sie mir lange in die Augen, bevor sie antwortete: »Alles ist möglich.«

Kein Tag ist vergangen, an dem wir uns nicht gesehen haben, keine Nacht, die wir nicht zusammen verbracht haben. Wir können und wollen nicht voneinander lassen. Zwischen uns geschieht etwas, das eine so überschäumende Freude in uns erweckt, daß wir die Blicke der Passanten magnetisch auf uns ziehen, wenn wir durch die Straßen gehen. Sie sehen uns unser Glück an. In den Gesichtern mancher Menschen glaube ich, Neid und Mißmut zu entdecken, weil wir sie an etwas erinnern, das ihnen schwer genug fällt zu verdrängen: daß sie nicht glücklich sind. Andere gönnen uns unsere Gefühle und lächeln wohlwollend.

Die meiste Zeit verbringen wir zu Hause, bei mir oder bei Zoë. Weise Verliebte scheuen die Öffentlichkeit. *Nichts ist schöner, als sich mit der Frau, die man liebt, einzuschließen*, schreibt der französische Schriftsteller Beigbeder. Zoë und ich werden nicht müde, uns zu umarmen, uns zu küssen, und jedesmal fließt ein herrlicher Strom warmer Energie durch unsere Körper. *I never knew what a kiss could be, until I met Zoë.*

Man soll nicht glauben, wenn man zwanzig oder dreißig Frauen geküßt hat, daß man weiß, was ein Kuß ist. Es gibt Kußköniginnen unter den Frauen, und Zoë ist eine. Sie schenkt mit ihrem Kuß ihren Körper, ihr Herz und ihre Seele. Sie hält nichts zurück, hat keine Ängste oder Hemmungen, läßt sich vertrauensvoll in die Tiefen des Augenblicks fallen. Ihre Küsse sind so wundervolle Geschenke, daß ich mich manchmal frage, ob ich sie verdient habe – ob ich die Liebe eines Menschen wie Zoë verdient habe.

Jeden Tag spüre ich, daß meine Gefühle für sie wachsen, mehr Zutrauen zu sich finden, immer mehr Kraft gewinnen. Es ist einfach eine totale Liebe, ohne Sperrzonen und Leerzonen. Wir sprechen auf allen Ebenen die gleiche Sprache und verstehen uns ebensogut mit Worten wie ohne sie. Manchmal reden wir bis in die Nacht hinein, manchmal schweigen wir stundenlang, liegen aneinandergekuschelt und genießen das pure Leben, das uns durchströmt.

Mir dieser Frau wirst du durch dick und dünn gehen, sagt eine Stimme in mir, die ich noch nie wahrgenommen habe, eine Stimme, die hoch über dem Zweifel steht. *Mit dieser Frau*, verspricht sie mir, *wirst du dich dem Dämon des Alltäglichen stellen und ihn in Schach halten. Dieser Frau wirst du alles Gute schenken, was in dir lebt und wächst, und dabei mit ihr zusammen immer tiefer ins Herz des Lebens gelangen*, prophezeit sie mir – und ich weiß, daß sie die Wahrheit sagt.

Ich hatte noch nie einen besonderen Draht zur Malerei, aber als ich zum ersten Mal Zoës Ölbilder sah, hat es bei mir gefunkt.

Was immer sie auch malt, Menschen, Landschaften, Bäume, Blumen – alles strahlt wie neugeboren, alles lebt, tritt unmittelbar mit mir in Kontakt und bannt mich. Die Schönheit ihrer Bilder ist die Materialisierung ihrer inneren Schönheit. Ich bewundere Zoës Kunst, ich bin ihr größter Fan.

Als sie mir ein traumhaftes Selbstportrait geschenkt hat, war meine Freude so groß, daß ich sie nicht ausdrücken konnte. Ich stand einfach nur sprachlos da, konnte nicht einmal lächeln, und sah abwechselnd Zoë und ihr Ebenbild auf der Leinwand an. Es hat eine Weile gedauert, bis ich zu ihr gehen und sie umarmen konnte.

Sie hat Kunst studiert, bezeichnet sich als malsüchtig und hat ihre Sucht zu ihrem Beruf gemacht. Sie lebt vom Malen – mal besser, mal schlechter, sagt sie. Seit drei Jahren arbeitet sie mit einem Kunstdruck-Verlag zusammen, der ihre Bilder vervielfältigt und die Kopien in alle Welt exportiert. Mit den Verkäufen der Originale tut sie sich schwer. Sie hat ein so inniges Verhältnis zu ihren Bildern, daß es schwierig für sie ist, sie aus den Händen zu geben. Wenn sie sich dazu durchringt, eins ihrer Ölgemälde zu verkaufen, leidet sie noch Tage danach unter Trennungsschmerzen, was ich gut nachempfinden kann.

Zoë lebt und malt in einer hellen, ruhig gelegenen Wohnung in der Nähe des Stadtzentrums. Wenn wir bei ihr sind, stellt sie das Telephon ab. Ein paarmal hat es an ihrer Tür geklingelt; sie hat es klingeln lassen. Einige ihrer Freunde fühlen sich von ihr vernachlässigt.

»Wenn sie nicht verstehen, daß ich wahnsinnig verliebt bin«, sagt sie, »kann ich es nicht ändern.«

Ich bin mir der Gefahr bewußt, daß ich Zoë idealisieren könnte, aber ich bin mir ganz sicher, daß sie so ist, wie ich sie empfinde. Sie ist unfähig, sich zu verstellen, sie hat keine Masken in ihrem seelischen Inventar. Sie sagt, was sie denkt, sie gibt sich, wie sie ist. Und sie ist einfach wunderbar. Sie ist die Stecknadel im Heuhaufen, die ich gefunden habe, ohne sie zu suchen.

Wenn wir miteinander reden, erleben wir immer wieder Momente völliger geistig-seelischer Übereinstimmung. Zoë ist klug, denkt klar und frei und hat ein beeindruckendes Urteilsvermögen. Manchmal ist sie sehr schlagfertig und witzig, obwohl sie im Grunde einen schüchternen, sanftmütigen Charakter hat.

Ich weiß genau, daß ich mit Zoë einem ganz wertvollen Menschen begegnet bin, der mein Bestes verdient. Aber ich bräuchte es nicht einmal zu wissen, denn Zoës Liebe läßt mir keine Wahl, als ihr mein Bestes zu geben. Ich könnte es nicht zurückhalten, selbst wenn ich es wollte. Es fließt mir aus der Seele, aus dem Herzen, und es ist ein wunderschöner Fluß.

Ich fühle mich von Zoë so sehr geliebt, wie ich sie liebe. Da ist ein magisches Gleichgewicht zwischen uns, das ich schon am ersten Tag wahrgenommen habe, eine vollkommene Balance zwischen Geben und Empfangen, eine Intensität und Tiefe des Gefühls, die mich immer wieder fassungslos macht.

Manchmal kann ich das alles nicht glauben, es erscheint mir zu schön, um wahr zu sein. Und ich bekomme Angst, es könnte eines Tages enden wie ein wundervoller Traum. Aber diese Angst wird mir jedem Kuß kleiner, den Zoë und ich uns schenken, mit jeder Umarmung, jeder Zärtlichkeit.

Der Tag, an dem ich Zoë begegnet bin, war für mich der Anfang eines neuen Lebens. Es hat sehr lange gedauert, bis ich eine Frau fand, der ich vom ersten Moment an vertraute, in einer Weise, die ich für unmöglich gehalten hätte.

Vor zwei Wochen habe ich ohne langes Zögern Zoë einen spontanen Wunsch erfüllt und ihr einige meiner Eigenkompositionen vorgespielt – und sie haben ihr gefallen! Es hat sie sehr gefreut und berührt, daß sie der erste Mensch war, für den ich sie gesungen habe. Und es war überhaupt nicht schwierig, ich war zwar am Anfang ein bißchen aufgeregt, aber das legte sich nach dem ersten Song.

In der Nacht darauf träumte ich von Anna, einem blonden Mädchen, in das ich mich im Alter von sechzehn Jahren verliebt hatte. Als ich aus dem Traum erwachte, erinnerte ich mich an ein Erlebnis mit ihr, das ich völlig vergessen hatte.

Ich hatte damals einen Love-Song mit dem einfallsreichen Titel *Feelings* für Anna geschrieben, aber ich traute mich nicht, ihn ihr vorzuspielen, aus Angst, daß sie ihn vielleicht nicht mögen würde. Meine Gitarrenkünste steckten noch in den Kinderschuhen, und mein Gesang ließ ebenfalls viel zu wünschen übrig. Trotzdem drängte es mich dazu, Anna mein Lied vorzuspielen, schließlich hatte sie mich dazu inspiriert.

Eines Abends, als wir in meinem Zimmer saßen und ich ein paar bekannte Songs gesungen hatte, riskierte ich es, *Feelings* für sie zu spielen, aber ohne ihr zu sagen, daß dieser Song von mir stammte.

Nach etwa einer halben Minute verzog sie den Mund und fragte: »Was spielst du da? Von wem ist das?«

»Weiß ich nicht«, log ich.

»Kannst du nicht irgendwas anderes spielen? Etwas mit mehr Pep?«

Das Herz sank mir in die Hose, ich legte die Gitarre weg und verließ das Zimmer unter dem Vorwand, zur Toilette zu müssen.

Anna merkte nicht einmal, daß sie mich verletzt hatte. Sie nickte nur kurz und begann, in meiner Plattensammlung zu stöbern, während ich mich im Bad einschloß und mit den Tränen kämpfte.

Es ist mir ein Rätsel, daß ich diese Situation so gut verdrängt hatte, als hätte es sie nie gegeben. Sie war wohl die Wurzel meiner Unfähigkeit, meine Songs anderen Menschen vorzuspielen. Ich wollte mir keine weiteren Verletzungen einhandeln, also habe ich meine Musik unter Verschluß gehalten. Jetzt weiß ich auch, weshalb ich immer Kopfschmerzen bekam, wenn ich darüber nachdachte, warum ich meine Stücke vor dem Rest der Menschheit verbarg. Die Schmerzen produzierte mein Unbewußtes, um mich daran zu hindern, meine verdrängte Angst zu entdecken.

Zoë hat mich aus diesem Teufelskreis gerettet, indem sie eine wunderbare Zuhörerin war, als ich ihr meine Songs vorspielte. Sie muß mich auch von anderen Lasten befreit haben, denn ich fühle mich in letzter Zeit oft so unbeschwert und sorglos wie in meiner Kindheit.

Einen Tag nachdem ich Zoë meine Songs vorgespielt hatte, telephonierte sie mit ihrem Bruder, der einen Freund hat, dessen Freund ein erfolgreicher Musikproduzent ist, der eine CD mit einer jungen Sängerin namens Nora plant und nach Songs sucht, die zu ihrer Stimme passen.

Zoës Bruder vermittelte ein Treffen zwischen mir und dem Produzenten. Er nahm sich Zeit für alle meine zwölf Songs, die ich auf MD aufgenommen hatte, und war besonders von drei Stücken angetan, die er ein zweites Mal hören wollte.

Am nächsten Tag rief er mich an und sagte mir, daß er sich entschieden habe, diese drei Titel mit seiner Sängerin zu produzieren und auf die CD zu nehmen. Ich konnte nicht fassen, wie mir geschah, aber ich hatte schon ein bißchen Übung im Umgang mit diesem Gefühl. Ein Glück kommt eben selten allein.

Gestern war ich mit Zoë im Studio. Wir haben uns meine drei Songs angehört und waren begeistert darüber, was Nora und die Studiomusiker daraus gemacht hatten.

Nora hat vor ein paar Monaten ihr Abitur gemacht und will vom Singen leben. Sie ist ein echter Blickfang, und ihre Stimme klingt wie von einem anderen Stern. Es ist mir unbegreiflich, wie sie so viel Gefühl in ihren Gesang legen kann.

Die Plattenfirma ist zuversichtlich, daß Nora mit ihrer Debüt-CD den Durchbruch in die Charts schaffen wird. Die CD soll in drei Monaten erscheinen, die ersten TV-Auftritte werden bereits eingefädelt, und angeblich soll viel Geld in die Werbung fließen.

Ich bin stolz und glücklich darüber, daß eine so tolle Sängerin wie Nora meine Songs interpretiert. Damit wird mein langgehegter Traum wahr (den ich eigentlich schon als Illusion abgetan hatte), meine Eigenkompositionen unter die Leute zu bringen.

Ich erinnere mich an das Gespräch mit Jan, in dem ich ihm von diesem Traum erzählt habe, und an seine Worte: *Du solltest ihn verwirklichen.* Nun hat er sich durch Zoës Hilfe fast ohne mein Dazutun verwirklicht!

Der Produzent sagt, wenn die CD den Erfolg haben wird, den sie verdient hat, werde ich es nicht mehr nötig haben, Straßenmusik zu machen. Ob ich es nötig haben werde oder nicht: Ich werde so lange Straßenmusik machen, wie es mir Freude bringt.

Inzwischen habe ich mehrmals mit Jan telephoniert, in dem ich einen Freund gefunden habe, den ich nicht mehr verlieren möchte. Ich habe ihm von Zoë erzählt, von dem großen Glück, das wir erleben. Er freut sich mit mir und wird nicht müde, mir zu lauschen, wenn ich von den wunderbaren Veränderungen in meinem Leben spreche.

Er macht einen ausgeglichenen und zufriedenen Eindruck. Die Tage auf Ameland haben ihm noch mehr bewußtgemacht, wieviel Linda ihm bedeutet, und die beiden haben sich neue Strategien im Kampf gegen den Alltagsdämon ausgedacht, wollen sich mehr Zeit füreinander nehmen und öfter zusammen verreisen.

Wir haben uns vorgenommen, uns so bald wie möglich zu treffen. Es wird schön sein, meinem Bruder im Geist wieder gegenüberzusitzen und mit ihm über Gott und die Welt zu reden.

Noch nie in meinem Leben war ich von einem solch umfassenden, tiefen Glück erfüllt. Ich wache morgens neben Zoë auf und freue mich unbändig auf den Tag, freue mich auf ihre Blicke, ihre Küsse, ihre Worte und ihr Schweigen.

Wenn ich allein durch die Innenstadt flaniere und mir eine attraktive Frau entgegenkommt, schaue ich kaum näher hin, was mir noch nie passiert ist.

Zum ersten Mal in meinem Leben habe ich das Gefühl, *daß mir nichts fehlt.*

Gestern ging ich mit Zoë Arm in Arm durch die Einkaufszone, und eine ältere Frau, die uns entgegenkam, strahlte uns an und sagte: »Was für ein schöner Anblick!« (Es stimmt mich nachdenklich, daß es das Wort *Mitfreude* in der deutschen Sprache nicht gibt. Die Mitfreude jedenfalls existiert, ich habe sie in den Augen der Frau leuchten gesehen.)

Vor zwei Wochen, als Zoë und ich auf einer Parkwiese im Sonnenschein lagen und mir unser Glück so groß erschien, so unbedroht, als hätte es keine Feinde, die es doch eigentlich immer hat, fragte ich sie: »Gibt es vielleicht einen Mann in deinem Leben, der mich von der Wolke stoßen könnte, auf der ich schwebe? Einen Ex-Freund, mit dem du innerlich noch nicht ganz abgeschlossen hast? Einen Freund, der verreist ist und in ein paar Tagen oder Wochen zurückkommt, um uns unser Glück streitig zu machen?«

Zoë sah mich überrascht an: »Ich habe einen Ex-Freund, mit dem ich abgeschlossen habe, in jeder Hinsicht. Einen Freund, der uns unser Glück streitig machen könnte, habe ich nicht. Warum stellst du mir solche Fragen? Du müßtest die Antworten doch spüren.«

»Ja, ich spüre sie auch. Ich kann nur manchmal nicht glauben, was mit uns geschieht. Es ist so anders als alles, was ich bislang erlebt habe.«

»Ich empfinde es genauso«, sagte sie. »Aber ich habe gewußt, daß es eines Tages passieren würde. Ich warte schon so lange darauf. Und nun ist es geschehen.«

Zoë suchte meine Lippen, und meine letzten dummen Ängste verbrannten im hellen Freudenfeuer unseres Kusses.

16

Was ist Freiheit
ohne Liebe?
Was ist Schönheit
ohne Liebe?
Was ist Zauber
ohne Liebe?

Sinnlose Freiheit,
hohle Schönheit,
leerer Zauber.

Vier Monate sind vergangen, seit ich Zoë begegnet bin. Ich bin in dieser Zeit ein anderer Mensch geworden, ich fühle mich wie neugeboren.

Etwas in mir hat sich grundlegend verändert. Ich lebe noch immer in einer vom Wahnsinn regierten Welt, aber ich fühlte mich noch nie so gut vor ihr geschützt.

Ich bin verliebt, ich liebe – und mache mir nicht die geringsten Sorgen um meine Freiheit. Ich habe mich noch nie so frei gefühlt wie jetzt, als hätte meine Liebe zu Zoë mit einem magischen Kunstgriff den Widerspruch zwischen Liebe und Freiheit in mir aufgelöst.

Alle Verliebten glauben, daß ihre Flamme ein ganz besonderer Mensch ist. Ich glaube es nicht nur, ich weiß es. Die rosarote Tönung der Brille meiner Verliebtheit ist nicht so stark, daß sie meine Kritikfähigkeit sabotieren könnte. Im Gegenteil, ich sehe so klar wie noch nie. Und wenn ich Zoë betrachte, erkenne ich eine ehrliche, gutmütige, mitfühlende und vertrauenswürdige Frau.

Jede Person besteht aus Licht und Schatten. Zoë besteht aus sehr viel Licht und sehr wenig Schatten. Ihr Wesen gleicht einem herrlichen Sommertag mit wolkenlosem Himmel und milder Luft. Ihre unglaublich klaren, schönen Augen sind der Spiegel einer unglaublich klaren, schönen Seele. Immer wieder stehe ich sprachlos vor soviel heiler Innenwelt, soviel Natürlichkeit, Anmut und Frische.

Zoë ist siebenundzwanzig und hat schon die eine oder andere Enttäuschung und Verletzung in ihrem Leben erleiden müssen, aber es ist keine Spur von Bitterkeit, Skepsis oder Verhärtung in ihr zurückgeblieben. Sie wirkt so unversehrt, so arglos und verletzlich wie ein kleines Mädchen – und andererseits reifer und tiefer als die meisten Frauen in ihrem Alter.

Sie sagt, sie habe sich noch nie so sehr geöffnet wie für mich, und deshalb konnte niemand sie bislang tief verletzen. Das würde ihre mädchenhafte Sorglosigkeit erklären, ihr ungebrochenes Vertrauen in die Liebe.

Ich werde ihr nie sagen können, wie sehr ich sie liebe. Je tiefer Gefühle tauchen, desto mehr Atemnot bekommen die Worte, die ihnen zu folgen versuchen.

Ich fühle mich frei von der Angst, von Zoë enttäuscht und verlassen zu werden, frei von der Angst vor einem Ereignis, das meine neue wunderbare Wirklichkeit als Illusion entlarven würde. Ich bin bis in die entlegensten Winkel meiner Seele erfüllt mit Vertrauen, Dankbarkeit und Zuversicht. Ich habe schon einige Male geliebt, aber noch nie mit dieser Intensität, dieser Bedingungslosigkeit und Tiefe.

Wenn wir uns unterhalten, bin ich ganz Auge, ganz Ohr. Ich liebe Zoës Stimme, ihr Gesicht, ihre Sensibilität, ihre Denkweise, ihre Seele, ihren Körper – ich weiß eigentlich nicht, was ich an ihr *nicht* liebe. Wenn ich etwas an ihr ändern sollte, würde mir nichts einfallen.

Zoë ist die vollkommenste Frau, die mir jemals begegnet ist, und ich glaube, daß ich das größte Glück feiere, das ein Mann erleben kann – das Glück, eine wunderbare Frau aus ganzem Herzen und ganzer Seele zu lieben und von ihr ebensosehr geliebt zu werden.

Ich entdecke eine Freude am Geben in mir, wie ich sie so noch nie erlebt habe. Zoë erweckt meine besten Eigenschaften und stärkt sie. Sie ist eine magische Gärtnerin der Seele und läßt mich innerlich aufblühen.

Ich kann mir vorstellen, mit Zoë zusammenzuwohnen, mein Leben mit ihr zu teilen, und dieses Gefühl hatte ich noch bei keiner Frau, nicht einmal ansatzweise. Seit ich Zoë liebe, mache ich mir zum ersten Mal Gedanken um meine Zukunft, weil es Zoës und meine Zukunft ist.

Meine Straßenauftritte habe ich beträchtlich reduziert. Ich mag nicht mehr von Stadt zu Stadt ziehen, ich möchte in Zoës Nähe sein.

Mein Interesse an grotesken, unglaublichen Zeitungsmeldungen hat nachgelassen. Ich nehme sie zur Kenntnis, wenn sie mir über den Weg laufen, aber sie faszinieren mich nicht mehr so wie früher. Vieles, das mich gereizt hat, bevor ich Zoë begegnete, läßt mich heute kalt. Meine Neigungen, meine Wahrnehmungen, mein Lebensgefühl, alles hat sich verändert.

Ich habe das Merkmal gefunden, mit dem man Liebe von Verliebtheit unterscheiden kann. Verliebtheit ist wunderschön, sie gibt dir Lebendigkeit, Schwung, Hoffnungen oder auch Illusionen, aber in gewisser Weise bleibst du der Mensch, der du warst. Nur die Liebe verwandelt dich von Grund auf, und daran kannst du sie erkennen. (Nun bin ich mir sicher, daß ich Frauke nicht wirklich geliebt habe, denn die Zeit mit ihr hat keine echte Verwandlung in mir bewirkt.)

Ich spiele mit dem Gedanken, seßhaft zu werden und eine lebensphilosophische Gesprächspraxis aufzumachen, in der ich Menschen helfe, die unter der allgegenwärtigen Oberflächlichkeit unseres Lebensstils leiden, Antworten auf wesentliche Lebensfragen zu finden und neue existentielle Perspektiven zu suchen. Vielleicht gebe ich nebenher noch Gitarrenunterricht. Womöglich kann ich auch beides unter einen Hut bringen, indem ich lebensphilosophische Gitarrenunterweisung anbiete oder lebensphilosophische Gespräche mit auflockernden Gitarreneinlagen.

Irgend etwas werde ich auf jeden Fall auf die Beine stellen. Ich hätte gern ein bißchen Geld auf der hohen Kante, falls Zoë einmal in finanzielle Not geraten sollte. Wer weiß, ob sie immer von ihrer Malerei leben kann? Mit den Erlösen aus meiner Straßenmusik könnte ich sie nicht unterstützen, die reichen gerade für mich selbst, und an meine potentiellen Songschreiber-Tantiemen aus dem Verkauf von Noras CD glaube ich erst, wenn ich sie auf meinem Kontoauszug sehe.

Es stimmt also doch: *Love changes everything*. Wer sich ganz der Liebe öffnet (oder sich ganz von ihr öffnen läßt), wird erleben, daß nichts bleibt, wie es war.

Unser Glück wird sich mit der Zeit verändern, wie sich alles verändert, aber ich habe das Gefühl, es wird immer ein großes Glück bleiben. Ich frage mich, ob der Tod die Macht hat, es uns zu nehmen, oder ob in dem Spruch *Liebe ist stärker als der Tod* mehr Wahrheit steckt, als man ihm auf den ersten Blick ansieht.

Wenn die buddhistische Lehre der Wiedergeburt der Wahrheit entspricht, ist es durchaus möglich, daß Menschen sich nicht nur ein Leben lang, sondern manche Leben lang lieben können, in unterschiedlichen Körpern, aber immer mit denselben Seelen, auf der Suche nach Einklang und Einsicht, nach Erfüllung und Erlösung vom Leiden.

Meine Anfälle philosophischer Nachdenklichkeit haben deutlich nachgelassen. Wer glücklich ist, fragt nicht nach dem Sinn, er lebt ihn. Wer liebt, denkt nicht über das Leben nach, er feiert es.

Wenn man mich fragen würde, ob ich alle meine aus Lebenserfahrungen und Büchern gewonnenen Einsichten und Weisheiten tauschen würde gegen eine einzige Nacht mit Zoë, müßte ich keine Sekunde überlegen.

Das Leben sei eine Geschichte, die keinen Sinn ergibt, erzählt von einem Irren, der immer wieder den Faden verliert, hat Shakespeare geschrieben.

Der Erzähler meines bescheidenen Lebens mag irre sein, aber er weiß, was wirkliche Liebe ist. Ich bin ihm unendlich dankbar, daß er dem Glück zwischen Zoë und mir ein Kapitel gewidmet hat – das schönste, bedeutendste und hoffentlich auch längste. Es gibt meiner Lebensgeschichte erst ihren wahren Sinn.

Ich frage mich, wie ein verrückter Erzähler, der immer wieder den Faden verliert, es geschafft hat, sich ein so wunderbares Kapitel auszudenken, ohne ins Stocken zu geraten.

Vielleicht lautet die Antwort, daß *nur* ein verrückter Erzähler auf eine solche Idee kommen kann, die ihn so begeistert, daß er den Faden *nicht* mehr verliert, weil er sich vergißt im Bann seiner Phantasie – und dabei über sich selbst hinauswächst.

Hans Kruppa ist einer der meistgelesenen deutschen Lyriker und Erzähler. Er lebt als freier Schriftsteller in Bremen. Seine Gedichte und Märchen, Erzählungen und Romane, Aphorismen und Kurzgeschichten hat er in mehr als sechzig Büchern mit einer Gesamtauflage von über 1,5 Millionen veröffentlicht. Einige seiner Bücher wurden in andere Sprachen übersetzt.

»Er vermittelt durch seine Arbeiten Hoffnung,
Lebensbewältigung, Kraft.
Und das macht ihn so wichtig.«
Passauer Neue Presse

»Leichtigkeit und Leidenschaft, Scherz und
Schwärmerei, Innigkeit und Ironie –
Hans Kruppa beherrscht souverän die Klaviatur
der Zwischentöne.«
Bergedorfer Zeitung

»In seinen Gedichten erweist sich Hans Kruppa einmal mehr als unangefochtener Meister der Liebeslyrik.«

Stuttgarter Nachrichten

Eine Auswahl seiner Bücher:

Nur für Dich. Gedichte. 1983
Das Zauberbuch. Ein Märchen. 1987
Kaito. Ein Märchen. 1988
Die Legende von Tay Manka. Ein Märchen. 1993
Delphine. Roman. 1996
Amanda und das Zauberbuch. Ein Märchen. 1999
Nur Du. Liebesgedichte. 2000
Für immer Du. Liebesgedichte. 2001
Zauber der Seele. Gedichte. 2002
Umarme die Liebe. Gedichte. 2003

Mehr Informationen über den Autor im Internet:
www.hans-kruppa.de